VALENTINA F.

IL SOGNO DI UN AMORE

IL SOGNO DI UN AMORE

UNA SORPRESA INASPETTATA

leggereditore

Della stessa autrice abbiamo pubblicato:

Della serie TVUKDB

Il mio cuore per te
(include *TVUKDB* e *Il mio cuore per te*)

M'ama non m'ama
(include *M'ama non m'ama* e 4 *Inseparabili amiche*)

You & Me

Prima edizione: aprile 2016

Il marchio Leggereditore è di proprietà
della Sergio Fanucci Communications S.r.l.
via delle Fornaci, 66 – 00165 Roma
tel. 06.39366384 – email: info@leggereditore.it
Indirizzo internet: www.leggereditore.it

Stampato in Italia – Printed in Italy

Progetto grafico: Grafica Effe

VALENTINA F.

IL SOGNO DI UN AMORE

IL SOGNO DI UN AMORE

UNA SORPRESA INASPETTATA

VALENTINA F.

IL SOGNO DI UN AMORE

A Marta, la mia amica del cuore,
ci si perde per poi ritrovarsi.

Questo mio bacio accogli sulla fronte!
E, da te ora separandomi,
lascia che io ti dica
che non sbagli se pensi
che furono un sogno i miei giorni;
e, tuttavia, se la speranza volò via
in una notte o in un giorno,
in una visione o in nient'altro,
è forse per questo meno svanita?
Tutto quello che vediamo, quel che sembriamo
non è che un sogno dentro un sogno.

EDGAR ALLAN POE

1

Spalanco gli occhi e mi guardo intorno senza capire dove mi trovo. Sono sudata e le tempie mi battono seguendo il ritmo accelerato del cuore. Nella testa mi girano ancora le immagini di poco prima. Mi tocco il collo e poi le labbra. Lentamente i ricordi cominciano a riaffiorare. È estate e sto percorrendo un sentiero di montagna insieme a Marco. Forse siamo sulle Dolomiti o sul Gran Sasso, non ricordo bene. Camminiamo uno dietro l'altro scherzando e parlando fitto. Sono così felice, finalmente dopo tanto tempo siamo di nuovo insieme; solo io e lui, come ai vecchi tempi. Mi sento euforica e l'aria frizzante mi fa pizzicare il naso come se avessi il raffreddore. Giochiamo come due bambini; Marco corre veloce in avanti e poi si ferma ad aspettarmi.

«Devi pagare il pedaggio» mi dice sbarrandomi la strada con le braccia.

E io felice lo raggiungo di corsa e lo bacio; poi riprendiamo il cammino e di nuovo, dopo pochi passi, comincia lo stesso gioco di prima.

Irrequieta alzo gli occhi e guardo il soffitto della mia stanza... perché continuo a sognare Marco? Infilo la testa sotto le lenzuola; possibile che non esiste una magia che possa far cancellare le nostre angosce oppure i ricordi? Qual era quel film angosciante dove la protagonista, che è la stessa del *Titanic*, decide di cancellare una parte della sua vita, proprio la storia con il suo ex fidanzato? *Se mi lasci ti cancello*, ecco come si chiamava. Giusto, perché non può esistere veramente una cosa del genere? Adesso non starei più qui a soffrire inutilmente.

E poi, cosa diavolo ci stavamo a fare in montagna? A Marco non è mai piaciuto camminare, e anche io preferisco il mare. Rido divertita per la mia stupida osservazione; che me ne importa di sapere perché eravamo lassù! Con un calcio mi libero delle lenzuola e mi guardo le gambe ancora abbronzate. Quest'estate mi sono lasciata andare, devo mettermi a dieta e fare un po' di sport, sono decisamente ingrassata.

«Vale, sbrigati, sono le sette; non vorrai fare tardi il tuo primo giorno di scuola» urla mia madre passando davanti alla mia camera.

Poggio i piedi sul pavimento e ancora frastornata mi trascino lungo il corridoio, mentre dei ricordi confusi continuano a passarmi davanti e arrivo, non so come, in bagno.

La mattina non sopporto nessuno, vorrei che il mondo mi lasciasse in pace per almeno un paio d'ore. Ma come fanno a essere tutti così pieni d'energie? Un altro sprazzo del sogno mi appare davanti. Siamo arrivati in cima al sentiero e tutti e due esausti ci stendiamo sul prato.

«Sai una cosa?» mi chiede Marco passandomi un filo d'erba sulle labbra.

«Mmh» rispondo io, sonnecchiando al sole.

«Sono contento che stiamo di nuovo insieme.»

Lo attiro a me e ci baciamo.

«Aaah!» urlo allo specchio del bagno mentre batto un pugno sul lavandino.

«Vale, che succede?» chiede mio padre bussando alla porta.

Mio dio, ma perché non mi lasciano soffrire in pace?

«Niente, ho solo sbattuto il ginocchio.»

La testa dovrei sbattere, altroché le ginocchia. Con un sospiro apro il rubinetto dell'acqua.

Si dice che il tempo cancella tutto, ma a me sembra una grande stupidaggine. Sicuramente chi l'ha detta non è mai passato per questo calvario. Perché continuo a fantasticare su come sarebbe stato se non avessi rovinato tutto?

Come un fulmine mi appare il viso di Miguel, i suoi occhi neri come il carbone, la voce profonda che mi sussurra parole in spagnolo... e mi manca il respiro. Fisso lo specchio e scuoto la testa. Povero Miguel, ho rovinato tutto anche con lui. Se l'avessi incontrato in un altro momento della mia vita forse sarebbe stato diverso, ma il fatto di essere andata a letto con lui la sera di Capodanno mentre stavo ancora con Marco ha compromesso qualsiasi prospettiva tra di noi. Brava, Vale, ti daranno il premio per la miglior casinista sulla faccia della terra! Stringo i denti e mi butto un getto d'acqua gelata sul viso. Rabbrividisco, per un bel pezzo non voglio saperne più di ragazzi!

«Vale, non tenerlo occupato a lungo, fai una cosa veloce» sento dire dalla voce di mio padre.

«Papà, sono appena entrata» rispondo infastidita. Mi asciugo il viso e mi soffermo ancora davanti allo specchio per ispezionarmi a fondo, ma l'arrivo di mia madre mi distoglie dalla vivisezione.

«Ancora così?» dice entrando e afferrando la spazzola per i capelli dalla mensola.

Oddio, e questo è solo il primo giorno di scuola, penso disperata. Ma perché non ho chiuso la porta a chiave?

Senza rispondere mi butto sotto la doccia per uscirne venti minuti dopo, ancora tormentata dagli occhi azzurri di Marco. Si inizia bene l'anno, penso entrando in camera mia e indossando le prime cose che trovo, un paio di jeans e una maglietta viola a mezze maniche.

«Vale, Vale!» urla una voce dietro di me.

Mi giro e le braccia di Marta mi circondano in cima alle scale.

«Ho fatto una fatica ad alzarmi» esordisce, stampandomi un bacio sulla guancia.

«A chi lo dici! Sarei rimasta volentieri a letto.»

«La solita dormigliona. Andiamo, che siamo in ritardo» aggiunge prendendomi sotto braccio e spingendomi dentro l'aula.

Poggiamo gli zaini vicino al nostro banco, e dopo aver salutato tutti la tiro per la manica e la faccio sedere.

«Ti devo raccontare il sogno che ho fatto stanotte.» Ma forse non dovrei.

Lei mi guarda curiosa e si avvicina di più a me.

Ma non faccio in tempo ad aggiungere altro che entra la prof di italiano.

«Allora?» mi sussurra all'orecchio.

«Non ora, più tardi.»

Mentre l'insegnante fa l'appello, bussano alla porta e si affaccia la preside.

«Buongiorno. Scusate l'interruzione, sono venuta a presentarvi il vostro nuovo compagno di classe. Vieni, entra» dice rivolta alla porta aperta.

Tutta la classe, compresa la prof, si gira nella loro direzione.

«Ragazzi, questo è Mirko.»

Marta mi dà una gomitata al fianco mentre io rimango a bocca aperta.

«Vale, hai visto che fico pazzesco? Ci voleva proprio un compagno di classe così carino, no?»

«Carino? Ma è bellissimo!» aggiunge Federica con un lungo fischio di approvazione.

«Bene, vi lascio; buona lezione» aggiunge la preside facendo un segno di saluto rivolto alla cattedra e chiudendo la porta dietro di sé.

Si crea un silenzio irreale, tutti gli occhi sono puntati sul nuovo arrivato. Alto, magro, pelle molto chiara, capelli neri lisci, occhi verdi a mandorla; indossa dei jeans neri e una maglia a maniche corte. Non sembra per niente imbarazzato, vaga con lo sguardo sulla nostra classe come a volersi rendere conto con chi dovrà passare i suoi prossimi giorni, poi si ferma a guardare la nostra insegnante che gli sorride materna.

«Bene, Mirko...»

«Salvati» risponde lui prontamente.

«Benvenuto Mirko Salvati; vediamo un po'... puoi metterti lì, al terzo banco.»

Tutta la classe femminile sembra risvegliarsi da un sogno, si sentono commenti e gridolini divertiti.

«Adesso basta, ragazzi, fate vedere al vostro nuovo compagno quanto siete educati» continua la prof mentre lui, passando tra i banchi a testa alta, si va a sedere proprio dietro di me. Arrossendo senza motivo evito di guardarlo mentre Marta, con aria sfacciata, non smette di fissarlo; si presenta non appena si siede e le altre compagne si mettono una dietro l'altra per fare la stessa cosa. Sembra di stare di fronte a un divo in attesa di un autografo.

L'ilarità aumenta vertiginosamente, come se da un momento all'altro la classe dovesse esplodere.

«Insomma, fate silenzio. Le presentazioni le fate dopo, adesso cominciamo.»

L'ora di italiano passa lentamente e la presenza di Mirko non mi fa rilassare; per tutta la lezione non mi volto mai, rimango impettita e rigida a guardare la cattedra. Non appena suona la campanella tiro un sospiro di sollievo, cominciavo ad avere i crampi al collo. Approfittando della pausa tra una lezione e l'altra, Federica, Claudia e un altro paio di compagne circondano il nuovo arrivato, tempestandolo di domande.

«Come sono esagerate» bisbiglio rivolta a Marta.

«È così carino, hai visto gli occhi? Quello se ti guarda, ti fulmina.»

«Carino è carino, bisogna vedere se è anche simpatico.»

«Come mai sei così scettica?» mi chiede Marta.

«Sono diffidente, tutto qui.»

In realtà non è vero, è che quando sono con la luna di traverso vedo tutto sotto una luce grigiastra e negativa.

Non riuscendo a farne a meno, mi giro, giusto in tempo per sentirlo rispondere a malapena alle domande insistenti di Federica che si è seduta di fronte a lui mettendo in mostra le sue lunghe gambe accavallate. Dopo pochi secondi eccola cambiare posizione e muoversi nuovamente con aria sinuosa lasciando intravedere quel poco rimasto coperto; una vera professionista, penso. Tutti i ragazzi sono ipnotizzati dal suo lento movimento, e anche il nuovo arrivato sembra divertito e lusingato da questo spettacolo offerto in suo onore. Sospiro girandomi dall'altra parte: anche volendo non potrei mai muovermi in quel modo, bisogna essere portati per certe cose.

Per distrarmi mi affaccio sul corridoio.

«Allora, questo sogno?» chiede Marta quando torno a sedermi.

«Quale sogno?» rispondo distratta.

«Quello che mi dovevi raccontare.»

Apro la bocca ma cambio idea, così la richiudo abbassando gli occhi. Non mi sembra una buona idea raccontarle che mi sono sognata suo fratello.

«Non me lo ricordo più» rispondo vaga, e cambio subito argomento.

All'uscita aspettiamo Matteo, Sara e Filippo.

«Che fine ha fatto il tuo colore preferito?» chiedo rivolta alla mia amica appena la vedo.

Lei fa una smorfia, ride e manda indietro i suoi lunghi e bei capelli scuri.

«Mi ero stancata del nero. Avevo bisogno di aggiungere qualcosa al mio guardaroba, tipo questa gonna bianca» e fa una piroetta.

Matteo e Filippo fanno un fischio di approvazione e io e Marta ci guardiamo ridendo. La Sara che conoscevamo, quella seria e posata, ha lasciato il posto a una persona diversa, più frizzante. È proprio vero, l'estate ti lascia sempre dentro qualcosa di nuovo.

«Ragazzi, avete visto il nuovo arrivato, quel ragazzo alto con gli occhi da gatto?» chiede lei dopo poco.

Si è già sparsa la voce, non sfugge niente a nessuno in questa scuola!

«È in classe con noi» risponde Marta, soddisfatta.

«Ma dài, che fortuna. E da dove viene? Ci avete parlato? Io per uno così potrei fare carte false» risponde Sara.

«Non ti riconosco più. Cosa ti è successo? Troppi cambiamenti tutti insieme. Ma tu non eri quella a cui non piaceva nessuno? E che fine ha fatto Andrea, il figlio dell'erborista?»

Lei mi guarda con un guizzo negli occhi che mi lascia a bocca aperta. Sì, lo so, a volte ho un'ottima memoria.

«Cosa c'entra lui... e poi non ho detto che voglio andarci a letto!»

Sono senza parole; lei, così insofferente verso i ragazzi, con mille pretese, eccola qui a fare battute sull'ultimo arrivato.

È vero che negli ultimi tempi ci siamo viste raramente, ognuna persa dietro le sue storie; forse sarà per questo che non mi sono accorta del suo fulmineo cambiamento; ottima memoria, ma poca attenzione.

«Vale, vieni con noi?» sento la voce di Matteo e torno alla realtà.

«Dove andate?» chiedo, cercando di apparire sorridente.

«A fare un giro in centro, è ancora presto. Potremmo mangiare un pezzo di pizza, ho una gran fame.»

«Mi dispiace, ragazzi, devo tornare a casa; ho promesso a mia madre di darle una mano con Giulia.»

Bugia!

Marta mi guarda di sfuggita ma non dice niente.

Dopo venti minuti sono a casa a prepararmi un piatto di gnocchi con il pesto. Sto cercando di infierire ancora su di me, pensando a Marco, quando suona il citofono: è Marta.

«Cosa c'è? Non sei andata con loro?» chiedo perplessa.

«Non ne avevo tanta voglia... mi offri il pranzo?»

«Sali.»

Tempo di preparare e siamo tutte e due sedute al tavolo con davanti un bel piatto fumante.

«Che ti succede? Prima ti ho visto cambiare espressione. È successo qualcosa che non so?»

«Sono triste perché sono finite le vacanze, tutto qui. Non ho voglia che ricominci la scuola e l'idea di un altro anno come quello appena passato mi pesa da morire. A te no?»

«Felice non sono, ma non vedo alternative. Non mi hai raccontato cosa è successo in Grecia con i tuoi.»

«Niente di speciale; ci siamo mossi talmente tanto che era impossibile fare amicizia. Appena cominciavo a riconoscere qualche faccia, ecco che dovevamo spostarci di nuovo. E poi con Giulia ormai è tutto diverso, siamo molto condizionati dai suoi orari. Certo, i posti e le spiagge sono fantastici. Tu invece, com'è andata in barca a vela con i tuoi?»

«Fantastico, abbiamo fatto il giro delle Eolie. Mi sono divertita un casino, anche perché mio padre, per la prima volta, ha cominciato a insegnarmi a portare il timone, cosa che non era mai successa. Finora potevo occuparmi solo dei parabordi oppure dell'àncora, ma sempre con la supervisione di mio fratello; oltre, è ovvio, pulire e aiutare mia madre in cucina.»

Ridacchio divertita, detta così sembra una povera Cenerentola, melodrammatica.

«E cosa è cambiato quest'anno?»

«Non lo so, forse gli ho rotto talmente tanto le scatole che per non ascoltarmi più ha ceduto. Ma penso che sia dipeso dal fatto che Marco mi ha dato man forte.»

«Anche lui è rimasto tutto il periodo?» chiedo, avida di notizie.

«Veramente no, è stato solo una settimana, poi è sceso a Lipari e ha raggiunto Martina in Puglia.»

Ho una fitta allo stomaco; questo è un colpo basso, anche se involontario.

«E Giacomo non l'hai visto per niente?» chiedo per cambiare argomento.

«Oddio, Vale, non te l'ho detto? Mi ha fatto una bellissima sorpresa, si è fatto trovare a Salina senza avvertirmi; era lì in vacanza con degli amici.»

«Come sono contenta, quindi avete passato qualche giorno insieme?»

Lei annuisce soddisfatta.

«Non sei mai gelosa?» chiedo all'improvviso.

«Di cosa?»

«Non lo so, magari può succedere che a Giacomo possa piacere qualcuna e allora chissà, una sera, sotto la luna, mentre si fa il bagno di notte, tu che non ci sei...»

«Giacomo non mi tradirebbe mai!» risponde lei con foga, e dietro quelle parole sento una piccola accusa che mi ferisce; o forse sono io che ho la coda di paglia? I suoi occhi furiosi sono fissi dentro i miei.

«Okay, okay, non volevo mettere in dubbio il suo amore, stavo solo scherzando, perdonami» le dico subito, alzando le mani a mo' di scusa.

Marta sembra rilassarsi.

«Non mi sono offesa, penso solo che non succederà; ci amiamo tanto, lui è sempre affettuoso e io quando sono con Giacomo dimentico il mondo intero. E poi mi piace come mi bacia e mi coccola tutta.»

«E a lui non dà fastidio che continuate a vedervi sempre di nascosto ai tuoi?»

«Un pochino, ma cerca di non farci troppo caso.»

«E il sesso come va?»

«Pazzesco, vuole farlo ogni minuto, a volte mi preoccupa. Appena ci vediamo mi mette le mani dappertutto e non appena se ne presenta l'occasione mi salta addosso e finché non cedo lui non molla; dice che quando mi è vicino non resiste, perde la testa.»

Rido divertita.

«Vuol dire che gli piaci proprio tanto.»

Lei sorride soddisfatta mentre annuisce; ora è tornata la Marta che conosco.

«E tu invece?»

«Non tocchiamo questo tasto, ti prego. In questo periodo non sono dell'umore giusto.»

«Non hai più sentito Miguel?» mi stuzzica, con un mezzo sorriso.

«No, è da prima delle vacanze che non ci scriviamo» rispondo guardando il mio piatto vuoto. Non ho la forza di alzare lo sguardo.

«Che ti succede, Vale? Sembri così lontana.»

«Niente, è solo che non sto passando un bel periodo...» tentenno per qualche secondo. «La fine della storia con tuo fratello ancora mi fa soffrire. Forse non te lo dovrei raccontare, non a te, ma... non riesco a non pensare a lui» dico in un soffio.

Lei si alza e comincia a sparecchiare, riempie il lavandino con dell'acqua insaponata e ci infila dentro i piatti sporchi; fa tutto questo in pieno silenzio.

Non dovevo parlare, lo sapevo che era un errore. Anche se siamo come sorelle ci sono delle cose che a volte non vanno dette. Lei vuole talmente bene a Marco che io non ho nessun diritto di riaprirle quella ferita.

«Scusa, non volevo...» comincio a dire, ma lei mi interrompe con un gesto della mano.

«Vale, non so cosa dire. Tutta questa storia è stata un gran casino. Lo sai quanto ti voglio bene e sai anche che ne voglio altrettanto a mio fratello. Vederlo soffrire per me non è stato facile, e per un momento ho anche pensato che mi volesse incolpare della fine della vostra storia. Non mi parlava più, passava ore e ore chiuso in camera sua. Ora che sta meglio, sono felice per lui e non voglio interferire di nuovo.»

«Non te lo stavo chiedendo, il mio era solo uno sfogo. Scusa, hai ragione, non te ne dovevo parlare.»

Lei mi guarda dritto negli occhi e un velo di dolore le attraversa il viso.

«No, non voglio che pensi di non poter più parlare di lui con me. Noi siamo amiche, se tu stai male devi poter contare su di me; quello che voglio dirti è che riguardo a Marco non me la sento di prendere una posizione: a oggi non riuscirei a darti un consiglio sincero. Scusa, mi dispiace.»

«Okay» rispondo e mi alzo a mia volta. Le vado incontro e l'abbraccio forte; quasi mi scappa una lacrima.

«Allora, che ne pensi di Mirko Salvati?» chiedo subito dopo, per alleggerire l'aria.

«Era ora che arrivasse qualcuno di nuovo a scuotere la nostra classe, anche perché gli altri mi sembrano un po' sfigati» e si tocca il labbro con l'indice.

«Hai ragione, ma a me i ragazzi così carini mettono ansia, e in loro presenza divento ancora più impacciata» e ripenso alla prima cotta per Ale.

«Vuol dire che potresti usarlo per superare la tua imbranataggine. Forse con un po' di esercizio... Insomma, che ne dici di provare a fare la *femme fatale* con lui e battere sul tempo quell'odiosa di Federica?»

«Chi, io? Mi ci vedi a fare la conquistatrice?»

Certo sarebbe proprio divertente sconfiggere quell'arpia, anche solo per farle un dispetto, penso divertita.

«Per gioco! Non deve essere mica l'amore della tua vita. Usalo per allentare questo stato d'animo che hai da quando è finita con Marco. Non si dice che chiodo schiaccia chiodo?»

Pare facile.

«Mi sembra una follia, non penso ne sarei capace.»

«Per me l'importante è volerle, le cose. Volere è potere. E poi, cos'hai da perdere?»

La faccia e la mia stima.

«Non so neanche che tipo è. Magari è una pessima persona.»

«Giusto, hai ragione. Allora prima scopriamo un po' di cose su di lui e poi decidiamo.»

«Mi piace questo plurale. Tanto alla fine la figuraccia la faccio io, mica tu.»

«Ma che figuraccia e figuraccia. Sei tu che ti vedi in questo modo, ormai dovresti averlo capito che piaci ai ragazzi, e anche tanto.»

«Non penso proprio. A ogni modo non voglio apparire per quella che non sono.»

«Assolutamente d'accordo. Devi solo riprenderti un po', avere qualche distrazione.»

Per fortuna il rumore delle voci che provengono dal corridoio mi salva dal continuare la conversazione; appare mia madre con Giulia, la mia fantastica sorellina che ormai ha dieci mesi ed è un terremoto.

«Buongiorno a tutti. Marta, come sono contenta di vederti, come stai? Sempre più bella... e più alta» la saluta mia madre con entusiasmo.

La mia amica ricambia i saluti e poi passa i successivi dieci minuti a sbaciucchiare e coccolare Giulia che, beata, ride divertita e le butta le braccia al collo.

2

Sono passate poche settimane e Mirko ha fatto più strage di cuori di un moderno Casanova. Ogni volta che passa per i corridoi si sentono solo sospiri e risa isteriche. Tutto l'universo femminile sembra volerselo mangiare con gli occhi. Lui ha un sorriso per tutte e sembra non fare caso al brusio che lo circonda. L'aspetto più curioso però è che anche i prof sembrano subire il suo fascino, compresi quelli di sesso maschile. Forse sarà quella sua aria tranquilla e educata, oppure la sua preparazione; sembra conoscere sempre le risposte a tutte le domande, quasi leggesse nella mente degli altri o conoscesse tutti i libri a memoria.

A parte questo però è molto riservato, non racconta quasi niente di sé, di dove vive, da dove viene e cosa fanno i suoi, non si sa se ha fratelli o sorelle. Così oggi io e Marta abbiamo deciso, dopo la scuola, di seguirlo per scoprire qualcosa in più. Appena uscite, saliamo sul mio motorino, ci mettiamo il casco, e per non farci riconoscere indossiamo delle leggere giacche a vento che ci siamo portate per l'occasione. Lo vediamo incamminarsi da solo per la strada e poi girare a sinistra per una via laterale, così accendo e arrivo all'incrocio. Mirko attraversa il marciapiede e si ferma a slegare la catena di una moto nera fiammante. Ci sale sopra e l'accende rombando.

«Non so se riesco a stargli dietro» dico a Marta, ma non faccio in tempo a finire la frase che né Mirko né la sua moto ci sono più, sembrano volatilizzati. Io e Marta rimaniamo ammutolite a guardare la strada deserta.

«Dove diavolo è andato a finire?»

«Non lo so, Marta, non riesco a capire. Forse ci ha visto.»

«Ma se anche fosse...»

Un improvviso rumore ci fa girare tutte e due, e troviamo Mirko accanto a noi, con il casco in mano.

«Ciao» dice sornione.

Io e Marta lo fissiamo, in silenzio. Com'è possibile? Da che parte è sbucato? Che figuraccia, come investigatrici siamo proprio delle schiappe.

Per fortuna Marta è la prima a riprendersi dalla sorpresa.

«Ciao, Mirko, ma da dove sei arrivato? Non ti abbiamo sentito. Bella la moto, è nuova?»

«No, l'ho comprata usata. Era una vita che ne volevo una così!»

«E quel dipinto sul serbatoio l'hai fatto tu?» chiedo guardando curiosa quella luna stilizzata.

«Sì, vi piace? Ho lo stesso tatuaggio anche sul braccio» e ci mostra il disegno inciso sulla sua pelle. Noi lo guardiamo non sapendo cosa dire.

«Mi stavate seguendo?» chiede poi lui, fissandoci con i suoi occhi verde smeraldo.

«Nooo, figurati» rispondo di getto, forse con troppa foga.

«E allora, cosa ci facevate all'angolo della strada? E perché indossate delle giacche a vento con questo sole? Sembrate travestite come per un appostamento.»

Sento il sangue defluire dalla testa. Aiuto!!!

«Ci eravamo fermate perché a Vale era squillato il cell» risponde Marta con un sorriso.

Se non ci fosse lei, come farei?

«E poi, scusa, perché mai avremmo dovuto seguirti?» aggiunge, come se fosse l'idea più pazza del mondo.

«Non lo so, ma voi ragazze siete strane.»

Noi due spalanchiamo gli occhi.

«Sei sicuro di quello che dici? Chissà che tipo di ragazze hai frequentato fino a oggi» continua Marta battagliera.

«Okay, okay, non volevo polemizzare. Vi va un gelato? Conosco un posto che lo fa da dio.»

«È lontano?» chiedo titubante.

«No, è qui dietro, seguitemi» risponde, e mentre alza il braccio per rimettersi il casco, vengo attratta di nuovo dal suo tatuaggio; lui intercetta il mio sguardo e io arrossisco, e spero che il *mio* casco nasconda l'improvviso imbarazzo.

«Okay» rispondiamo in coro.

Mentre cerco di non perderlo in mezzo al traffico penso alla figuraccia di poco prima.

«Secondo te ha capito?» chiedo a Marta.

«Direi proprio di sì, ma ormai è andata; la prossima volta dobbiamo stare più attente. Adesso continuiamo a far finta di niente.»

Così dopo esserci prese due coni e lui un frappè, ci sediamo sui gradini di un portone.

«Come fai a conoscere questo posto? Non hai detto di non essere di Roma?» chiedo, cercando di indagare. Non so perché ma il suo sguardo mi scombussola tutta.

«L'ho detto?»

Mi mordo il labbro, colta in fallo.

«Be', sì, mi pare che l'hai detto, oppure l'ho sentito dire da qualcuno» rispondo cercando di mostrarmi sicura. In effetti l'abbiamo scoperto facendo parlare la bidella; lei sa sempre tutto di tutti... diciamo pure che è una gran pettegola! Purtroppo in questo caso non ci è stata di grande aiuto.

«Insomma sei o non sei di qui?»

«Non lo sono» risponde, dopo aver tirato su un po' di frappè.

«Dove hai vissuto?» chiede Marta.

Lui gira con calma la cannuccia nel miscuglio al pistacchio creando un vortice verde, mi fissa per qualche secondo e intravedo un leggero bagliore divertito, che scompare quasi subito mentre sposta i suoi occhi di giada su Marta.

«Ho cambiato diverse città. Mio padre fa un lavoro che lo porta sempre in giro.»

«Non deve essere stato facile. Quindi non hai amici?»

«Non tanti, in effetti.»

«E dove sei nato?» chiedo, sempre più curiosa.

Mirko allunga le gambe in avanti e poggia i gomiti su un gradino più alto: rivolge il viso verso il sole e si fa riscaldare dai suoi raggi.

«In Ungheria.»

Noi due ci guardiamo sorprese.

«Non sei italiano? Ma il tuo cognome...»

Mirko non mi lascia finire la frase. «Lo è mio padre.»

«Quindi, tecnicamente sei ungherese» continua Marta.

«Diciamo di sì» risponde a mezza bocca.

Certo che per sapere qualcosa di più da questo qui bisogna sudare parecchio.

«E in quali altre città hai vissuto?» chiede Marta.

«Ma cos'è, mi state facendo il terzo grado?»

«No, figurati. Scusa, siamo solo curiose» diciamo insieme, decisamente sulla difensiva. Eh sì, mi sa che come detective siamo proprio imbranate!

«Mmh.»

«Comunque, se non vuoi dircelo, non importa» mi affretto ad aggiungere.

«Va bene. Prima di venire qui ho vissuto a Praga e Edimburgo.»

Però non ha un accento strano, anzi direi che non ha nessuna cadenza.

«Parli benissimo l'italiano.»

«Sì, i miei ci tenevano molto che parlassi questa lingua.»

«E nelle altre città come facevi a capire?» chiede Marta.

«Capisco l'ungherese, anche se sono sempre andato in scuole italiane oppure inglesi.»

«Wow, deve essere figo conoscere tre lingue già alla nostra età. Dicci qualche frase nella tua lingua madre.»

Lui ride divertito dal nostro entusiasmo e dice rivolta a me: «Te vagy nagyon szép.»

Io e Marta ci guardiamo incredule.

«E cosa vuol dire?» gli chiedo fissandolo negli occhi.

Lui scuote le spalle e ci ignora completamente. Okay, va bene, non vuole dircelo e fa il misterioso.

«Non ci hai detto che lavoro fanno i tuoi» non resisto a chiedere, dopo qualche momento di silenzio.

«Mio padre lavora in una società.»

Non sarà troppo? Io e Marta ci lanciamo uno sguardo furtivo.

Lui sorride, mostrando una fila di denti bianchissimi, poi all'improvviso sembra rabbuiarsi per qualcosa e i suoi occhi si socchiudono diventando due piccole fessure. Chissà che brutto pensiero gli sarà passato davanti, penso; vorrei allungare una mano per toccarlo. Che brutta infanzia deve aver avuto un ragazzo così, sempre a cambiare città, case, scuola, amici.

«E tua madre?» chiede Marta.

«Lei fa l'interprete; spesso la chiamano per dei congressi in giro per l'Europa. Quando ero più piccolo l'accompagnavo.»

«E stavi lì ad ascoltarla, mentre faceva la traduzione in simultanea?»

«Sì, era così divertente; immaginavo di essere sul set di un film di spionaggio.»

Poi, senza aggiungere altro, si alza, ci saluta e se ne va, lasciandoci da sole a finire il gelato.

«Certo che è proprio un tipo strano» dice Marta mentre torniamo verso casa.

«Be', ma con una vita così insolita lo sarebbero tutti, no? Pensa che tristezza cambiare spesso posto, dover ogni volta ricominciare da capo e quando finalmente ti ambienti ecco che devi lasciare i tuoi nuovi amici: io impazzirei.»

«Hai ragione. Adesso vado anch'io che si è fatto tardi, chiamami dopo.»

«Che fai nel pomeriggio, ti vedi con Giacomo?»

Lei fa cenno di sì con la testa mentre entra nel portone.

Guardo il cell, sono le due passate; dovrei salire a casa, ma non ne ho voglia, così lego il motorino, mando un sms a mia madre e faccio un giro a piedi fino al lungotevere, proprio dietro casa. Vado sempre lì quando posso, mi piace, anche se non è niente di speciale e ho pure dei brutti ricordi, come quella volta che trovai Ale avvinghiato a Federica nello stesso posto dove andavamo noi due per stare un po' da soli. Secoli fa, per fortuna. Mi affaccio dal parapetto e rimango a guardar scorrere il Tevere. Mia nonna mi raccontava che parecchi anni fa c'era uno straniero soprannominato 'Mister Ok' che ogni primo dell'anno, alle dodici in punto, dopo lo sparo del cannone del Gianicolo, si tuffava nel Tevere da ponte Cavour; era stato chiamato in questo modo perché prima e dopo il tuffo faceva un segno di 'ok' per rassicurare la folla. Ormai era diventato una celebrità e un appuntamento molto seguito, anche dalla stampa. Lei ci portava sempre mio padre, e ogni volta che lo spettacolo finiva rimanevano lì con gli altri ad applaudire.

«Vale!»

Mi giro per capire chi è e riconosco Sara.

«Ehi, che ci fai da queste parti?» chiedo dopo averla baciata.

«Sono venuta a fare un giro prima di tornare a casa. So già che mi aspetta il pranzo da preparare per mio fratello. Ma ti sembra giusto che lui non possa cucinarsi qualcosa da solo? Ormai ha dodici anni.»

La osservo mentre si appoggia anche lei al muretto e guarda di sotto. I lunghi capelli neri le svolazzano sulle spalle mostrandone il profilo perfetto. La sua pelle diafana è messa ancora più in evidenza dall'ombretto nero che porta sulle palpebre. Sulla base del collo, dietro la schiena, sembra siano stati disegnati apposta cinque piccoli nei, di forma perfettamente regolare, che creano una piccola spirale.

«Oggi, con Marta, volevamo seguire il nostro nuovo compagno di classe, Mirko, quello carino, ma lui dopo soli tre secondi ci ha scoperto.»

«Non ci credo, che figura! Perché lo stavate facendo?» mi chiede, divertita.

«Marta è convinta sia un tipo misterioso. È sempre così riservato, non dice niente della sua vita privata.» Anche Sara è un tipo silenzioso, eppure è una brava ragazza!

«Che male c'è a essere una persona poco espansiva?»

«Niente. In realtà è solo un gioco. Comunque oggi dopo quella figuraccia siamo andati a mangiare un gelato con lui e qualcosa ci ha detto; molto poco, in realtà, ma è già un inizio. Pensa che ci ha detto anche una frase in ungherese.»

«Ossia?»

Chissà perché vuole saperlo.

«Una cosa del tipo 'Te vagy nagion zep'.»

«No, è 'Te vagy nagyon szép'.»

Guardo Sara allibita. «Scusa, ma tu come fai a saperlo?»

«È una frase famosa: vuol dire 'Tu sei bellissima' e pare che la dicesse sempre Dracula prima di mordere le sue vittime. Ah ah, che fico il tipo.»

Certo, lei e Mirko potrebbero essere fratelli, per quanto sono simili, tutti e due così strani.

«Come mai siete così curiose?»

«Marta si è messa in testa che ci devo avere una storia.»

Lei si gira e i suoi occhi verdi mi guardano perplessi.

«Che a Marta vengano sempre in mente delle idee strampalate già si sapeva, ma che tu le andassi dietro, questo non me lo sarei mai aspettato. È un bel ragazzo, anzi molto di più a essere sinceri, questo non lo metto in dubbio. Ma non si decidono queste cose a tavolino, e poi perché mai dovresti farlo?»

Rimango in silenzio a guardare le macchine che passano dal lato opposto del fiume. Sara ha ragione, ma...

«Non riesco a togliermi Marco dalla mente» le dico, tutto d'un fiato.

«Oh, Vale, mi dispiace, questo è proprio un bel guaio; ma Mirko non mi sembra un'alternativa valida, o per lo meno non così. Se fossi in te lascerei perdere, rischi di combinare qualche altro guaio.»

«Sì, lo so questo, ma non riesco proprio a chiudere il capitolo Marco.»

«Adesso non sta con un'altra ragazza?»

Annuisco continuando a guardare davanti a me.

«Senti, posso farti una domanda?»

«Certo» le dico, sapendo che non mi piacerà.

«Non mi è mai capitata l'occasione, e l'anno scorso ci siamo viste poco; come mai sei andata con quel ragazzo spagnolo mentre eri con Marco?»

Appunto, come immaginavo. Guardo gli uccelli che volano sopra il fiume e le fronde dei platani che si agitano mossi dal vento; oggi il cielo è limpido e l'aria tiepida. Dicono che questi alberi secolari cominciano ad ammalarsi per via dello smog della città; chissà, forse tra qualche decennio dovranno piantarne di nuovi: sarebbe un vero peccato.

«Non so; ero via da casa e Marco mi sembrava lontano anni luce... e poi avevo bevuto.»

Una scusa banale e stupida.

«L'unica cosa che posso dire» continuo quasi parlando a me stessa «è che in quel periodo stavo attraversando un momento veramente difficile e avevo le idee confuse. La nascita di mia sorella, la crisi con i miei, e anche con Marco non riuscivo più a stare bene come prima; mi sentivo incompresa dalle persone che amavo di più. Londra mi ha fatto prendere le distanze da tutto e tutti. Intendiamoci, questa non vuole essere una giustificazione. Sono consapevole di aver fatto una stupidaggine, ma in quel momento non me ne sono resa conto. Poteva essere Miguel oppure un altro, non credo che quello fosse molto importante; lì per lì quel ragazzo mi è sembrato fantastico, irresistibile; rappresentava la novità, la trasgressione e un senso di rivalsa verso gli altri. La cosa grave è stata non pensare alle conseguenze di quel gesto.»

Sara si gira a guardarmi e sorride appena.

«Ma almeno ne è valsa la pena? Com'è stato fare l'amore con lui?»

Abbozzo un sorriso e le confesso che, tra i fumi dell'alcol, Miguel mi è apparso come un cavaliere; ci siamo guardati negli occhi e io mi sono persa. Sembravamo fatti per stare insieme, non riuscivamo a stare lontani l'uno dall'altra; lui mi ha sussurrato parole bellissime e per tutto il tempo non ha smesso di riempirmi di baci e di carezze. Pensavo di sognare, ero lì da sola con lui che mi baciava con una foga e un'audacia inaspettata; e io mi muovevo senza il minimo imbarazzo, come se sapessi cosa fare. Lui ha ammesso più tardi di aver pensato che l'avessi già fatto.

«Non posso negare che mi sia piaciuto, ma non ci ho capito molto e i ricordi sono un po' confusi.»

«Un peccato non ricordarsi tutto quello che è successo» mi interrompe Sara maliziosa.

«Sì, specialmente perché era la mia prima volta; ma ti posso assicurare che quel dispiacere è stato niente rispetto a quello che ho provato quando l'ho confessato a Marco; il suo sguardo non lo dimenticherò per tutta la vita. Una parte di me è morta trafitta da quegli occhi che un secondo prima esprimevano amore e un attimo dopo odio e dolore.»

«Deve essere stata proprio dura. Non so se io sarei riuscita a raccontarglielo. Forse avrei fatto finta di niente pur di non perderlo.»

«Ci ho provato, ma alla fine non riuscivo più a guardarlo in faccia e dirgli che l'amavo.»

«Non vi sentite più?»

«No. Lo intravedo qualche volta sotto casa. Ma è raro, forse perché cerchiamo tutti e due di fare in modo che non accada. Cosa devo fare, Sara?»

Mi sento disperata, e una lacrima appare sul mio viso.

«Devi fartene una ragione.»

«Tu pensi che non potrei riprovarci?» chiedo esitante.

Lei scuote la testa.

«Avete tentato, no? Ormai è finita.»

«Lo so, in realtà lo so benissimo. È che non voglio lasciarlo andare via dalla mia vita.»

«Ti capisco, deve essere difficile» risponde. Poi continua: «Sai, un po' ti invidio, io una storia così forte e intensa non l'ho ancora vissuta, e forse non mi capiterà mai, non lo so. Deve essere bello amare qualcuno in questo modo.»

«Non pensi di amare Andrea fino in fondo?»

«Non credo; mi piace e mi ci trovo anche molto bene insieme, ma non mi è mai scattata la scintilla. Sento che mi manca qualcosa.»

«Forse Andrea non è quello giusto.»

«Forse. Oppure sono io, sempre controllata. Non riesco proprio a lasciarmi andare alle emozioni, ogni volta ci provo ma poi mi terrorizzo, così torno su un terreno che conosco meglio, la razionalità.»

«Appena ti capita la persona giusta ti verrà naturale lasciarti andare.»

«Il problema è trovarla» risponde dubbiosa.

«Forse Mirko potrebbe essere quello adatto a te!»

«Ehi, calma, non correre, non sono a caccia di storie e non ho detto che voglio lasciare Andrea.»

Sara, Sara, penso divertita. Appena ti stringo un po' il cerchio attorno, ti ritiri subito!

Da quando Mirko ci ha raccontato qualcosa della sua vita, lo guardo con occhi diversi; mi sento più vicina a lui e vorrei conoscerlo meglio. Non lo vedo più come un belloccio superficiale e insensibile, ma come un ragazzo che ha avuto una vita difficile e tormentata, e questo ha risvegliato in me un'enorme curiosità.

Intanto, però, per tenermi occupata, mi sono lasciata convincere dai miei a seguire un corso di teatro che si svolge vicino Testaccio. Veramente all'inizio ho fatto parecchie resistenze, l'idea di mettermi a recitare di fronte ad altra gente mi faceva venire degli attacchi di panico, e i miei hanno insistito dicendo che mi avrebbe aiutato a essere meno paranoica e apprensiva; in verità loro non hanno usato proprio queste parole, ma il senso era quello.

Al corso siamo in dieci, tutti ragazzi più o meno della mia età. L'insegnante è un signore con la barba e gli occhiali, molto affidabile, e suo nipote, che gli fa da assistente, lo è ancora di più. Avrà diciannove anni, e quando ride gli si formano un buchetto sul mento e delle fossette sulle guance. Appena l'ho visto mi ha fatto subito simpatia, con quella sua aria svagata; è magrolino, con i capelli castani corti e gli occhi nocciola. Ogni tanto, quando si emoziona, balbetta e diventa tutto rosso. Lui si occupa delle luci, della musica e prima dell'inizio dell'ora distribuisce dei testi che usiamo poi in sala.

In genere preferisco arrivare cinque, dieci minuti prima dell'inizio dell'ora, ma oggi sono in ritardo. Accelero più che posso e svicolo tra una macchina e l'altra. Ah, se avessi la moto di Mirko... Entro trafelata in teatro e vado a sbattere contro l'assistente, che incespica, facendo cadere tutti i fogli sul pavimento.

«Oddio, Giorgio, scusami, non ti ho visto» dico a mo' di scusa, piegandomi a terra per dargli una mano.

«Me ne sono accorto. Cavolo, adesso mio zio se la prenderà con me. Sono già le quattro e guarda che casino» risponde carponi.

«Mi dispiace; aspetta, prendi anche questi» rispondo passandogli quelli raccolti da me.

«Non mi pare che ce ne siano altri» continuo guardandolo mortificata.

Lui si alza con aria impacciata, cerca di riordinare i fogli, ma nella fretta un paio svolazzano via; li afferro al volo e glieli poggio sopra gli altri.

«Mi sembra tutto a posto, grazie» risponde e finalmente mi concede un sorriso.

«Perfetto, ci vediamo dentro» e fuggo dietro il camerino, ricambiandogli il sorriso.

In genere a lezione ci sediamo tutti in circolo al centro del palco; l'insegnante legge un pezzo teatrale e poi a turno ci fa rileggere delle parti, chiedendoci di interpretare il testo, usando l'intonazione, le pause e controllando la voce. Sembra facile ma non lo è; quando leggo un libro mi sembra di riuscire a rendere bene le parti, i personaggi, ma a voce alta, invece, la mia voce sembra tutta un'altra cosa. Vado troppo di fretta, incespico oppure la saliva mi va di traverso facendomi fare una pausa dove non dovrei; insomma, un vero disastro. Per fortuna non sono l'unica, la maggior parte degli altri fa lo stesso errore. Il prof sostiene che è la prima regola, e per questo dobbiamo esercitarci a leggere a voce alta.

Finita l'ora saluto tutti, arrivo al motorino e trovo un giornale ripiegato infilato nel parabrezza, ma non ricordo di avercelo mai messo. È una rivista di cinema, di quelle che danno gratis nelle sale. Incuriosita la sfoglio, c'è uno speciale su un nuovo film d'animazione. Poi c'è un'intervista ad Angelina Jolie e un'altra all'attore di Harry Potter. All'improvviso vedo scritto a penna un numero di un cell con accanto una nota. 'Ti prego, chiamami. G.'.

Alzo gli occhi e mi guardo intorno; non c'è più nessuno. Mi viene da ridere, non mi dire che Giorgio mi ha lasciato questo messaggio apposta in modo che potessi vederlo. Sfilo il cell dallo zaino e chiamo Marta.

«Non ci crederai, ma mi hanno lasciato un messaggio con un numero di telefono.»

«Bella idea, e di chi è, lo conosci?»

«Penso che sia dell'assistente di teatro, un ragazzo simpatico che si chiama Giorgio.»

«Come fai a esserne certa?»

«Non lo sono, ma chi altri potrebbe lasciarmi una rivista infilata nel parabrezza del motorino?»

«Non è che fai la fine della zia Mapi?»

«Giusto! Se non ricordo male, quella volta lei chiamò quel numero e non era per lei.»

«Appunto.»

«Ma qui è diverso.»

«Perché? Magari non è per te.»

«Lo escludo.»

«Ma questo Giorgio ti ha fatto capire che gli piaci?»

In effetti no, ma è talmente imbranato che potrebbe imbarazzarsi a fare qualche avance.

«Non devo chiamare?»

«Magari è di qualche altro ragazzo del corso.»

«Non ci avevo pensato. Vediamo, con la G ce ne sono tre, a parte l'assistente. Gianluca, Giuseppe e Gustavo.»

«Ma come gli è venuto ai genitori di chiamare il figlio Gustavo? Poveraccio, uno con un nome così parte già svantaggiato.»

«In realtà è molto carino, e poi si fa chiamare Gus.»

«Mi sta già più simpatico!»

Ridacchio, Marta è la solita peste.

«La prossima volta devi capire se uno di loro ti guarda in modo diverso.»

«Diverso come?»

«Non so... con insistenza o in modo ammiccante.»

«Allora aspetto.»

«Meglio, così non fai la fine della zia Mapi.»

Giusto! E mi evito un'altra figuraccia.

Arrivo a casa che sono le sette e trovo mio padre che gioca con Giulia in salone.

«Ciao, Vale, com'è andata a teatro?» chiede.

«Bene, oggi abbiamo letto a voce alta una commedia e ho scoperto che devo fare molta pratica, la mia voce è orrenda.»

«Dobbiamo trovare qualche testo teatrale. Forse nella libreria ci dovrebbe essere qualcosa di Pirandello o Goldoni. Più tardi te lo cerco.»

«Okay. Voi che state facendo?» chiedo, andandomi a sedere per terra con loro.

Giulia mi sorride e io me la bacio tutta. Sul tappeto ci sono molti animali e qualche piccola costruzione.

«Stavamo costruendo una fattoria con tante mucche e galline; qui c'è il pollaio, e qui la stalla con i cavalli. Che ne dici se ci facciamo anche un laghetto per le anatre?» chiede mio padre a Giulia.

Lei annuisce soddisfatta e mugugna qualcosa; prende un furgoncino e lo piazza nel recinto insieme alle pecore.

«E un bell'orto?» dico a voce alta prendendo delle zucchine, pomodori e melanzane e piazzandoli in un pezzetto di prato finto rimasto vuoto.

Giulia strilla felice e batte le mani, poi, con una manata, butta giù ogni cosa.

«Oddio, un uragano!» urla mio padre ridendo. «Corriamo ai ripari. Presto, portiamo tutti gli animali al sicuro, veloce, Vale, è arrivato l'uragano Giulia.»

Mia madre ci trova così, mezz'ora dopo, tutti e tre a terra circondati da animali e laghetti artificiali.

«Cosa state combinando? Avete cominciato a preparare la

cena? Alla piccola è stato fatto il bagno? Vale, li hai fatti i compiti? Sei andata a teatro?»

Io e mio padre ci guardiamo e scoppiamo a ridere; ecco da chi ha preso l'uragano Giulia.

«Mi date una mano con la spesa?»

«Agli ordini, capo» risponde mio padre scherzando.

«Sì, sì, prendetemi in giro. Poi se tra dieci minuti Giulia comincia a urlare perché ha fame, non prendetevela con me!» risponde mia madre sparendo in cucina.

In effetti a nessuno dei due è venuto in mente di mettere su la pappa per mia sorella o di preparare la vasca con l'acqua calda.

«Che ne dici, mamma, se il bagno glielo facciamo domani?»

«Va bene. Però lavale le mani, il viso, cambiale il pannolino dopo averla sciacquata e mettile il pigiamino.»

Afferro mia sorella e la porto in bagno.

«Ti devo raccontare una cosa, Giulia, oggi mi hanno lasciato un numero di telefono sul motorino, non mi era mai successo prima. Credo sia di un certo Giorgio, un ragazzo simpatico, ma molto imbranato, che ho conosciuto al corso di teatro» dico a mia sorella mentre lei gioca con il getto dell'acqua.

«Sì, lo so che non ha molto senso, ma sarebbe carino se fosse lui, mi ispira simpatia. Con Mirko, invece, il mio nuovo compagno di classe, non sto facendo molti progressi; mi sa che il piano di Marta non si realizzerà mai. Non sono proprio portata per certe strategie, e poi si è già capito che non gli piaccio, mi fissa sempre con uno sguardo che mi fa venire i brividi; non posso competere con Fede, e tutto sommato non mi va neanche» continuo mentre poggio Giulia sul letto dei miei e comincio a cambiarla. Lei paciosa canticchia e fa dei gorgheggi mentre cerca di afferrarmi i capelli.

Certo però che quella frase in ungherese l'ha detta proprio a me...

Mi squilla il cell.

«Giulia, c'è Marta, salutala, fai ciao» dico e le avvicino il cell all'orecchio. Sento Marta parlare e l'espressione di Giulia cambiare; adesso ride, poi si fa silenziosa e un'espressione interrogativa appare sul suo viso.

«Che mi racconti? Cosa hai fatto oggi? Dove sei andata con il tuo fidanzato?» le chiedo dopo aver ripreso il cell. Oddio, sto diventando come mia madre!

Ma Marta sembra non farci caso e parte a raccontare del suo pomeriggio. Come al solito lei e Giacomo si sono visti a piazza Cavour e hanno passato tutto il pomeriggio a Villa Borghese e poi al cinema.

«Hai sentito Giò, ultimamente?» le chiedo alla fine.

«Macché, è da prima dell'estate. Che ne dici se andiamo al cinema tutte insieme, un sabato?»

«Per me va bene, ma tu come fai a stare tutto il pomeriggio senza vedere il tuo amore?»

«Fai poco la spiritosa! Resisterò.»

«Organizza allora.»

«Okay, vado a cena che mi stanno chiamando. A domani.»

«Baci, saluta tutti.»

E mentre lo dico, me ne pento subito. Uffa, adesso starà pensando che l'ho detto pensando a Marco e non è vero, anzi sì, è vero, verissimo!

Sospiro e prendo in braccio mia sorella.

«Giulia, Giulia, speriamo che tu sarai più brava di me con i ragazzi. Speriamo che non combinerai tutti i casini che faccio io, che riuscirai a trovare un ragazzo che ti piace, e cosa più importante, riuscirai a tenertelo e a non rovinare tutto come tua sorella. Ricordati, non prendere mai esempio da me, mi raccomando.»

Mi volto per uscire dalla stanza e incontro lo sguardo di mia madre. Mi guarda in silenzio, mi sorride e scuote la testa. Sto per dire qualcosa, ma lei mi fa cenno di rimanere in silenzio, portandosi un dito sulle labbra. Sento che mi vuole bene e che mi capisce. Le parole a volte non servono. Le affido Giulia tra le braccia e insieme lasciamo la stanza.

3

Il motorino ha deciso di non partire. Stamattina uscendo di casa si è acceso al primo colpo, e ora sono dieci minuti che provo a girare la chiave, ma oltre a fare un leggero rumore non dà segni di vita. Non so cosa fare, potrei lasciarlo qui e tornare a casa a piedi, come facevo prima e come continuo a fare anche ora quando piove. Potrei telefonare a mio padre, magari è in giro da queste parti e potrebbe passare a vedere cosa è successo.

«Tutto bene?» sento una voce dietro di me, mi giro e trovo Mirko fermo sul marciapiede a pochi passi da me. Indossa i soliti jeans neri con sopra una maglia grigia scura con degli strani disegni. Le sue braccia magre sono più bianche del solito; i capelli spettinati mostrano un ciuffo più ribelle degli altri che gli copre la fronte. Ha un orecchino sul lobo sinistro, cosa che non mi sembrava di avere mai notato prima, e sul polso destro dei braccialetti di cuoio sembrano stare lì da parecchio tempo. Le dita delle sue mani sono lunghe e affusolate, e le unghie non sono tagliate corte come al solito.

«Il motorino ha deciso di non partire.»

«Fammi dare un'occhiata.»

Scendo e rimango in silenzio a guardarlo armeggiare; prova a spingere il pulsante dell'accensione, si avvicina al motore, sembra ascoltare, toccare qualcosa; alla fine mi guarda.

«Non è che manca la benzina?»

Sto per rispondere seccamente quando le parole mi muoiono in gola; ricordo che ieri sera la spia mi indicava rosso fisso... non mi dire che sono stata così sbadata da dimenticarmi di controllare; ti prego, fa' che non sia questo il motivo, potrei morire dalla vergogna. Balbetto qualche frase poco convinta, ma la sua faccia rimane scettica.

«Be', insomma, non mi ricordo... potrebbe anche essere, stamattina non ho avuto il tempo di guardare» finisco con il viso in fiamme.

«Dobbiamo spingerlo fino a un benzinaio.»

«Ma ora sono chiusi» rispondo titubante.

«Ci sono i distributori automatici.»

Già, ma io ho dimenticato anche i soldi, sono al verde!

«Senti, non fa niente, grazie. Non ti voglio disturbare.»

«Dài, ti seguo con la moto fino al benzinaio; anzi no, te lo spingo io e poi tu mi dai un passaggio indietro.»

Vorrei sprofondare, e ora che diavolo faccio? Non posso dirgli la verità.

Il mio sguardo mostra tutta la mia preoccupazione, e Mirko mi osserva senza capire.

«Andiamo, ce n'è uno proprio qua dietro» risponde e comincia a spingerlo.

«Fermo Mirko, non posso, veramente...» balbetto.

«Non puoi cosa?» risponde, girandosi a guardarmi.

Prendo fiato e, senza guardarlo in viso, dico in un attimo: «Stamattina ho dimenticato anche di prendere i soldi. Lascialo lì, grazie, ci torno con mio padre.»

Dio che situazione, chissà adesso cosa penserà di me!

Mirko mette il motorino sul cavalletto, si avvicina e mi guarda divertito.

«In effetti è un bel problema. Vediamo un po' come si può fare.»

I suoi occhi brillano e con una mano si manda indietro il ciuffo ribelle. Si avvicina impercettibilmente e io arretro, trattenendo il respiro. Noto una piccola cicatrice sul labbro superiore che lo rende ancora più sexy. Cosa vuole fare?, penso terrorizzata. Lui sorride, divertito dal mio imbarazzo, e il mio cuore perde un colpo. Mirko si sporge ancora in avanti, e io rimango immobile.

«Che fai?» chiedo in un soffio.

Sto sognando o mi sta per baciare?

«Controllo quanti soldi ho; te li presto io, me li ridai domani a scuola. Qualcosa dovrei avere» risponde Mirko senza scomporsi, sfilandoli dalla tasca dei pantaloni.

«No, ti prego, non voglio» rispondo appena, ancora con lo stomaco in subbuglio.

«Sei sicura che non vuoi?»

Ancora più confusa, mi concentro sulle sue collanine.

I nostri occhi si incontrano di nuovo. Vorrei, sì che vorrei toccare la tua bocca, penso con sguardo perso.

«Vale, che stai pensando?»

«Perché?» balbetto mettendomi un dito sulle labbra.

«Non lo so, hai un'aria strana.»

Arrossisco violentemente. Stava o no per baciarmi?

«Prendili, Vale, vorrà dire che ti sdebiterai in qualche altro modo» continua fissandomi. Scorgo un lampo divertito che mi spiazza; si sta prendendo gioco di me? Mi irrigidisco e lo guardo con aria di sfida.

«No, grazie, non posso accettare.»

Mirko cambia repentinamente espressione e mi osserva dispiaciuto.

«Dài. Prendili.»

Rimango a guardare la sua mano e alla fine cedo.

«Va bene, accetto» gli dico ancora confusa, e mi allontano da lui.

Mille strane idee mi girano in testa. Possibile che mi sono immaginata tutto? Se è così, sono veramente messa male, peggio di quello che pensavo. Come mi è saltato in mente di pensare che volesse baciarmi?

«Andiamo?»

«Sì, scusa, ero distratta, arrivo.»

«Mi sa che tu devi essere spesso distratta» risponde, e sorrido con aria colpevole.

Camminiamo fianco a fianco, mentre lui mi ricorda la lezione di inglese. La prof, una persona fuori di testa, mentre leggevamo un brano di *Morte di un commesso viaggiatore* di Arthur Miller si è addormentata in classe. La causa era, come al solito, la lettura noiosa di Claudia, che per fare due righe ci impiega mezz'ora; e mentre lei era lì che incespicava, si bloccava, ricominciava da capo, la prof, pensando che non la vedessimo, ha chiuso gli occhi e per poco non le cadeva la testa in avanti. Scoppiamo a ridere e lui mi guarda di sfuggita.

Facciamo ancora pochi passi quando vengo attratta di nuovo dalle sue mani che tengono saldamente il mio motorino.

«Suoni qualche strumento?»

«Sì, perché?»

«Ho notato le unghie lunghe.»

Mirko sorride e mi guarda.

«Pianoforte e chitarra.»

«Caspita. Dove hai imparato?»

Lui fa un vago cenno della mano.

«Piacerebbe anche a me saper suonare uno strumento, ma sono proprio negata. Anzi, a dire il vero penso di non avere orecchio. Però mi piace da morire ascoltare la musica; a casa ho migliaia di brani sul mio iPod e anche sul computer. Mi scarico di tutto, sono molto curiosa. A volte Marta mi prende in giro perché ascolto dei pezzi che forse conosciamo solo io e il gruppo che l'ha composto.»

«Dipende molto dall'esercizio.»

«Sarebbe bello cominciare a suonare qualche strumento, ma non ora, mi basta il corso di teatro.»

«Divertente, e dove lo fai?»

«A Testaccio.»

Arrivati davanti al distributore, mettiamo i soldi nella macchinetta, riempiamo il serbatoio e il motorino parte al primo colpo.

«Avevi ragione, era la benzina.»

«Mi sa proprio di sì. Okay, allora io vado.»

«Aspetta, ti accompagno alla moto.»

«No, grazie, preferisco tornare a piedi. Ciao» e senza darmi il tempo di rispondere sparisce in un attimo. Ancora confusa salgo sul motorino e riprendo la strada di casa.

Certo strano è strano, sembra quasi che non ami i saluti. Oppure si era rotto di aver perso tutto quel tempo dietro a me. Arrivo quasi sotto casa e sono ancora frastornata da quello che è appena successo quando, con la coda dell'occhio, vedo Marco uscire dal portone e andare verso il suo motorino. Mi blocco all'istante e mi nascondo dietro una macchina. Il cuore, se prima aveva perso un colpo, adesso ha smesso completamente di battere, e le gambe si sono fatte di gelatina. Oddio quant'è bello! Mi sento soffocare e ho le guance come due tizzoni ardenti. Calma, Vale, calma, pensa a qualcos'altro... ecco, pensa a Mirko. Non ci riesco, vorrei corrergli incontro e buttargli le braccia al collo. Le lacrime arrivano veloci e non faccio in tempo a trattenerle. Provo ad asciugarle mentre continuo a seguirlo con lo sguardo. Adesso si è seduto sul motorino, si sfila il cell dai jeans e compone un numero. Chi sta chiamando, Martina? Mi sento mancare e per non cadere mi appoggio alla macchina lì accanto.

Sta ridendo, dio, sta ridendo; cosa gli avrà detto di così divertente da fargli buttare la testa indietro e farmi sprofondare ancora di più nella tristezza?

E se andassi lì vicino e lo salutassi, cosa ci sarebbe di male? Rimango ancora a mangiarmelo con gli occhi, avida come un cane randagio di fronte a un bel pezzo di carne. Non posso andare, non posso farlo; lo so che non mi vuole più vedere e che ogni volta che succede il suo sguardo si rabbuia. Lo so che non sappiamo mai cosa dirci, che i silenzi sono ormai dei macigni. E perché dovrei andare lì, per fare cosa? Continuo a non perdere ogni suo movimento, ogni gesto a me così familiare. Mi si stringe il cuore mentre vedo la sua mano toccarsi il labbro. La odio, sì, quella Martina non la sopporto. Possibile che lui sia riuscito a buttarsi alle spalle la nostra storia e io invece continuo a soffrire come un cane? Ma cosa stai dicendo Vale? Marco è stato malissimo, dovresti essere contenta per lui.

«Cosa stai facendo acquattata qui dietro?»

Alzo lo sguardo e incrocio quello di mia madre che mi osserva preoccupata. Beccata, uffa; un'altra figuraccia.
«Ti senti male?» continua, afferrandomi per un braccio.
Sssh, vorrei dirle; così lui si accorgerà che lo stavo spiando.
«Vale, che cosa ti succede? Mi devo preoccupare?» continua, ignara, mia madre.
«Sto bene, mamma, sono solo inciampata e stavo controllando che non mi fossi fatta male.»
«Fammi vedere» insiste lei, poggiando le buste della spesa a terra e avvicinando il viso al mio ginocchio.
«Non vedo niente.»
«Infatti è tutto a posto. Andiamo a casa» e senza osare alzare lo sguardo dal marciapiede, spingo mia madre in fretta nel portone. L'ho scampata per un pelo, ma Marco è ancora lì, che mi ronza nella testa.

Arrivata in camera mi lancio sul letto. Sono una stupida, una stupida con la S maiuscola. Non posso andare avanti così, hanno ragione tutti, devo farla finita, Marco è un capitolo chiuso; devo concentrarmi su qualcos'altro, qualsiasi cosa. Ma anche se Mirko mi sembra una bella alternativa, Giorgio è più innocuo, con lui non rischio di sentirmi in imbarazzo. Nervosa, chiamo Marta.
«Ho appena parlato con Giacomo, oggi pomeriggio ha da fare, non ci possiamo vedere. Perché non vieni da me?»
«Meglio se vieni tu.»
«Marco non c'è.»
Lo so.
«Preferirei di no.»
«Okay, arrivo tra dieci minuti. Baci.»
Accendo l'iPod e inganno i miei pensieri.
«Che ne dici se andiamo a vedere dove abita Mirko? Ho scoperto il suo indirizzo» esordisce Marta, appena entra nella mia stanza, con un sorriso soddisfatto.
«Come l'hai trovato?» rispondo divertita.
«Ho le mie fonti» continua con fare enigmatico.
«Smettila. Come l'hai saputo?»

«Ho preso il suo diario.»
«Non ci credo, e quando? E cosa c'era scritto? Hai scoperto altre notizie interessanti?»
«Sei curiosa, eh?»
Quando fa la misteriosa non la sopporto.
«Allora?»
«Okay, okay, non ti scaldare. Abita vicino via Sabotino.»
«Dove vive anche Filippo?»
«Non lontano, qualche traversa dopo.»
«Cosa andiamo a fare lì? Ti vuoi appostare?»
«Vediamo di scoprire il numero esatto.»
«E poi?»
«Non lo so, qualcosa ci verrà in mente.»
«No, non ci vengo. Se ci scopre facciamo un'altra brutta figura. Già oggi ne ho fatta una» e le racconto del motorino e dei soldi in prestito.
«Allora abbiamo una scusa perfetta: andiamo a riportargli i soldi.»
Ma quant'è insistente; non molla mai.
«Non ha senso, glieli devo ridare domani.»
«Oddio, Vale, come sei fiscale. Lo so che siete rimasti in questo modo, infatti è solo una scusa. Andiamo lì, citofoniamo e chiediamo di lui; se siamo fortunate ci fa entrare.»
La guardo dubbiosa, la scusa sembra credibile, ma cosa dobbiamo ancora scoprire? A me lui ormai sembra una persona a posto, un po' strano, ma tranquillo.
«Senti, te lo devo dire, non voglio continuare con quella tua idea su di lui. Ho deciso che preferisco provare a uscire con Giorgio.»
«L'assistente?»
«Esatto.»
«Come vuoi, ma Mirko sarebbe un bell'acchiappo!»
Alzo gli occhi al cielo esasperata, certo che è proprio incredibile. È una gran testarda, quando ci si mette.
«Allora andiamo oppure vuoi lasciare perdere?»
«Lasciamo perdere.»
«Va bene, allora finiamo la traduzione di greco.»

Tiro un sospiro di sollievo, finalmente posso rilassarmi; oggi è stata una giornata impegnativa.

Sto facendo pratica con la lettura a voce alta; mio padre mi ha trovato *La locandiera* di Carlo Goldoni. È la storia di Mirandolina, una donna che gestisce a Firenze una locanda ereditata dal padre. La protagonista viene corteggiata da tutti gli uomini che frequentano la locanda, in particolar modo dal marchese di Forlipopoli, un aristocratico decaduto, e dal conte d'Albafiorita, un mercante arricchito. L'arrivo del Cavaliere di Ripafratta, un aristocratico altezzoso che disprezza le donne, sconvolge il fragile equilibrio instauratosi nella locanda. Mirandolina, ferita nel suo orgoglio femminile e non essendo abituata a esser trattata come una serva, decide di far innamorare quest'ultimo di sé. In breve il Cavaliere si invaghisce della locandiera, che lo rifiuta non appena capisce che il gioco le sta sfuggendo di mano. Tra gelosie e vendette, alla fine Mirandolina fa riappacificare i tre uomini e sposa il suo cameriere Fabrizio, che l'aveva sempre amata.

Mi siedo sul divano e sfoglio il libro, finché non trovo una parte che mi ispira più delle altre, e comincio a leggere a voce alta, facendo tutte e due le voci.

Mirandolina: Permette, illustrissimo?
Cavaliere: Che cosa volete?
Mirandolina: Ecco qui della biancheria migliore.
Cavaliere: Bene. Mettetela lì.
Mirandolina: La supplico almeno di degnarsi a vedere se è di suo genio.
Cavaliere: Che roba è?
Mirandolina: Le lenzuola son di rensa.
Cavaliere: Rensa?
Mirandolina: Sì signore, di dieci paoli al braccio. Osservi.
Cavaliere: Non pretendevo tanto. Bastavami qualche cosa meglio di quel che mi avete dato.
Mirandolina: Questa biancheria l'ho fatta per personaggi di merito: per quelli che la sanno conoscere; e in verità, illustrissimo, la do per esser lei, a un altro non la darei.
Cavaliere: Per esser lei! Solito complimento.

Mirandolina: Osservi il servizio di tavola.
Cavaliere: Oh! Queste tele di Fiandra, quando si lavano, perdono assai. Non vi è bisogno che le insudiciate per me.
Mirandolina: Per un Cavaliere della sua qualità, non guardo a queste piccole cose. Di queste salviette ne ho parecchie, e le serberò per V. S. illustrissima.
Cavaliere: Non si può però negare, che costei non sia una donna obbligante. (*dicendo a sé stesso*)
Mirandolina: Veramente ha una faccia burbera da non piacergli le donne. (*dicendo a sé stessa*)

Mi fermo, non va bene; devo cercare di non avere il fiatone e andare di corsa. Calma, respiro e vado avanti.

Cavaliere: Date la mia biancheria al mio cameriere, o ponetela lì, in qualche luogo. Non vi è bisogno che v'incomodiate per questo.
Mirandolina: Oh, io non m'incomodo mai, quando servo Cavaliere di sì alto merito.
Cavaliere: Bene, bene, non occorr'altro.
Costei vorrebbe adularmi. Donne! Tutte così. (*dicendo a sé stesso*)
Mirandolina: La metterò nell'arcova.
Cavaliere: Sì, dove volete.
Mirandolina: Oh! Vi è del duro. Ho paura di non far niente. (*dicendo a sé stessa*)

«Non stai andando male» dice mia madre affacciandosi dal corridoio.

«Tu dici, non leggo troppo veloce?»

«Ogni tanto; devi soffermarti sulle parole ed esprimere il sentimento, devi dare corpo alle voci. Vuoi che io faccia la parte del Cavaliere? Magari in due è più facile.»

Annuisco contenta e lei si siede di fronte a me, sul divano.

In effetti, avendo un altro interlocutore mi viene meglio e così proviamo e riproviamo finché mi sembra che per oggi possa bastare.

«Giulia?»

«Dorme. Come sta andando la scuola? Avete già ricominciato a pieno ritmo?»

«Purtroppo sì, ma sono contenta, almeno ho qualcosa da fare.»

«Perché, ti annoi? Non stai mai a casa.»

«Mmh, da prima delle vacanze sono molto insofferente e non mi piaccio.»

«Cosa dici? Stai benissimo.»

«Non mi entra più niente, devo mettermi a dieta.»

«Stai esagerando, come al solito. Cosa c'è in realtà che non va? È ancora per via di Marco?»

Possibile che sono un libro aperto?

Annuisco e mi guardo i piedi.

«Cosa è cambiato da prima dell'estate? Mi sembrava ti stessi riprendendo.»

«Anche io lo pensavo; non so cosa sia successo, anzi non è vero, lo so... sento enormemente la sua mancanza.»

Lei mi guarda ma non dice niente, e dopo pochi minuti che sembrano un'eternità, risponde: «Capisco che non è facile, ho visto la tua espressione l'altro giorno mentre eri dietro la macchina a guardarlo.»

Abbasso gli occhi imbarazzata; allora aveva capito che lo stavo spiando.

«Ma la vita va avanti, Vale, non puoi rimanere legata al passato; arriva un momento in cui bisogna accettare la realtà e proseguire. Ci sono tanti ragazzi al mondo, e sicuramente avrai altre occasioni per innamorarti di nuovo» aggiunge.

Ma io voglio Marco e nessun altro!

«Non ti ostinare, ti fa solo soffrire. E poi non devi mica metterti subito con qualcun altro, un periodo senza fidanzato non ti fa male. Io, per esempio, per un paio di anni sono rimasta single.»

«E com'è stato?» chiedo curiosa.

«Molto divertente. Ero sempre in giro con le amiche; uscivo tutte le sere, andavamo al cinema, a teatro, a ballare. Con Antonella, per esempio, un'estate abbiamo fatto le valigie e siamo partite per il Messico. Lo so che non ti sembra possibile, ma fino a qualche anno fa la mia amica era un'altra persona, molto più dinamica e divertente.»

«Non ho detto niente» le rispondo, ma in effetti stavo pensando proprio a quello. Per me Antonella è così noiosa, petulante, sempre attaccata al marito; non riesco a immaginarmela diversa da così.

«Cosa avete fatto?» continuo.

«Avevamo solo due settimane e pochissimi soldi, ci muovevamo con i pullman locali e per dormire ci fermavamo nelle *cabañas*. Abbiamo girato come delle pazze, ormai non ricordo più neanche bene tutto quello che abbiamo visto. Oltre a Merida, la capitale dello Yucatán, mi ricordo di una riserva naturale dove siamo riuscite a vedere migliaia di fenicotteri, mi pare si chiami Celestum. Per vederli partimmo la mattina presto dalla spiaggia con una barca, e dopo aver percorso qualche chilometro lungo la costa ci siamo trovate davanti uno spettacolo mozzafiato: migliaia di uccelli, cormorani, aironi; fu emozionante. Ricordo anche che imboccato un estuario arrivammo a una foresta detta 'pietrificata'; è chiamata così perché gli alberi, morti da parecchio tempo a causa di un'infiltrazione d'acqua salata, li ha come pietrificati. Poi abbiamo visto i siti Maya di Chichén Itzá, ma faceva un caldo insopportabile.»

«E quindi non l'avete visitato?»

«Sì, certo, è solo che ricordo un umido appiccicoso. Però ne è valsa la pena, è veramente impressionante.»

Mi spiega che all'interno di questo sito c'è El Castillo, la piramide che si vede spesso nelle cartoline. Dalle foto non sembra così imponente, ma quando sali fin lassù fa un certo effetto, per non parlare di quando devi scendere ripercorrendo tutti quei gradini stretti e verticali. In realtà la piramide non è altro che il calendario Maya costruito in pietra. Ciascuno dei nove livelli di El Castillo è diviso in due da una scalinata: si formano così diciotto diversi terrazzi che ricordano i diciotto mesi di venti giorni dell'anno. Le quattro scalinate hanno novantun gradini ciascuno e, se si aggiunge la zona sulla cima, si ha un totale di trecentosessantacinque, che è il numero dei giorni dell'anno. Durante gli equinozi di primavera e autunno un gioco di luci e ombre disegna sulla scalinata nord una serie di triangoli che suggerisce l'immagine di un serpente che striscia in salita a marzo e in discesa a novembre.»

«Caspita. Deve essere stato un viaggio affascinante, ma anche il mare è bello da quelle parti, no?»

«Fantastico; ma noi avevamo poco tempo così ci fermammo solo qualche giorno a Tulum prima di tornare indietro. Quel paese mi è rimasto nel cuore, ho sempre voluto tornarci.»

«Chi lo dice che non ci tornerai mai più? Magari la prossima estate, oppure a Natale, potremmo fare un viaggio tutti insieme.»

«Mi piacerebbe, ma Giulia è troppo piccola, forse l'anno prossimo.»

«Anche a me un giorno piacerebbe fare un bel giro con Marta.»

«E dove vorresti andare?»

«A New York.»

«Come mai proprio lì?»

Appoggio la testa al bracciolo del divano e chiudo gli occhi.

«Forse dipende da tutti i film che ho visto, *Sex and The City* oppure *Spiderman, Una notte al museo, Gangs of New York,* per non parlare di quei film con quell'attore bruttissimo che a te piace tanto, quello che fa anche il regista...»

Lei scoppia a ridere «Ma di chi parli, Woody Allen?»

«Esatto, ci hai costretto a vederli tutti» e alzo gli occhi al cielo come fossi un'attrice.

«Smettila, non è vero che vi ho obbligato a vederli» risponde, ma ridacchia sapendo che ho assolutamente ragione.

«Insomma, mi piacerebbe girare per quelle strade e riconoscere i luoghi. Mi sembra una città così eccitante, totalmente diversa dalle nostre. Mamma, ti immagini attraversare il ponte di Brooklyn, salire sull'Empire State Building e immaginare che arrivi King Kong...»

«Quello era il Chrysler, non l'Empire» mi interrompe lei.

«Insomma, quello che è, e poi andare a pattinare a Central Park, fotografare l'albero di Natale che allestiscono in quella piazza, come si chiama?»

«Quale dici, il Rockfeller Center?» risponde lei.

«Sììì!»

Lei ride divertita dal mio entusiasmo.

«Ci andresti a studiare?»

Alzo gli occhi di scatto e la guardo.

«In che senso?»

«Ti piacerebbe andarci a finire gli studi, dopo il liceo? Potresti andare a stare in un college.»

«Stai parlando sul serio?»

Lei sorride, poi si fa seria.

«Pensa che io l'inglese l'ho studiato quando ero già grande; non che a scuola non lo facessimo, ma all'epoca l'insegnante non fu in grado di farmene capire l'importanza. Così, quando già vivevo con tuo padre, decisi che volevo capirlo e parlarlo molto meglio e mi sono iscritta a un corso. Ma mi annoiavo, in classe c'erano quasi tutti ragazzi della tua età, così ho preso un insegnante privato che veniva due volte la settimana a casa; e mi ha cambiato la vita.»

«In che senso?»

«Quando ho seguito le lezioni non avevo uno scopo, se non quello di capirlo meglio, ma dopo cinque, sei mesi ho cominciato a usarlo sempre più spesso al lavoro. Una volta, parecchi anni fa, la società dove lavoravo vinse un concorso che prevedeva la realizzazione di un progetto da seguire insieme a un gruppo di danesi. Quando il nostro capo selezionò le persone che avrebbero partecipato al lavoro, il fatto di saper parlare inglese ha fatto pendere la bilancia verso di me. E finito il progetto rimasi a occuparmi delle relazioni con l'estero. Capisci cosa voglio dire? Quando ho preso le lezioni non lo sapevo, ma senza quelle non avrei mai avuto quella opportunità.»

«In effetti. Ma non ti dispiace di essertene andata dopo pochi anni?»

Lei alza le spalle e sospira.

«È stata una mia scelta e non mi dispiace, adesso lavoro da sola, lo sai; faccio delle consulenze esterne quando non sono troppo impegnative. Non mi hai risposto, però: andresti a studiare all'estero?»

Provo a immaginare come potrebbe essere la mia vita lontana da casa per un periodo così lungo. Mi si stringe lo stomaco a pensarmi in un college insieme a gente sconosciuta, a dover dividere la stanza con altre ragazze, magari con delle tipe come Anneke; a mangiare sempre a una mensa, come vedi nei film. Però dall'altro lato sarebbe eccitante fare amicizia con ragazzi di diversa nazionalità; chissà quanti amici nuovi potrei farmi. E chissà come sarebbero le lezioni e gli insegnanti: all'inizio non capirei niente, tornerei in camera con la preoccupazione di non potercela fare. Però, così Marta non la vedrei più.

«Non te lo so dire, sono combattuta.»

«Non devi decidere domani, ne stavamo solo parlando, e poi potresti andare anche più vicino, in qualche città europea.»

«Tu lo faresti?» chiedo.

«Di corsa» risponde e ride della mia meraviglia.

A lei è mancata l'opportunità di poter scegliere, mi dice. I nonni erano persone semplici; per loro la cosa più importante era darle un'istruzione. Il percorso era segnato: liceo, università, lavoro, matrimonio, figli. Pensare di mandarla a studiare all'estero non rientrava nella loro mentalità. Certo è vero che non avevano molti soldi, ma forse era anche una scusa, avevano timore che in quel modo lei potesse decidere di non tornare e farsi una vita lì.

«Non avresti paura a mandarmi in un altro Paese da sola?» le chiedo.

«Sicuramente sì; penso che non dormirei per settimane e soffrirei del fatto che né io né tuo padre potremmo essere lì ad aiutarti in caso di bisogno. Ma anche qui non possiamo controllare dove vai durante il giorno, chi frequenti, e tra qualche anno sarà ancora più difficile. In più ci fidiamo di te, sei una ragazza sensata, che prima di fare le cose ci pensa, una che non si lascia condizionare né influenzare dagli altri. Sono convinta che un'esperienza all'estero ti potrebbe far crescere e rafforzare, oltre che darti molte più opportunità di lavoro per il tuo futuro.»

Dopo ciò che ho combinato a Londra, non direi di essere tanto sensata, penso, ma mi astengo dal farlo notare a mia madre.

4

Non sono ancora riuscita a restituire i soldi a Mirko, da due giorni non viene a scuola e Marta continua a tormentarmi con la storia di andare a casa sua. Così alla fine oggi mi sono lasciata convincere ad andare a trovarlo. Lo dicevo io, quando ci si mette... la mia amica ottiene sempre quello che vuole!

Giriamo per le strade di Roma e mi ripeto che non sto facendo niente di male. Al massimo non ci risponde, oppure scende, prende i soldi e torna su. In realtà non sono tranquilla, sono solo imbarazzata perché l'altro giorno mi sono lasciata andare alla mia fervida immaginazione; ripensando alla situazione, in effetti Mirko non ha mai dato segni di volermi baciare. Possibile che appena un ragazzo fa un gesto gentile vado subito a farmi un film in testa? Così non va per niente bene, Vale, di questo passo finirai a dormire sotto i ponti, penso ridendo all'idea!

Marta sostiene che sono troppo contorta, che le cose vanno prese con maggiore leggerezza, ma che ci posso fare se non ci riesco?

«Ecco, ci siamo, deve essere questa» dice Marta indicando un numero civico.

Mi tremano le mani mentre guardo continuamente a destra e a sinistra.

«Senti, secondo me è meglio lasciar perdere.»

«Vale, calmati, neanche fosse un'interrogazione.»
«Okay, ci provo. Allora, cosa gli diciamo?»
«Che siamo venute a vedere come sta e poi a restituirgli i soldi che ti ha prestato.»
Giusto, più facile di così!
Facciamo scorrere le dita sui nomi scritti sul citofono e ci fermiamo su 'Salvati'. C'è, è lui. Peccato, per un momento ho sperato che Marta avesse l'indirizzo sbagliato.
Il cuore mi batte da morire. Dio, Vale, neanche fossi al tuo primo appuntamento.
«Suona» mi incita Marta.
«Perché io? Fallo tu.»
Lei alza gli occhi al cielo e preme il pulsante. Un rumore gracchiante ci fa sobbalzare, ma non accade nulla. Il cuore non smette di agitarsi furiosamente e per calmarmi provo a pensare a mia sorella che stamattina si è rovesciata addosso tutto il latte.
Rimaniamo in ascolto, ma la situazione non cambia, così Marta suona con maggior insistenza.
«Ehi, ma che fai? Non c'è nessuno, andiamo via» le dico staccandole il dito dal citofono.
Lei mi guarda infastidita e rimane davanti al portone.
«Dovrebbe essere al pianoterra, guardando la posizione del nome, che è in basso a destra.»
«Oppure è all'ultimo piano. Ma che importa?»
Marta, ignorandomi, si avvicina alle inferriate che danno sul giardino accanto al palazzo. Guarda dentro e mi fa segno di raggiungerla.
Muovo qualche passo verso di lei, ma l'ansia non riesce a farmi camminare con naturalezza.
«Cosa vuoi fare?» le bisbiglio.
«La casa deve essere questa» mi risponde a voce bassa. Sembriamo due cospiratrici in missione.
«Come fai a esserne certa?»
«C'è un televisore acceso e qualcuno seduto sul divano. Non ti sembra la sua maglia grigia quella che si intravede? E quelle gambe che spuntano non indossano dei jeans neri?»

«Tu sei matta, ma sai quanta gente indossa maglie grigie e pantaloni neri? Una marea. E poi, se anche fosse lui, cosa cambia? Non ha intenzione di rispondere, quindi l'unica scelta che abbiamo è di andare via.»

«Eccolo, è lui, si è tirato su; è Mirko, avevo ragione.»

Non faccio in tempo a dire niente che Marta caccia un gridolino.

«Abbassati, sta venendo verso di noi.»

Mi appiattisco contro il muretto sottostante e il mio cuore ricomincia a martellare furiosamente.

«Marta, ti prego, andiamo via.»

«Oddio, ci ha visto!» risponde lei sgranando gli occhi.

Nooo, ti prego, fa' che stia mentendo, penso mentre afferro con forza la maglia della mia amica e la tiro giù.

Rimaniamo sedute per terra con la schiena appoggiata al muro. Marta prova a tirarsi su, ma io la spingo di nuovo verso il basso.

«Non ti azzardare, se ci provi ti giuro che non ti parlerò mai più!»

«E che sarà mai? Voglio solo dare una sbirciatina» risponde con la solita aria innocente.

«Ti prego, non lo fare, ti prego» ma le parole mi muoiono in gola. Lei si gira, poggia le mani sulla base della ringhiera e si alza lentamente.

Passa qualche secondo e non la sento respirare.

«Be', che si vede, è andato via?» le chiedo ancora sottovoce.

Marta continua a non rispondere, così, anche se a malincuore, mi alzo anch'io, incuriosita dal suo silenzio. Ma non appena mi sporgo dal muretto, due enormi occhi verdi mi fissano a un millimetro dal naso; mi afferro con forza alla ringhiera per non stramazzare al suolo e il cuore smette definitivamente di battere. Siamo morte, riesco solo a pensare prima di chiudere con forza gli occhi, pensando che ancora una volta la pomata svanilina sarebbe molto, ma molto comoda!

Lo sapevo che non dovevamo venire, l'avevo detto che non era una buona idea; mannaggia a me e a quando ho dato ascolto a Marta!

Riapro lentamente gli occhi e da sotto afferro la mano di Marta: questa volta anche la mia amica è rimasta senza parole. Provo a sorridere, ma la mia faccia non vuole muoversi, sento la mascella bloccata.

Insomma, qualcosa bisogna pur fare, in fondo che abbiamo fatto di così terribile? Sì, è vero, lo stavamo spiando, ma solo un pochino, mica tanto. Rincuorata dai miei pensieri e cercando di essere il più naturale possibile, apro la bocca per parlare, ma dalle mie labbra esce solo un rumore rauco e stridulo. Porca miseria, qui la situazione si mette male. Mirko poi, tanto per renderci le cose più facili, non si è mosso di un millimetro e i suoi occhi si sono assottigliati in maniera poco rassicurante. Sembra un felino pronto all'attacco; direi che non è molto contento di vederci.

Alla fine le mie corde vocali decidono che è ora di ricominciare a funzionare.

«Ciao» riesco a dire, e tiro Marta per la manica.

«Ciao, Mirko» mi asseconda lei.

Lui adesso sembra fissare un punto lontano, oltre le nostre spalle.

«Lo so cosa stai pensando, ma non è così; noi non ti stavamo spiando.» Brava, vai avanti così.

«Assolutamente vero» continua Marta.

«E allora cosa facevate acquattate davanti al mio giardino?»

«Noi ecco... abbiamo suonato il citofono... ma nessuno ci ha risposto, così stavamo solo dando un'occhiata... pensavamo che il citofono non funzionasse» dico rossa in viso. Lui allenta la presa sulla ringhiera e respira appena. Se avesse due grossi denti ci azzannerebbe, ne sono sicura, per fortuna ci sono le inferriate, penso mentre un lungo brivido mi attraversa la schiena.

«Scusa se ti abbiamo spaventato. Non volevamo.»

Le sue pupille si dilatano e poi si restringono di nuovo, ma ora il suo sguardo sembra tornato normale.

«Perché siete qui?» chiede, asciutto.

Presa alla sprovvista dalla durezza delle sue parole, anche stavolta non riesco a far uscire la voce.

«Eravamo solo passate per sapere come stavi, non ti abbiamo visto a scuola negli ultimi due giorni» risponde Marta titubante.

«Mmh, non sono stato molto bene.»

«Adesso va meglio?» chiedo.

Lui si stacca dalla ringhiera e sorride. Wow, finalmente un segno positivo.

«Sì, mi è passato tutto.»

«Siamo qui anche per un'altra cosa, vero Vale?»

La guardo senza capire, il mio cervello è completamente vuoto, quale altra cosa? Di che sta parlando? Poi mi ricordo e sorrido timidamente.

«Oddio, me ne stavo dimenticando. Ecco, questi sono i soldi che mi hai prestato l'altro giorno. Grazie ancora, Mirko, sei stato molto gentile» gli dico porgendoglieli tra le inferriate.

Certo che situazione bizzarra, parlarci tra le grate come se lui fosse in una gabbia. Non ci ha neanche chiesto se volevamo entrare, forse si vergogna di casa sua, oppure i genitori non vogliono che inviti gente estranea quando sono via.

«Non ce n'era bisogno, potevi anche aspettare che tornassi a scuola» risponde, facendomi un sorriso che mi fa dimenticare l'assurdità della situazione.

«Vieni, domani?» chiede Marta.

«Sì. È successo qualcosa di importante in questi due giorni che dovrei sapere?»

«Ti sei solo evitato il compito in classe di greco.»

«Meglio così. Scusate, ma adesso devo tornare dentro. Ci vediamo domani e... grazie per essere passate» ci risponde e si allontana lentamente con le mani in tasca.

Noi due arriviamo al motorino senza spiccicare parola, ci infiliamo il casco e andiamo via evitando di guardarci indietro. Per tutto il tragitto rimaniamo in silenzio.

«Mi ha fatto venire i brividi» dice Marta mentre scende dal motorino.

«A chi lo dici, quando mi sono alzata e ho incontrato i suoi occhi volevo morire; il suo sguardo sembrava quello di chi ci avesse scoperto a rubare qualcosa» rispondo e aggiungo: «Stava solo guardando la TV, non capisco proprio.»

«Forse non stava vedendo la televisione.»

«E cos'altro poteva fare disteso sul divano?» le chiedo interrogativa, non seguendo il filo che ha preso il suo discorso.

Lei alza un sopracciglio; il mio sguardo non si accende di nessuna luce, finché capisco dove vuole arrivare e scoppio a ridere.

«Marta, ma cosa ti dice la testa? Solo una maliziosa come te poteva arrivare a pensare un'assurdità simile» le dico con il volto e le orecchie rosse.

«Senti, lo so per certo che se le fanno.»

«Marta, la vuoi smettere per favore?»

Lei borbotta ancora ma alla fine si placa e ci salutiamo con un bacio. Salgo le scale di casa e l'idea assurda di Marta mi frulla ancora per la testa. Adesso insieme al rossore sento anche un caldo improvviso che mi attraversa il corpo.

Sono irrecuperabile; alla mia veneranda età quando sento parlare di certe cose reagisco ancora come una bambina di dieci anni.

Esco di casa che sono le tre e mezza; scendo, slego il motorino, mi infilo il casco, accedo l'iPod, dove ho registrato la mia voce con il testo della *Locandiera* e parto. L'aria fresca e il cielo grigio non preannunciano niente di buono, anche se non si sente odore di pioggia. Mentre prendo il lungotevere si alza un vento che agita le foglie autunnali sparse lungo la strada. La mia testa è concentrata sulla guida e sulla mia voce che ripete la lezione; io le vado dietro, cercando di non mangiarmi le parole. Arrivo al semaforo di viale Trastevere e mi fermo guardando fissa di fronte a me.

«Date la mia biancheria al mio cameriere, o ponetela lì, in qualche luogo. Non vi è bisogno che v'incomodiate per questo» urla la mia voce con un acuto improvviso.

La coppia che sta attraversando la strada sobbalza; i due si girano a guardarmi con aria interrogativa. Il mio viso va in fiamme e abbasso la testa imbarazzata.

«Nottataccia? Alzato un po' il gomito?» mi dice una voce alla mia sinistra.

Mi giro e trovo due ragazzi su un motorino che mi sorridono.

Con il cuore in gola balbetto qualcosa e senza riflettere accelero e vado a finire in un tombino.

«Attenta» urlano i due, ma troppo tardi. In un attimo vedo al rallentatore la mia fine rovinosa sul marciapiede, ma all'ultimo minuto riesco, non so come, a non perdere l'equilibrio e a rimanere in sella.

I due ragazzi si fermano accanto a me e mi guardano con aria preoccupata.

«Stai bene?»

«Sì, grazie; mi sono distratta e...»

«Vuoi che ti accompagniamo da qualche parte? Qui dietro c'è un ospedale.»

«Non è successo niente, grazie.»

«Okay, allora ciao, comunque io sono Luca.»

Li guardo di sottecchi e non mi sento per niente rilassata. Per i miei gusti si sono avvicinati troppo.

«Devo andare» dico in tutta risposta.

«Aspetta, dicci almeno come ti chiami» incalza l'altro.

«Francesca» invento, e per fortuna in quel momento il semaforo diventa verde.

Li sento accelerare dietro di me e le gambe cominciano a tremarmi; che faccio se mi seguono?

«Francesca, Francesca, sei così carina, dove stai andando tutta sola?» urlano mentre si muovono veloci nel traffico.

«Lasciatemi in pace» riesco a dire appena il loro motorino mi è di nuovo a fianco.

«Altrimenti?» chiedono divertiti dal mio disagio.

«Chiamo mio padre.»

«Luca, hai sentito? Chiama il padre. Dài, non fare così, non ti vogliamo fare niente di male. Perché non ci fermiamo e andiamo tutti e tre a bere qualcosa insieme?» e mentre parlano il loro motorino sfiora il mio.

Oddio, questo è un incubo; cosa faccio? Al prossimo semaforo dovrei attraversare il ponte e poi essere davanti al teatro in cinque minuti. Ma non voglio che vedano dove sto andando. Non posso neanche fermarmi e chiamare qualcuno.

Sento il mio corpo rimanere rigido e le mani stringere con forza il manubrio; possibile che non c'è neanche un vigile nelle vicinanze? Il semaforo si sta avvicinando sempre di più... ti prego, non scattare proprio ora, aspetta ancora un pochino. Faccio la discesa e quando sto per rallentare vedo il colore cambiare da verde ad arancione; nooo, non posso fermarmi, penso disperata. Mi sposto sulla destra infilandomi tra due macchine, loro si accodano e suonano, lampeggiando con i fari; li sento ridere divertiti mentre continuano a pronunciare il nome che gli ho dato. Il semaforo diventa di nuovo verde e io con uno scatto veloce anticipo e mi butto sulla sinistra.

Mi giro giusto in tempo per vedere una macchina svoltare a destra e suonare il clacson, costringendoli a rallentare. Approfittando del vantaggio accelero, percorro il ponte come un razzo e mi lancio nella prima traversa accessibile. In un minuto sono davanti al teatro, scendo dal motorino e, senza neanche legarlo, mi butto di corsa dentro l'ingresso, appoggiandomi al muro.

Giorgio mi trova così pochi minuti dopo.

«Valentina, cosa stai facendo? Stai male? Sei bianca come un fantasma.»

Scoppio a piangere e gli butto le braccia al collo.

«Oddio che spavento» gli dico, tra un singhiozzo e l'altro.

Lui rimane di pietra e per qualche secondo non muove un dito, indeciso sul da farsi. Poi alla fine mi accarezza delicatamente la schiena e mi stringe a sé.

«Non fare così, stai calma. Vieni, siediti qui. Ricomincia da capo, non ho capito, chi ti stava seguendo?» mi dice prendendomi per mano e sedendosi accanto a me.

Tra un singhiozzo e l'altro riesco finalmente a fare un resoconto decente dell'accaduto. Giorgio con aria comprensiva non smette mai di accarezzarmi la mano e alla fine me la lascia andare.

«Esco a vedere se sono ancora qui fuori. Dammi le chiavi così ti lego anche il motorino.»

Rimango ad aspettarlo con ansia, e quando rientra con un sorriso sulle labbra mi sento subito meglio.

«Scusami, Giorgio, non so cosa mi abbia preso. Non mi succede mai di scoppiare a piangere in questo modo, mi dispiace. Chissà cosa stai pensando di me» rispondo, rendendomi conto solo in quel momento dell'esagerazione della situazione.

«Ma figurati, capita a tutti di prendersi uno spavento» dice, togliendomi una ciocca di capelli dal viso e mettendomela dietro l'orecchio.

Per tutta la lezione rimango distratta da mille pensieri, l'assurda corsa con il motorino, il modo esagerato con cui ho reagito e Giorgio che mi stringe a sé, e solo quando sta per finire l'ora mi ricordo della rivista e del numero di telefono che mi hanno lasciato la volta precedente. Cavolo, mi è passato di mente, mi dico; alzo lo sguardo e incrocio gli occhi del primo G, Giuseppe. Riabbasso lo sguardo sul mio foglio.

«Valentina, tu cosa hai portato?» mi chiede l'insegnante proprio in quel momento.

«*La locandiera* di Goldoni» rispondo, fissandolo seria.

«Bene, vediamo quale brano» risponde prendendo il libro in mano e poi porgendomelo di nuovo.

«Allora, chi vuole fare la parte del Cavaliere?»

Sembra di essere a un'interrogazione.

«Va bene, allora che ne dici Gustavo, te la senti?» Il secondo G!

Lui arrossisce fine alla radice dei capelli.

«Non ti preoccupare, se sbagli non importa. È solo un'esercitazione per prendere scioltezza con la voce. Andiamo, cominciate, e voi smettetela di ridere.»

Gus si siede vicino a me, e dopo qualche tentennamento inizia a leggere. Alla fine del pezzo siamo tutti e due più rilassati. Il prof ci fa i complimenti e noi ci scambiamo un veloce sguardo d'intesa, soddisfatti. Anche oggi è andata.

Arrivo al motorino che per fortuna tutta la tensione e l'agitazione di prima sono passate. Ma dell'enigma del telefono non sono riuscita a venirne a capo, oggi non era proprio la giornata giusta, penso. Sto ancora trafficando con il lucchetto della catena quando mi sento chiamare; mi giro e vedo Giorgio.

«Ciao.»

«Stavo pensando che se non te la senti di prendere il motorino posso darti un passaggio fino a casa, oggi ho la macchina» dice.

«Ti ringrazio, ma non serve, mi è passato tutto. Prima ero solo molto nervosa; sarà che non sto passando un gran periodo» gli rispondo scrutandolo. È stato lui o non è stato lui?

«A me non costa niente. Dove abiti? Magari siamo anche vicini.»

Gli sorrido.

«Non penso, abito vicino piazza Cavour, non proprio qui dietro. Grazie ancora, ma non serve, veramente.»

«Posso seguirti» insiste.

«Non penso che quei due siano rimasti tutto questo tempo qui intorno ad aspettarmi. Volevano solo fare gli stupidi e divertirsi un po' facendomi prendere un bello spavento. Ormai è passata.»

Lui rimane in silenzio a guardarsi le scarpe.

«Okay, allora...»

Non posso lasciarlo andare così. Questa è un'occasione d'oro, Vale, approfittane; solo due chiacchiere, niente di più, tanto per capire meglio che tipo è.

«Ti va una cosa da bere? A me dopo lezione viene sempre una sete pazzesca. Così posso anche sdebitarmi» gli dico cercando di apparire disinvolta.

Pensa se mi dice di no, che figuraccia. Forse non dovevo, adesso starà pensando che ci sto provando. Uffa, ma perché mi devo fare tutte queste paranoie? E poi, i ragazzi possono provarci e noi no? Vale, ma che dici, non vuoi mica provarci con Giorgio; vuoi solo parlare un po', lui è così carino con quegli occhi da cerbiatto e quell'aria imbarazzata. Ma il silenzio si fa troppo lungo e tutta l'ansia di poco fa ricomincia a farsi strada. Oddio, non sa come rifiutare, che idiota sono stata, non è lui, il biglietto non è venuto da lui; osservo la sua faccia, ha gli occhi sbarrati e mi sta guardando come un marziano.

«Scusa, Giorgio, ho detto tanto per dire. Cioè, in effetti è un po' tardi...»

«No, Vale, non è come pensi: è che mi sono ricordato di aver dimenticato il cellulare in teatro.»

Scusa banale, mi sarei aspettata qualcosa di meglio da un attore!

«Certo, vai pure, ci vediamo la prossima settimana.»

«Ma che dici? Torno subito, non te ne andare» risponde e fugge via.

All'improvviso mi sento spossata, come se avessi attraversato la Manica a nuoto. Il cervello mi sta andando a ruota libera, non ci capisco più niente. Calma, adesso Giorgio torna, andate a bere qualcosa; cerca di mostrarti una persona normale e non la pazza che gli sarai sembrata, e alla fine te ne vai a casa. Esatto, come una persona adulta! E in effetti così succede, passiamo un'ora seduti su una panchina come fossimo vecchi amici. Riesce a farmi parlare della scuola, delle vacanze, delle mie amiche, della famiglia come non facevo dai tempi di Marco, e mentre torno verso casa mi sento subito meglio.

5

Mi sveglio di soprassalto e per qualche minuto non capisco dove mi trovo, poi realizzo: sono sdraiata sul letto, devo essermi appisolata mentre facevo i compiti. Scendo cercando di non cadere dalla scala e vado alla ricerca del cell, che non smette di suonare. Dove l'ho messo? Apro lo zaino, ma il suono mi sembra più distante, così capisco di averlo lasciato in mezzo alle lenzuola. Che ore saranno? Guardo l'orologio sulla scrivania, le cinque del pomeriggio: ho dormito almeno un'ora. Non sento nessun rumore provenire dalle altre stanze, mia madre e Giulia non devono essere ancora tornate. Finalmente trovo il telefono e guardo il display: Marta.

«Ehi, ciao, come stai? Mi ero addormentata leggendo il libro di storia e non riuscivo a trovare il telefono» la saluto.

Dall'altro capo del telefono sento solo dei singhiozzi trattenuti e il sangue mi si gela.

«Marta? Cosa è successo?»

«Mi ha lasciata, Vale. Giacomo mi ha lasciata» risponde con voce strozzata.

Ma cosa dice? Lui che lascia Marta? Nooo, ci deve essere un errore; lui la ama, l'ha amata dal primo giorno che l'ha vista; non può stare senza di lei.

«Non può essere vero, Marta... cosa è successo?»

«Niente, Vale, non è successo niente. Oggi quando ci siamo

visti mi ha portato a fare un giro, ma ho capito subito che c'era qualcosa che non andava, non era affettuoso come al solito, non mi abbracciava, era sfuggente, e quando gli ho chiesto cosa aveva alla fine mi ha detto... aaah, Vale» urla disperata, scossa dai singhiozzi.

«Cosa ti ha detto?» chiedo, tremando per lei.

«Che si è innamorato di un'altra ragazza, una tipa più grande di lui. Capisci che cosa orribile? Ti rendi conto? Aiuto, voglio morire...» continua a singhiozzare.

«Ti prego, Marta, non fare così. Magari non è come pensi, forse hai capito male. Giacomo ti ha sempre voluto bene, tra voi non c'è mai stato niente che potesse far capire che lui avesse un'altra.»

Ma lei non mi ascolta, è fuori di testa, continua a singhiozzare in modo straziante, e a me si stringe il cuore.

Ci deve essere un'altra spiegazione, non si può andare a dire di punto in bianco 'ti lascio, ho scoperto di amare un'altra'. Ma che modi sono questi? E poi da Giacomo non me lo sarei mai aspettato.

«Marta, perché non vieni qui da me e ne parliamo con calma?»

«No, non voglio vedere nessuno.»

«Sono sola.»

«No, vieni tu.»

«Marta non vorrei...»

«Non c'è nessuno, nemmeno Marco, e non penso che stasera torni, ti prego, Vale.»

Rimango indecisa.

«Vale...»

«Va bene, sto arrivando.»

«Grazie» risponde con voce nasale, e riattacca.

Dieci minuti dopo suono alla porta e una Marta con gli occhi gonfi e il naso rosso mi appare; scoppio a piangere insieme a lei. Per un tempo indefinito rimaniamo così, abbracciate, mentre le lacrime di entrambe scendono come un fiume in piena.

«Non posso vivere senza di lui, Vale, capisci? Non posso.»

«Sssh, Marta, non ci pensare adesso. Forse Giacomo non diceva sul serio.»

Lei scuote la testa e si copre il viso con le mani mentre torna verso la sua camera.

«Dovevi esserci, sembrava un'altra persona; alla fine pareva infastidito dalle mie suppliche.»

«Non ci posso credere. Ma poi chi è questa ragazza, quando l'ha conosciuta?»

«Non me l'ha voluto dire. Sostiene che non ha molta importanza.»

«Come fa a dire una cosa simile? Secondo te si vedevano mentre stavate ancora insieme?»

«A questo punto non so più cosa pensare. Credevo che tra noi non ci fossero segreti, credevo che mi amasse, non pensavo fosse capace di mentirmi né che potesse lasciarmi così, come se niente fosse. Stiamo insieme da più di un anno.»

Stavate insieme, mi dico, ma non me la sento di farglielo notare.

«Devi parlarci di nuovo. Ti deve una spiegazione; non ci si comporta in questo modo.»

Marta mi guarda e una grossa lacrima le riga il viso, ma lei non fa niente per fermarla e io con la mano cerco di nascondere le mie che cominciano nuovamente a riaffiorare insistenti.

Mi prende un nervosismo, un'agitazione... mi sento montare una furia enorme. Vorrei andare a cercare Giacomo e dirgliene di tutti i colori. Come si permette? Come ha potuto fare questo a lei, Marta, la mia migliore amica? Ma chi si crede di essere? Mi siedo sul letto, poi mi alzo di nuovo e mi avvicino alla finestra, guardando fuori. Devo fare qualcosa per lei; sì, devo parlare con Giacomo, no, anzi, devo scoprire chi è questa ragazza. Mi copro il viso con le mani, mi sento di fuoco e stringo i polpastrelli sulle tempie che hanno cominciato a battere furiosamente. In questo momento vorrei essere un ragazzo di quelli alti e robusti, così potrei andare a cercarlo e... già, cosa farei una volta trovato? Mi immagino la scena. Gli taglierei la strada con la macchina, scenderei lasciando lo sportello aperto e afferrandolo per il colletto lo tirerei fuori.

Poi gli butterei a terra gli occhiali, schiacciandoli con la scarpa, ma dovrei ricordarmi di mettere delle scarpe con il tacco; e infine, dopo averlo insultato per bene, gli mollerei un cazzotto in mezzo agli occhi, proprio sul naso, uno di quelli che si vedono solo nei film. A quel punto, con molta calma, mi girerei verso di lei, che nel frattempo starebbe sicuramente scappando, l'afferrerei per i capelli e, dopo averglieli strappati uno a uno, le farei un bel paio di occhi neri, tanto per non essere da meno!

Rianimata da questi lieti pensieri, mi giro verso Marta e con calma torno sul letto.

«Sei sicura che non sia successo qualcosa che ora non ti viene in mente?» chiedo.

«Tipo?»

«Non lo so, è possibile che negli ultimi mesi non ti sei accorta che lui non era più lo stesso?»

«No, no, sono sicura.»

«Allora com'è possibile voler bene a qualcuno e poi un bel giorno incontrare un'altra ragazza e innamorarsi, così su due piedi, cancellando tutto il resto? Non mi convince, Marta, ci deve essere dell'altro. Lui la stava frequentando da un po'. Magari si vedevano la sera, quando tu non potevi uscire, oppure la mattina mentre eri a scuola.»

Il suo sguardo esprime un dolore tale che non me la sento di andare avanti.

«Scusa, non volevo» riesco solo a dire.

«Non ce la faccio, Vale, adesso sto troppo male. Mi sento come se mi avessero buttato nelle rapide di un fiume. Mi sento sballottata dalle acque che non mi permettono di fermarmi o aggrapparmi a qualche sasso o ramo. Vengo trascinata verso il basso, bevo, poi risalgo; ma la corrente è troppo forte e io mi sento stanca, spossata, ho voglia solo di lasciarmi andare. Una piccola parte di me sa che è uno sbaglio, ma non ho la forza. Per me Giacomo era la mia salvezza, la mia àncora. Da quando sto con lui mi sento diversa; ho scoperto cosa vuol dire amare veramente, desiderare di stare sempre insieme. Senza di lui mi manca il terreno sotto ai piedi, ogni altra cosa mi sembra senza significato. Mai, ti giuro, Vale, mai avrei pensato di poter provare un sentimento così per qualcuno.»

«Forse perché è stato il primo di cui ti sei innamorata veramente. Oppure dipende dal fatto che è più grande di te e sa come comportarsi con le ragazze.»

«Tu pensi che voleva solo portarmi a letto e una volta arrivato al suo scopo si è stancato?»

«Non lo so, Marta; avrei detto di no, ma certo potrebbe essere.»

«Oppure mi ha lasciata perché vado ancora a scuola mentre lui già lavora.»

«Ma questo lo sapeva fin dall'inizio. Non mi è mai sembrato un problema.»

«Magari non ero così brava a letto.»

«Non dire così!»

«Perché no? Forse ne voleva una con più esperienza. Infatti questa nuova ha qualche anno più di lui. Sì, sarà sicuramente questo il motivo, si era stancato di andare in giro con una ragazzina della mia età.»

Forse ha ragione, magari per Giacomo all'inizio è stato divertente avere una ragazza come Marta, così carina ma anche così inesperta, poi avrà conosciuto questa nuova e si sarà reso conto che non era più così piacevole avere una fidanzata più piccola, che non guida, che va ancora a scuola, con i genitori che le vietano di uscire... oddio, magari la vera causa è proprio questa, i suoi; si sarà stancato di vederla sempre di nascosto. Sto per dirlo a Marta ma mi trattengo, a questo punto che importanza ha parlarne se non per farla soffrire ancora di più? Mi riprometto di approfondire di più l'argomento, domani o dopodomani devo chiamare Giacomo e chiedergli una spiegazione.

«Rimani a dormire qui stanotte?» mi chiede, venti minuti dopo, mentre siamo sedute in cucina a mangiare qualcosa.

«Veramente non mi sono portata niente» rispondo cercando una scusa plausibile.

«Ti prego, Vale, non ho voglia di rimanere da sola.»

Sono combattuta, vorrei tanto dire di sì, ma da quando ho

messo piede dentro casa sua vedo Marco in ogni angolo, in ogni oggetto, e come un segugio sniffo l'aria cercando di riconoscere il suo odore. Per non parlare di quando siamo passati davanti alla sua camera, per poco non svenivo. Ho intravisto il suo letto, la scrivania e mi sono tornati alla mente tutte le cose belle che ci siamo detti dentro quelle quattro mura.

«I miei non sanno che sono qui.»

Un po' debole come scusa.

«Chiamali e digli che dormi da me. Non penso che ci siano problemi.»

La guardo non sapendo bene cosa fare.

«Ti prego, lo sai che se non fosse un'emergenza non te lo chiederei.»

In effetti tra noi c'è un patto. Finita la storia con Marco ho detto a Marta che per un tempo indefinito non avrei più messo piede dentro casa sua, per evitare contatti con lui. La mia amica ha risposto che lo capiva benissimo e non me l'avrebbe mai più chiesto a meno che non ci fosse stata un'emergenza, come questa appunto!

In fondo è solo per una notte: se ci sto attenta posso anche evitare di incontrarlo, e poi forse la sto facendo più complicata di quello che è. Così scaccio via le mie ansie, le sorrido e chiamo i miei.

Notte fonda, sono nel letto con Marta ma non riesco a chiudere occhio. Sento il suo respiro regolare e invidio la sua tranquillità; mi sento irrequieta e agitata, come se stesse per accadermi qualcosa di brutto o come se fossi io quella che è stata lasciata. Mi giro e rigiro tra le lenzuola cercando di non svegliarla. Stasera quando sono tornati i suoi genitori a casa, per un momento mi sono sentita in difficoltà: chissà cosa avranno pensato di me, chissà se sanno cosa ho fatto al figlio. Da come mi hanno salutato non è sembrato, sono sempre gentili e affettuosi; a un certo punto ho sentito lo sguardo della madre su di me fermarsi un po' più del normale, ma forse è perché sono paranoica e io per prima non sono rilassata. Marco, come mi aveva promesso Marta, non è tornato a casa, e se da un lato sono contenta, dall'altra mi dispiace; una parte di me moriva dalla voglia di rivederlo, di avere un'altra occasione per stargli vicino. Sicuramente la parte che vuole ancora soffrire e che ha deciso di non rendermi la vita facile, lasciandomi sveglia in questo letto. Ogni tanto tendo l'orecchio per captare qualche suono, ma il silenzio regna sovrano. Potrei andare a farmi una camomilla, magari mi rilassa e riesco ad addormentarmi. Guardo le lancette della sveglia di Marta che segnano le due e mezza: forse è ancora troppo rischioso, meglio aspettare le tre. Provo a chiudere nuovamente gli occhi e il rumore del camion della nettezza urbana mi arriva come se fosse nella stanza. Non potrei mai fare un lavoro notturno, la vita sarebbe tutta capovolta. Mentre gli altri lavorano tu dormi e quando tu stai per uscire gli altri rientrano. Non potrei vedere gli amici, né avere un ragazzo, se non uno che lavora di notte. Certo ha il suo fascino, quel silenzio, quella luce illuminata solo dalla luna e dalle stelle. Sembra tutto più seducente, ma anche più inquietante. Mmh, non è per me, io amo la luce solare. Già, l'inverno mi sta antipatico perché le giornate sono corte; io cambio addirittura di umore se il cielo diventa nero, figuriamoci se fossi un animale notturno.

I miei occhi guardano di nuovo l'orologio, che segna le tre meno dieci: ci siamo, tra pochi minuti potrò andare in bagno e poi in cucina.

Chissà dove è andato Marco, sarà uscito con Martina? Adesso staranno dormendo insieme a casa di lei? Vale, Vale, vuoi proprio soffrire. La cosa assurda è che alla fine l'amore con Marco non l'ho fatto.

Metto i piedi fuori dal letto e a tentoni arrivo in bagno, chiudo la porta e dopo dieci minuti sono in cucina. Sempre al buio cerco le bustine che, se non ricordo male, sono nel primo scaffale. Per paura di far rumore con le pentole, accendo la luce piccola sopra i fornelli e trovo un bricco. Sto fissando l'acqua mentre bolle, quando un leggero rumore mi risveglia.

«Vale.»

Questa voce potrei riconoscerla tra mille: Marco.
Il mio corpo si irrigidisce e smetto di respirare. Che ci fa lui qui? Perché non ha dormito da Martina?
Lentamente mi giro e lo vedo sulla porta della cucina.
Vorrei correre verso di lui e buttargli le braccia al collo, vorrei dirgli che mi manca, che non faccio altro che pensare a lui. Che vorrei sentire le sue labbra sulle mie, le sue carezze, il suo respiro tra i miei capelli, sul mio collo.
«Marco» rispondo appena.
«Cosa ci fai qui?» chiede rimanendo immobile.
Ma perché deve essere così dannatamente bello? E perché non si comporta in maniera sgradevole con me? Almeno potrei odiarlo!
«Me l'ha chiesto Marta, Giacomo l'ha lasciata.»
«Oh, mi dispiace tanto. Come sta?»
«Male, non l'avevo mai vista soffrire in questo modo. Lui ama un'altra.»
Le parole rimangono nell'aria, in mezzo a noi.
Chissà se sta pensando alla nostra storia, a come ha sofferto per colpa mia. Non riesco a vedere il suo sguardo, i suoi occhi azzurri; forse è meglio così.
Marco entra in cucina e si appoggia al frigo, e io per mascherare l'agitazione mi giro verso il bricco e chiudo il gas; mi tremano le mani, dio, fa' che non se ne accorga.
«Cosa ti stai preparando?»
«Camomilla, ne vuoi un po'?» chiedo versando l'acqua bollente nella tazza.
«No, grazie; come mai, non ti senti bene?»
Il mio stomaco contratto avrebbe sicuramente molte cose da dire, e se potesse parlare anche il mio cuore potrebbe aggiungere qualcosa; ma per fortuna a nessuno di loro è permesso dire niente.
«Non riuscivo a dormire, così ho pensato che qualcosa di caldo mi avrebbe fatto bene.»
Lo sento muoversi verso di me.
«Come mai non riuscivi a dormire?»
Allora dimmelo che vuoi torturarmi, dimmelo che ti stai

approfittando di me. Lo sai benissimo perché non riesco a dormire!

Mi giro e stringo con forza il ripiano della cucina. Le gambe stanno per cedere: speriamo che almeno le braccia non facciano brutti scherzi.

Gli sorrido appena mentre sento il mio cuore cominciare a battere furiosamente.

Sento il suo sguardo su di me, e solo in quel momento mi ricordo di indossare una camicia da notte azzurra corta con dei piccoli fiorellini e le bretelline, di quelle che solo Marta sa portare.

Arrossisco sotto i suoi occhi e delle gocce di sudore cominciano a scendermi lungo la schiena.

«Tu non dovevi dormire fuori?» gli chiedo con la voce rauca.

«Per questo sei rimasta qui?» dice lui a sua volta.

La mia mente cerca qualche risposta intelligente, mentre lui si avvicina ancora di più, prende un bicchiere dallo scolapiatti e lo riempie con dell'acqua fresca.

Le nostre braccia si toccano e una violenta scossa mi attraversa il corpo.

«Scusa» mi risponde lui, ma non si muove.

Sotto la luce vedo i suoi occhi brillare come due stelle.

«La festa non era così divertente, così ho cambiato idea.»

E Martina dov'è? Come mai non è rimasto con lei? Hanno litigato?

Marco beve il bicchiere d'acqua e torna verso il frigo, poi si gira a guardarmi di nuovo.

«Tu cosa mi racconti?» mi chiede.

«Niente di speciale, solite cose» rispondo giocherellando con la bustina della camomilla.

Marco non riesce a stare fermo, apre il frigo, lo richiude; si passa una mano tra i capelli. Odora di fumo e alcol, e si muove come se avesse alzato leggermente il gomito.

«E con Martina come va?»

Non ce l'ho fatta, no, non ci sono riuscita a fare la superiore. Vorrei tagliarmi la lingua, vorrei essere più forte, ma non lo sono. Sto morendo dalla curiosità e dalla gelosia. Dio, questo è un calvario!

«Bene, perché me lo chiedi?» risponde avvicinandosi di nuovo.

«Così, vorrei che tu stessi bene» sussurro appena.

Lui gioca con i miei capelli, io chiudo gli occhi e sospiro.

Vorrei che mi baciasse, vorrei che mi dicesse che si è lasciato con Martina, che vuole stare solo con me. Che anche lui, come me, non fa altro che pensarmi, che non riesce a togliermi dalla sua mente. Che mi desidera, come me in questo momento. Siamo fatti per stare insieme, lo so io e lo sa anche lui. Questa è l'occasione che aspettavo, non posso farmela scappare. Diglielo, Vale, digli quello che provi, devi tentare ancora una volta; forse lui non aspetta altro.

«Marco, io...»

Ci fissiamo per un lungo momento, poi lui mi poggia un dito sulle labbra.

«No, no» dice, e mi allontana bruscamente. Si passa una mano tra i capelli ancora una volta mentre indietreggia verso la porta.

«Vado a dormire, buonanotte» e sparisce nel buio.

Rimango immobile ad assaporare ancora quei minuti appena trascorsi. Sento ancora il suo dito sulle mie labbra, il suo braccio che sfiora il mio. Passano i minuti e le mie gambe non danno cenno di volersi riprendere; mi sento come pietrificata. Cerco di interpretare le sue parole, i suoi gesti; provo a trovare uno spiraglio. Per un attimo mi sono illusa che potesse tornare tutto come prima, poi lui è fuggito, se n'è andato facendomi capire che non vuole avere niente a che fare con me. Bevo in silenzio la camomilla mentre mi sento ancora più triste di quando sono entrata in cucina. Non dovevo venire, lo sapevo che era uno sbaglio; non sono ancora pronta, anzi, non *siamo* ancora pronti, perché anche lui era in difficoltà come me, questo è chiaro, o almeno è quello che spero tanto.

6

È passata una settimana da quando Marta si è lasciata con Giacomo e la situazione è peggiorata; lei non smette di chiamarlo e si ostina a pensare che il motivo sia la sua età e l'inesperienza. Ho provato a farle cambiare idea, ma quando lei si mette in testa qualcosa, nessuno riesce a farla ragionare. Due giorni dopo il fatto ho chiamato Giacomo chiedendogli se ci potevamo vedere; all'inizio ero agitata, avevo paura che mi rispondesse male, ma invece lui si è dimostrato molto gentile e affettuoso. Mi ha spiegato che erano diversi mesi che le cose tra loro non andavano bene, ma Marta si ostinava a fare come se niente fosse; poi una sera a una festa lui aveva conosciuto questa Laura e la situazione era precipitata. Si è innamorato di lei, anche se per un paio di mesi ha provato a resisterle, finché una sera ha capito che ormai non poteva più rimanere con Marta. Ma prima di andare via non resisto, e glielo chiedo.

«Sei andato a letto con Laura mentre stavi ancora con lei?» Giacomo nega, ma non riesce a guardarmi in faccia.

Cammino da sola, persa nei miei lugubri pensieri, quando mi squilla il cell; sarei tentata di non rispondere, ma poi cambio idea.

«Vale? Sono Giò, hai da fare?»

«Mio dio, Giò, come sono contenta di sentirti. Come stai?»

«Bene, ma sono arrabbiata con te. Non ci sentiamo da prima dell'estate... insomma, Vale, ti sei dimenticata delle vecchie amiche?»

«No, Giò, non è affatto vero. Cioè sì, hai ragione, non ci sentiamo da qualche mese, ma tu sei sempre nei miei pensieri; lo sai quanto ti voglio bene.»

«Bugiarda. Anzi a dirla tutta avevo anche pensato di non farmi più sentire, ma poi ho cambiato idea; ho il cuore troppo sensibile, io!»

«Giò, mi fai sentire un mostro.»

«Bene, era quello che volevo.»

«Dove sei?»

«A casa, mi vieni a trovare?»

Oddio, dovrei guidare fin laggiù?

«Sto scherzando, lo so che adesso abitiamo lontano. Però se non hai impegni possiamo incontrarci per un saluto.»

«Sì, per me va bene. Lo dico anche alle altre.»

«Magari un'altra volta; tutte insieme siete troppo impegnative» risponde, e la sua risata cristallina mi fa tornare indietro di almeno un anno.

«Ci vediamo alle sei per un lemoncocco, a piazza Quadrata?»

«Perfetto, così posso arrivarci prendendo solo il tram.»

«Esatto. Giò, ti ricordi di quando siamo andate a ballare lì vicino prima del mio compleanno?»

«Cavolo, Vale, stai parlando di secoli fa!»

Ridacchio divertita.

«Allora a dopo, baci.»

Riesco a stento a riconoscerla. Giò indossa una gonna corta con sopra un giaccone; è più alta e ha perso sei, forse anche sette chili. I capelli neri le ricadono scomposti sulle spalle e la camicia che spunta dalla giacca mostra le sue forme abbondanti.

«Dio, Giò, sei uno schianto. Fai quasi invidia... e pensare che fino a un paio di anni fa eri la ragazza goffa che non si piaceva e metteva solo abiti informi.»

Lei ride.

«Ce l'ho fatta, Vale, alla fine sono riuscita a mettermi a dieta in modo serio e ora riesco a guardarmi allo specchio senza fare delle smorfie.»

«Complimenti, sei quasi irriconoscibile. Cosa dice tuo padre?»

«Per lui ero bella anche prima; però ha notato la differenza ed è contento che io mi senta meglio.»

La continuo a guardare con meraviglia; il cambiamento è fantastico. È come quando il bruco si trasforma in farfalla, un momento prima pensi che non potrà mai accadere e poi osservi la nuova creatura e non capisci come sia stato possibile il miracolo. Intendiamoci, non è che prima Giò fosse brutta, ma non avrei mai pensato che potesse cambiare così tanto. E notando gli sguardi dei ragazzi, anche loro sembrano apprezzare molto il nuovo aspetto della mia amica.

«Dobbiamo organizzare una festa, voglio che ti vedano tutti. Che ne dici se facciamo da me? Potrei dirlo anche a Matteo e Filippo, loro saranno molto contenti di vederti, da quant'è che non li senti?»

«Almeno un anno. Perché no, ma entro il mese di ottobre.»

«Perché?»

Lei storce il naso.

«Poi mi trasferisco a Firenze con mio padre.»

«Nooo, ma questa è una notizia orrenda. E cambi scuola per l'ennesima volta?» e mentre lo dico mi viene in mente Mirko. Potrei invitare anche lui, e perché no, anche Giorgio. «A maggior ragione va organizzata la festa. Giò, quanto mi dispiace che parti, questo vuol dire che ci vedremo ancora più di rado» aggiungo mentre ci sediamo su una panchina.

«Purtroppo sì! Ma sono felice per mio padre: gli hanno dato un incarico molto importante e lui, dopo essersi consultato con me, ha deciso di accettare. Anche se mi dispiaceva, non me la sono sentita di dirgli che avrei preferito rimanere dove sono ora.»

«Senti, Firenze è a un'ora e mezza di treno da qui; se non ti trovi bene, tutti i weekend torni a Roma, ti ospito io, non ti fare scrupoli.»

Lei ride contenta, poggia la testa sullo schienale della panchina e guarda in alto le nuvole che si muovono velocemente cambiando forma.

«Sai, penso che le cose non capitano per caso.»

Mi sistemo come lei e aspetto che continui.

«A me tutti questi cambiamenti hanno fatto bene. Prima, quando i miei vivevano insieme, ero una persona insicura, terrorizzata da tutto. E pensavo che il mondo fosse la mia casa, mia madre e mio papà, la scuola e voi tre. Poi si è rotto tutto, e i pezzi non si sono ricomposti più allo stesso modo; ma ora sono felice, e vedo anche il mondo in modo diverso. Ho capito che il luogo in cui vivi è relativo e mi sento più forte e obiettiva. Mi adatto facilmente ai cambiamenti e ne vedo il lato positivo; mi elettrizza l'idea di andare a vivere in un posto diverso, conoscere nuovi amici e mettermi in gioco ancora una volta.»

«Per fortuna ti sei scoperta così: pensa se eri come me, una nostalgica e paurosa.»

«Ma non è vero che sei fatta in questo modo. Diciamo solo che bisogna punzecchiarti un pochino per farti fare le cose.»

Ridacchio divertita, ha perfettamente ragione. Dicono che sono un po' pigra.

«Per questo ho bisogno di voi» le rispondo, e poi la metto al corrente di tutte le nostre disavventure, tanto che alla fine lei mi guarda con occhi tristi.

«Mi dispiace veramente tanto per Marta, ma lei è una tosta, riuscirà a superarla.»

«Non ne sono più così sicura» le dico.

«Ma sì, è solo che ci vuole del tempo.»

«A chi lo dici. Invece tu che mi racconti? Quanti fidanzati hai trovato?»

Ride e mi racconta di una storia che ha avuto quest'estate in Sardegna, che però è finita appena tornata a Roma.

Ci stiamo ancora aggiornando sugli ultimi fatti, quando chiama Marta che ci fa sapere come sta, e la mettiamo al corrente dell'idea della festa. Quando arrivo a casa, un'ora più tardi, lo sguardo di mia madre non preannuncia niente di buono.

«Ben arrivata, ti sembra questa l'ora di tornare? Ti avevo chiesto un minimo di collaborazione, e questo è il modo di agire?» chiede furiosa.

«Ma sono appena le otto.»

«Lo sai che Giulia prima di mangiare deve fare il bagno. Tra voi non so chi fa più il furbo.»

Dunque mio padre non è ancora tornato.

«Scusa, è che mi sono vista con Giò, lo sai che a novembre si trasferisce con il padre a Firenze?» dico cercando di allentare la tensione, e in effetti un pochino mia madre si addolcisce. Le racconto ogni cosa mentre infilo Giulia nel seggiolone e la faccio mangiare. Mia sorella sembra molto interessata ai nostri discorsi, per tutto il tempo rimane in silenzio a fissarci. Arrivate alla mela grattugiata, però, decide che è ora di farla finita e mi riempie i capelli di una poltiglia molliccia e verdina, la mela appunto!

«Ma insomma, Giulia, la fai finita? Se non ti va la frutta puoi anche farcelo capire in un altro modo» risponde mia madre per me.

Lei sorride paciosa e fa finta di niente.

«Basta così, signorina. Vale, portala a letto.»

Dieci minuti dopo sono vicino a lei nel lettino, e per farla addormentare la metto al corrente delle mie ultime vicissitudini, da Marco a Marta fino a Giò; e come avevo già scoperto altre volte, lei rimane tutto il tempo in silenzio a guardarmi, come se realmente seguisse i miei discorsi, finché non chiude gli occhi e la sento respirare in modo regolare. Altro che le ninna nanne delle nonne, oggi funzionano le lunghe chiacchierate!

Cammino, affrettando il passo per evitare di arrivare in ritardo alla lezione di italiano. Sono quasi giunta quando vedo Federica dietro un pilastro; sembra parlare con qualcuno, e la curiosità prende il sopravvento. Mi appiattisco alla parete e avanzo rasente il muro cercando di non far scricchiolare le mie scarpe; perché oggi ho deciso di indossare gli stivali invece delle mie solite sneakers?

Riesco a vedere lo zaino di lei buttato a terra e i capelli che appaiono e scompaiono dietro la colonna. Trattengo il respiro mentre sento dei bisbigli.

«Ci vediamo dopo?» sta dicendo lei.

Mi allungo ancora un po' e intravedo lo zaino pieno di disegni di Mirko. Scuoto la testa sconsolata, è tutto così scontato, come da copione: possibile che nessun ragazzo riesca a resisterle? Sto per tornare sui miei passi quando, con la coda dell'occhio, vedo lei venire verso di me, così mi lancio verso il bagno e mi chiudo nel primo libero. Fede arriva subito dopo.

«Sììì, ce l'ho fatta, ormai è mio.»

Ma che fa, parla da sola?

«Sei proprio brava, Fede, nessuno può batterti» continua a dire prima che la senta uscire.

Guardo l'orologio, la prof mi farà a pezzi, è già la terza volta che arrivo tardi alla sua lezione. Con aria titubante busso ed entro. Vedo Mirko e Fede vicino alla cattedra e vorrei fare marcia indietro: brutto segno.

«Ma bene, oggi tutti in ritardo, cos'è, anche a te non ha suonato la sveglia?»

«No, veramente ho dovuto aspettare la baby-sitter di mia sorella, è arrivata in ritardo» invento lì per lì.

«Sì, certo, immagino. Vieni anche tu alla cattedra con i tuoi compagni. Bene, Salvati, ci parli del Dolce stil novo e del suo padre fondatore.»

A me sudano le mani, oggi proprio non ci voleva l'interrogazione; guardo Mirko di sfuggita, ma lui accenna a un sorriso prima di partire come un treno. Parla per venti minuti di fila senza interrompersi; la prof indispettita prova a fargli qualche domanda per confonderlo ma lui, con aria rilassata, risponde come se conoscesse questi argomenti meglio dell'insegnante stessa.

«Basta così, tornate ai vostri posti tutti e tre. E ora andate a pagina centoventi.»

Uscite di scuola racconto a Marta l'accaduto, ma lei è distratta; da quando si è lasciata con Giacomo non è più come prima; mi guarda con aria assente.

«Non va bene così, devi reagire. Devi fartene una ragione» le dico mentre camminiamo fianco a fianco.

«Non ci riesco, sto malissimo.»

«Ma non puoi andare avanti così.»

«Lo sai bene che non è facile» mi risponde guardandomi appena.

«Proprio perché lo so, devi fare quello che mi hai sempre consigliato. Reagire e togliertelo dalla mente.»

Lei non mi risponde e continua a camminare a testa bassa.

Il cielo si è fatto scuro e delle grosse nuvole si sono addensate sopra di noi. Tra poco comincerà a piovere.

«Oggi pomeriggio mi vedo con Davide, un amico di Giacomo.»

«Come mai?» le domando.

«Così, lui mi ha chiamato dicendo che ha saputo e gli dispiaceva molto per me. Alla fine mi ha chiesto se volevo uscire per andare a bere qualcosa e io ho accettato.»

«Cosa speri di ottenere da lui?»

«Niente.»

«Marta...»

«Okay, magari lui sa qualcosa che io non so, forse Giacomo si è confidato con lui. Faccio male?»

«Non ho detto questo, ma non vorrei che ti facessi delle illusioni. Insomma, non voglio che tu soffra più di quello che stai già facendo.»

«Peggio di così!» risponde scura in volto.

Si sentono dei tuoni in lontananza e qualche goccia comincia a bagnare la strada. Affrettiamo il passo, ma quando arriviamo sotto casa siamo già zuppe; stamattina uscendo non abbiamo pensato a prendere l'ombrello. Adesso la pioggia è diventata più forte, e un vento fastidioso direziona le gocce in modo da farle arrivare dritte sul viso. Ci salutiamo di corsa e quando entro nel portone tiro un sospiro di sollievo. Sento gli stivali sciaguattare, i calzini sono completamente bagnati; la maglietta mi si è appiccicata alle spalle e dalla giacca continuano a scendere rivoli d'acqua. I capelli, zuppi, mi si sono attaccati alla fronte e alla testa. Sembra che qualcuno mi abbia immersa in una pozza d'acqua. Per quanto sono bagnata mi viene da ridere. Non ha senso togliermi niente; rimango ancora a crogiolarmi in questa sensazione fastidiosa, pregustandomi il momento in cui sarò finalmente a casa, chiusa in bagno sotto la doccia calda.

Nella penombra noto con la coda dell'occhio un leggero movimento e provo a mettere meglio a fuoco; non sento nessun rumore, ma un altro leggero spostamento d'aria mi fa localizzare meglio la provenienza. Con aria titubante faccio un altro passo e poi mi fermo. Non riesco a capire cosa sia. Poi un piccolo cane sbuca fuori e si avvicina con aria incerta; è bianco, e il pelo lungo completamente bagnato lo fa apparire come un pulcino spennacchiato. Lui scodinzola guardandomi con aria timorosa; mi inginocchio.

«Ehi, ciao. Non aver paura, vieni qui; non voglio farti male. Vieni» gli dico.

Lui si avvicina tremando come una foglia.

«Hai freddo? Ti sei perso?» gli dico, ma mi accorgo che non porta il collare: deve essere un randagio. I suoi occhi mi guardano supplichevoli.

«Vieni qua che ti asciugo un po'; ti sei tutto infreddolito. Guarda come sei magro.»

Lui si fa accarezzare e mi lecca la mano.

«Aspettami qua, ti vado a prendere un asciugamano e qualcosa da mangiare. Non te ne andare, hai capito? Fuori sta diluviando» e riportandolo nel suo nascondiglio lo faccio stendere a terra.

«Torno subito, aspettami» gli dico mentre salgo a due a due i gradini e arrivo di corsa dentro casa.

«Sei tu, Vale? Hai visto che pioggia?» urla mia madre dalla cucina.

«A chi lo dici, sono tutta zuppa. Vado in bagno a cambiarmi» e sparisco dietro la porta.

Esco dieci minuti dopo con indosso una felpa nuova e un paio di jeans asciutti; entro in cucina e apro il frigo.

«Cosa fai? Hai fame? L'acqua sta per bollire.»

«Cerco qualcosa, ecco, un pezzo di formaggio andrà benissimo.»

«Dove lo porti?» mi chiede vedendomi aprire la porta di casa.

«Nell'androne del palazzo si è nascosto un cagnolino; è

tutto zuppo e sta tremando dalla fame e dal freddo. Vado ad asciugarlo e a portargli qualcosa da mangiare.»

«Stai attenta.»

«A che?»

«Se è randagio può avere delle reazioni improvvise, se si spaventa. Potrebbe morderti, sii prudente.»

«Va bene» le dico mentre corro giù per le scale.

Appena arrivo all'ultima rampa rallento, non vorrei si mettesse a correre terrorizzato.

«Ehi, sono io, ci sei? Ti ho portato una cosa molto interessante.»

Ma non succede niente. Non mi dire che se n'è andato.

«Vieni fuori, non mi riconosci? Non voglio farti del male. Guarda cos'ho per te» continuo brandendo il pezzo di formaggio come se fosse un trofeo.

Lo poggio a terra e mi allontano. Finalmente un musetto e due orecchie emergono dall'ombra e si avvicinano annusando, poi addentano il formaggio e se ne tornano da dove sono venute.

«Com'è, buono? Posso venire un po' più vicino, adesso?»

E così alla fine riesco ad asciugarlo e a dargli un altro pezzo di formaggio. Lui si è tranquillizzato, ha smesso di tremare e si fa accarezzare il pelo, che è tornato ad avere un aspetto normale.

«Vale, è pronto» dice mia madre dalla cima delle scale.

«Mamma, vieni a conoscerlo, guarda quant'è carino» le dico mostrandole il suo musetto.

«Vale, non lo sbaciucchiare tutto, chissà dov'è stato.»

«L'ho asciugato.»

«Non vuol dire che ora sia pulito. Giulia, saluta, di' ciao al cagnolino.»

Mia sorella fa dei gridolini, poi comincia a parlare facendo un discorso lunghissimo inframmezzato, ogni tanto, da un battito di mani.

«Falla scendere e portala qui vicino» le dico, ma mia madre non si fida.

«Andiamo, Vale, la pasta è in tavola.»

«Posso portarlo su con noi?»

«Non se ne parla proprio.»

«Ti prego, solo per un'ora; quando si sarà asciugato per bene lo lascerò andare.»

«Ma sporcherà tutta casa!»

«Pulisco io.»

«Senti, adesso sali a mangiare, poi ci pensiamo, sbrigati.»

Alla fine riesco a ottenere di tenerlo per il pomeriggio sul terrazzo di casa, e dato che continua a piovere metto dei giornali sotto la tettoia in modo che sia più riparato e ogni cinque minuti vado a controllare che stia bene. Verso le sette smette di piovere, ma io non ho alcuna voglia di lasciare andare il mio cane. Già, perché ormai ho capito che lui deve rimanere con me e gli ho anche trovato un nome, Nuvola. E anche lui sembra essersi affezionato: ogni volta che mi affaccio alla finestra alza il musetto e mi guarda con i suoi grandi occhi. Per non parlare di Giulia, che tutto il pomeriggio è rimasta incollata con me alla finestra a guardare il nostro nuovo amico. Ogni tanto batte la mano sul vetro e lo chiama. Alle otto ottengo la notte e la mattina dopo chiedo a mia madre di aspettare il mio rientro e le faccio promettere di non mandarlo via in mia assenza. Mio padre, in tutto questo, sembra divertito dal nostro entusiasmo, e a differenza di mia madre è molto più tollerante. E a scuola, per tutte e cinque le ore, sono distratta e agitata, non vedo l'ora di tornare a casa.

«Marta, devi venire a vedere Nuvola, è un amore» le dico a ricreazione.

«Non ti ci affezionare, rischi che quando lo dovrai lasciar andare soffrirai più di lui.»

«Hai ragione, ma è impossibile non volergli bene. È così dolce e tenero. Perché non vieni a pranzo da me, così lo conosci?»

«No, ho da fare.»

La guardo.

«A pranzo?»

«Sì» risponde laconica.

«Esci con qualcuno?»

Lei non mi guarda in faccia.
«Mi passa a prendere Davide.»
«L'amico di Giacomo?»
Lei annuisce.
«Non è che adesso ti metti con lui per fare un dispetto al tuo ex?»
«No, figurati; ci vediamo solo per parlare. Lui mi sta aiutando.»
«Marta, non fare stupidaggini. Me lo prometti?»
«Sì, stai tranquilla. Magari passo da te prima di tornare a casa.»
«Va bene. Guarda Fede sulla moto di Mirko; vorrei bucargli le gomme!»
Marta ride.
«Te l'avevo detto di batterla sul tempo. Adesso ci saresti stata tu al posto suo su quella moto.»
«Ma lui non mi ha mai guardato nel modo in cui guarda lei.»
«Secondo me non dura, lei vale poco. Hai scoperto chi ti ha lasciato il numero di cell sul motorino?»
«Macché, l'altra volta a lezione non ci ho capito niente; guardavo tutti con aria indagatrice, sembravo un investigatore privato. Sembravo Modesty Blaise.»
«Chi?» dice Marta, come se l'avesse punta una vespa.
Scoppio a ridere.
«È un personaggio di un fumetto, una specie di 007 al femminile. Mio padre ha l'intera collezione a casa.»
«Mai sentita. Roba vecchia?»
«Abbastanza, direi. Però me li sono letti tutti anche io» ammetto.
«Ho capito, un'altra fissa di tuo padre. Certo che legge molto, eh! Comunque, cos'hai intenzione di fare con i G? Non puoi lasciar perdere.»
«Ho pensato di chiedere a Giorgio se è stato lui.»
«E che figura ci fai se ti dice di no?»
«Non ci voglio pensare, e voglio credere che sia lui. E poi è stato così carino l'altra volta quando mi sono presa quel brut-

to spavento in motorino; sulla panchina siamo stati molto bene insieme. Lo vedo che mi guarda in modo diverso, più affettuoso.»

«Invitalo al cinema» mi suggerisce Marta.

«Sì, mi sembra una buona idea. Domani glielo propongo. Adesso vado, è tardi; ti aspetto dopo» le dico e scappo via.

Mia madre ha mantenuto la promessa, Nuvola è lì davanti alla finestra che mi sta aspettando; non appena mi vede comincia a scodinzolare e fare una danza di benvenuto, e io mi sciolgo come un budino. Almeno adesso ho lui!

«Mamma, allora posso tenerlo?»

«Vale, perché insisti? Non abbiamo spazio, la casa è già piccola; dove lo mettiamo anche un cane?»

«Lo posso tenere in camera mia e quando esco può stare sul terrazzo. Me ne occuperei io, te lo prometto.»

«Vale, un cane è un impegno importante, non è un giocattolo. Deve mangiare, essere portato a spasso, lavato. E che si fa quando partiamo per le vacanze?»

«Lo potremmo portare con noi. Tanto da quando è nata Giulia prendiamo sempre una casa da qualche parte. Al massimo posso chiedere a Marta di tenerlo per qualche giorno, se proprio non può venire con noi.»

«Non lo so, non vorrei ritrovarmi a occuparmi anche di lui. Ho già così tante cose da fare, che non penso potrei farcela.»

«Ti prego, mamma.»

«Vale, tu non sei mai in casa.»

«Se so che c'è lui, tornerei prima; non ti devi preoccupare. Facciamo una prova.»

«Le cose non funzionano così. Con che cuore puoi pensare che tra un mese, dopo che è rimasto qui con noi, lo abbandoniamo per strada come se niente fosse? Poverino, anche per lui non sarebbe giusto.»

«E allora teniamolo.»

«Ne parliamo stasera con tuo padre.»

7

Sono passate due settimane da quando Nuvola è entrato a far parte della famiglia; già, perché dopo un paio di giorni di fuoco con mia madre, alla fine papà è riuscito a convincerla. Forse avrà inciso anche il fatto che Giulia, da quando c'è lui dentro casa, è molto più tranquilla e passa ore intere dietro a lui, anche se Nuvola non sembra apprezzare molto la sua compagnia. Ovviamente, perché venisse accettato da mia madre, Nuvola è stato costretto a passare per un lungo e faticoso calvario: veterinario, vaccini, lavaggio, guinzaglio, e solo a quel punto ha potuto varcare la soglia di casa da vincitore, con aria trionfante. La notte dorme in camera mia e la mattina prima di andare a scuola tocca a me portarlo a fare un giro. La sera, invece, l'ultima passeggiata spetta a mio padre; l'unico compito di mia madre è la cena. A Giulia invece, per il momento, tocca solo rincorrerlo per casa e afferrarlo per la coda. A volte, quando Nuvola non ne può più, si va a nascondere sotto al letto dei miei, dove mia sorella non riesce ad arrivare.

Chissà, magari stava meglio prima!

«Che ne pensi della commedia per la recita di fine corso?» mi chiedono Giuseppe e Giorgio fuori dal teatro.

Eh già, perché oggi il prof ci ha comunicato la commedia che ha deciso di farci rappresentare per la fine del corso, *Molto rumore per nulla* di William Shakespeare. La storia narra del perfido Don Juan, fratello malvagio di Don Pedro, principe di Aragona, che torna a casa dopo la guerra con la sua armata e insinua nel conte Claudio che la sua promessa sposa Hero lo tradisca proprio alla vigilia delle nozze, mentre il disincantato Benedetto perde la testa per la bella e saggia Beatrice.

«Sembra divertente» rispondo.

«Che parte vorresti fare, Beatrice o Hero?» chiede Giuseppe.

«Non lo so, forse Beatrice, sembra più simpatica anche se non mi sento né bella né tantomeno saggia. E tu chi ci vedresti nelle parti di Benedetto o di Claudio?»

«Secondo me Gus può fare bene la parte del primo, a me piacerebbe di più fare lo sposo, magari con Claudia nelle parti di Hero.»

Hai capito, a Giuseppe piace la biondina. Questo vuol dire che non può essere stato lui a lasciarmi il numero di telefono.

«Tu, invece?» chiedo rivolta a Giorgio.

«Io non devo recitare; a ogni modo farei il cattivo, Don Juan!»

Non ce lo vedo proprio a fare la parte del malvagio.

«Da quella commedia è stato tratto un film con Keanu Reeves che faceva proprio quella parte» continua lui, con soddisfazione.

Dopo averli salutati, slego il motorino e ci salgo; poi senza rifletterci apro il foglio con il numero scritto che ho conservato e lo compongo.

«Sì?»

È Giorgio, avevo ragione, è lui.

«Sono Vale, senti...»

Lui sembra sorpreso di sentirmi e non sa cosa dire.

«Ti ho chiamato solo per... ecco... ho trovato il numero» balbetto.

«Quale numero?»

Per fortuna non può vedermi!

«Be', insomma quello che mi hai lasciato sul motorino.»

Giorgio rimane in silenzio qualche istante.

«Non l'hai scritto tu?»

«No, cioè sì, l'ho scritto io ma... veramente non era per te.»

Ecco appunto, brava Vale, un'altra bella figuraccia. Marta me l'aveva detto di non fare la fine della zia Mapi! E ora che dico?

«Vale, non devi pensare che...»

...Sono una povera illusa?

«Non importa, Giorgio. Lo immaginavo.» Provo a sembrare convincente, ma la mia voce sembra un po' strozzata.

«Vale, senti, in realtà quando l'ho lasciato non pensavo che quel motorino fosse tuo, il messaggio doveva essere per la signora Luana, la segretaria. Mio zio mi aveva chiesto di avvertirla che il giorno dopo la lezione era posticipata dalle quattro alle cinque.»

«E non facevi prima a chiamarla?» chiedo ancora scettica.

«Ho provato, ma non mi ha risposto, così dato che dovevo scappare via le ho lasciato tre messaggi, uno sul cell, uno sulla scrivania e un altro su quello che pensavo fosse il suo motorino; così sarei stato certo che almeno uno dei tre l'avrebbe visto.»

Sono convinta che stia mentendo, ma poco importa, adesso mi viene solo da ridere.

«Mi credi?»

Comincio a sghignazzare e cerco di mascherarlo tappandomi la bocca.

«Vale?»

«Sì, ci sono, scusa, Giorgio, mi viene da ridere. La situazione è ridicola; mi sento una vera stupida ad aver pensato che...»

«Non devi dirlo, Vale. Anch'io avrei pensato la stessa cosa. Sai che ti dico? Hai fatto bene a chiamare, almeno adesso ho il tuo numero.»

Continuo a ridere sommessamente.

«Senti... la storia della segretaria, scusa se te lo dico, ma mi sembra un po' troppo complicata e non penso sia vera, ma non importa. Sono contenta anch'io di averlo fatto.»

«Bene. Allora amici?»

«Amici.»

«Perfetto, cinema domani pomeriggio?»

Wow, mi ha battuto sul tempo.
«Okay. Ti va il Warner a piazza Esedra?»
«Sì, facciamo alle quattro?»
«Perfetto, a domani, Giorgio.»
«Ciao, Vale.»
Metto il cellulare nello zaino e rimango a guardare la strada illuminata dai lampioni. Un padre sta attraversando la strada con il figlio sulle spalle e a me torna in mente quando anch'io passavo ore seduta sopra il mio papà. Ricordo che mi piaceva stare così in alto, la visuale da lì era completamente diversa e mi dava la sensazione di poter dominare il mondo e di toccare il cielo con un dito. Ma un giorno mio padre mi disse che ormai non poteva più portarmi perché ero diventata troppo grande e cominciavo a pesargli. Mi sentii rifiutata, pensai che sicuramente c'era un altro motivo; che avevo fatto qualcosa per farlo arrabbiare e, per questo, lui voleva punirmi. Per settimane mi torturai cercandone la ragione, e quando alla fine glielo confessai quasi in lacrime lui mi tenne stretta a sé e mi disse che per lui ero il suo tesoro e che non era cambiato niente tra di noi.

Con un sospiro accendo il motorino e arrivo a casa che sono le sette passate; entro, saluto mia madre e mia sorella e vado dritta in camera mia, dove trovo il mio nuovo amichetto ad aspettarmi disteso sul tappeto; dopo essermelo coccolato tutto chiamo Marta, che ultimamente sembra molto indaffarata.
«Dove sei?» le chiedo, dopo averla salutata.
«A spasso con Davide; siamo appena usciti da un locale di un suo amico. È stato inaugurato da poco.»
«Che tipo di locale?»
«Un bar, che la sera è anche discoteca. Devi venirci, Vale, è fantastico, sembra una grossa barca a vela.»
«Ti sento così su di giri, hai per caso bevuto troppo?»
«Vale, che dici? E poi, senti chi parla, vorrei ricordarti la sera di Capodanno a Londra.»
«Marta, cosa c'entra quella storia? Smettila di essere sulla difensiva. Lo dico solo perché sono solo le sette di sera.»

«Non c'è bisogno che mi controlli, so badare a me stessa.»

«Hai ragione, mi preoccupo, ma solo perché ti voglio bene e in questo periodo stai passando un momento difficile.»

«Sì, sì, lo so, non me lo ricordare ogni volta. Ti ho detto che Davide mi ha invitato sabato sera a una festa?»

«Ci sarà anche Giacomo?»

«Mi ha assicurato che non ci sarà. Vieni anche tu con Giorgio? La festa è aperta, posso portare chi voglio.»

«Non mi sembra il caso» e le racconto della nostra ultima telefonata.

«Almeno adesso è tutto chiaro. E poi sai, da amico a qualcos'altro il passo è breve!»

Speriamo che non si riferisca a Davide. L'ho visto un paio di volte e non mi piace; è uno di quei ragazzi che deve fare per forza il simpatico con tutti, specialmente con le ragazze; e questa improvvisa amicizia con Marta non mi fa pensare a niente di nobile. Ma lei, quando gliel'ho accennato, mi ha guardata come un marziano e mi ha liquidato dicendomi che sono troppo apprensiva e paranoica; spero tanto che abbia ragione.

Martedì mattina, intervallo. Mentre cammino per andare in bagno, ascolto un frammento di una conversazione tra Federica e le sue amiche; vengo a sapere che Mirko l'ha invitata a casa sua per fare i compiti insieme. La notizia interessante non è tanto questa, quanto che scommette con le altre di portarselo a letto proprio quel pomeriggio. Non stando più nella pelle, torno in classe, prendo Marta in disparte e dopo averle raccontato ogni cosa le espongo il mio piano.

«Diavolo Vale, oggi sei diabolica, e quando sei così ti adoro. Mi sembri... come si chiama quella che piace tanto a tuo padre?»

«Modesty Blaise?»

«Sì, ecco, proprio lei» mi dice divertita.

La mia idea è quella di andare da Mirko, scattare qualche foto a Fede con indosso quella biancheria sexy che ha descritto nei minimi particolari, e appenderle nel bagno della scuola, per la gioia di tutto il sesso maschile. Non so perché mi è venuta in mente un'idea così assurda, so soltanto che voglio metterla in imbarazzo. Fede è antipatica e se la tira troppo, e poi, diciamocela tutta, io ho un conto in sospeso con lei e ripenso a quando mi ha rubato Ale, il mio primo ragazzo.

Arrivate davanti casa di Mirko vediamo entrare Federica, ma quando stiamo per avvicinarci al suo giardino tiro Marta per la manica, pentita.

«Non posso farlo, ho cambiato idea.»

«Perché?»

«Non mi piace spiare la gente; se lo facessero a me diventerei una furia. A te non darebbe fastidio?»

«In effetti sì, però lei se lo merita.»

«Certo, ma non per questo noi dobbiamo diventare delle guardone. Chi se ne importa delle sue autoreggenti... e poi che figura ci facciamo agli occhi di Mirko, se ci scopre?»

Lei mi guarda alzando un sopracciglio e ci sediamo per terra a guardare il palazzo di fronte.

«Hai ragione, non è una bella cosa. Andiamocene» conclude dopo qualche minuto, alzandosi. Ma proprio in quel momento vediamo il portone aprirsi, Federica uscire in tutta fretta con sguardo infuriato e Mirko seguirla a ruota.

«Hai dimenticato questo» le urla lui, lanciandole dietro lo zaino e guardandola beffardo. Lei lo afferra e Mirko chiude la porta, senza neanche salutarla.

Noi due, nascoste dietro una macchina, ci copriamo la bocca con la mano per la sorpresa.

«Ma cosa sarà successo, lì dentro?» bisbiglia Marta.

«Non ne ho la più pallida idea.»

Quanto è rimasta dentro, dieci minuti, un quarto d'ora?

«Forse a Mirko non è piaciuto il colore della sua biancheria» scherza Marta.

«Divertente questa, troppo forte!» rispondo cercando di trattenere il riso.

Tentando di rimanere nascoste ci pieghiamo in due dalle risate.

«Allora al mondo c'è giustizia!» urlo, improvvisamente euforica.

«Sssh, zitta, così ci fai scoprire.»

«Marta, non capisci, questa è una notizia sensazionale. Vuol dire che alla fine non tutti i ragazzi sono uguali. Non basta un paio di cosce a fargli perdere la testa.»

«Mi sbaglio o ti sta cominciando a piacere veramente, il nostro bel tenebroso?»

La guardo divertita ma non le rispondo. Marta ha ragione, sta prendendo sempre più punti il nostro ungherese!

Ma le sorprese non finiscono qui e il giorno dopo, a scuola, il caso ci mette lo zampino e all'intervallo sentiamo di nuovo Federica parlare con le sue amiche.

«Ho vinto la scommessa, ragazze. Dovevate esserci, l'ho fatto letteralmente impazzire. Quando mi sono spogliata per poco non sveniva; mi si è buttato addosso, non mi voleva più lasciare andare. Per un attimo mi sono anche spaventata, ma Mirko mi ha preso in braccio e mi ha portato in camera sua; è stato un pomeriggio indimenticabile» sta raccontando, facendo intendere il resto.

Noi due ci guardiamo esterrefatte.

«Allora perché oggi non vi parlate?» chiede Claudia.

Lei alza le spalle con aria di sufficienza e manda i capelli indietro con una mossa studiata a fondo.

«Lo sapete che a me le persone troppo appiccicose non piacciono. E lui ha cominciato a dire cose folli, che mi amava, che voleva stare sempre con me. Gli ho detto che tra noi non c'era niente e non volevo più stare con lui.»

Le ragazze ridono e io perdo le staffe.

«Stai mentendo, non ci puoi essere andata a letto. A casa sua non ci sei rimasta per più di un quarto d'ora.»

Silenzio glaciale.

Nessuno osa aprire bocca, neanche Marta. Dimmi che non l'ho detto, dimmi che me lo sono solo immaginato... ma le loro facce fanno intendere altro.

Gli occhi di Federica si riducono a due fessure; e se mi chiede cosa ci facevamo lì davanti, cosa le dico? Sto ancora cercando di pensare a qualcosa di decente da dire quando mi accorgo del suo palese imbarazzo.

«Come ti permetti?» urla.

«Ti ho vista, anzi ti abbiamo vista in due. Sei una bugiarda!»

Che soddisfazione, finalmente! Era una vita che volevo insultarla.

«State mentendo tutte e due. Io, io...»

«Vuoi che chiediamo a Mirko?» arriva Marta in soccorso, guardandola con aria angelica.

Lei sbianca di botto e si alza in piedi.

«Basta così, non ho alcuna intenzione di rimanere qui ad ascoltare le vostre stupide insinuazioni.»

«Non te la prendere, Federica, capita a tutte di essere rifiutate» continua Marta.

«Questa ve la faccio pagare!» risponde, e senza darci il tempo di rispondere corre via e scompare dentro l'aula.

Le sue amiche ci guardano attonite, non sapendo bene cosa fare.

«Be', non andate a consolare la vostra amichetta? Sicuramente avrà bisogno dei sali» continua Marta, sorridendo ironica. Quelle si allontanano, troppo stupite per aggiungere altro.

«Wow, Vale, sei stata fantastica, no, che dico, di più, un vero genio. Neanche io sarei riuscita a fare tanto; dio, hai visto la sua faccia? Troppo forte, finalmente si è presa una lezione, era ora. Doppio wow, adesso mi sento meglio» e mi abbraccia dandomi un bel bacio sulla guancia.

Le sue amiche, non essendo veramente tali, non ce l'hanno fatta a stare zitte, e la notizia, in breve, ha fatto il giro della scuola. Quando Sara, all'uscita, è venuta di corsa a chiedere conferma, la storia era diventata un romanzo epico in cui noi due eravamo le eroine che smascheravano la strega. Una gran bella soddisfazione!

Adesso l'unico timore rimane Mirko; se la prima volta non ha apprezzato la nostra presenza a casa sua, posso immaginare cosa penserà adesso di noi.

Quando, cinque giorni dopo, me lo trovo a pochi metri dal mio motorino mentre sono intenta a slegarlo, il mio primo istinto è la fuga.

«Ciao, Vale. Dove stai andando?»

«A casa per pranzo» rispondo senza alzare lo sguardo.

«Mi inviti?»

La catena mi scivola dalle mani e mi finisce su un piede; sbianco e vacillo. Mirko si lancia in soccorso e mi afferra per la vita prima che cada a terra.

«Ti sei fatta male?» chiedono le sue labbra a un palmo dal mio naso. La testa mi gira, le gambe sono diventate di pastafrolla, il piede mi pulsa dal dolore ma i miei sensi sono tutti concentrati su quella piccola cicatrice sopra il labbro, che vorrei solo mordere. Perché ha una bocca così bella e rossa? E perché cavolo mio padre non ha comprato una catena più leggera e maneggevole come tutti i comuni mortali? Provo a darmi un contegno e gli sorrido debolmente.

«Sto bene, grazie» balbetto, ma non mi muovo.

La sua presa salda non accenna a lasciarmi andare e la mano si muove appena sulla mia schiena. Vale, fai qualcosa, non puoi rimanere tra le sue braccia, ma quella piccola imperfezione sul labbro non mi permette di ragionare come vorrei; chissà come se l'è fatta. Avrà litigato con qualcuno, oppure sarà caduto dalla bici quand'era piccolo. Me lo immagino seduto su un triciclo, e le mie labbra si increspano.

«Il sorriso indica un sì?» chiede, inchiodandomi con i suoi occhi.

«Sì cosa?» Lo guardo confusa.

«Valentina, stai bene?»

Lo metto a fuoco e mi allontano da lui, costringendolo a lasciarmi andare.

«No, cioè sì. Nel senso che mi è girata la testa, sai, la catena, il dolore... insomma il piede...» Dio, Vale, ma ti sei sentita? Non riesci a formulare una frase sensata.

Lui socchiude gli occhi guardandomi con curiosità. Che vergogna, devo andarmene via al più presto.

«Grazie, sto bene. Devo andare.»

«Vale?»
«Sì?» gli rispondo armeggiando ancora con la catena.
Adesso è lui a guardarmi confuso.
«Scusa, mi hai chiesto qualcosa?»
«Ho chiesto se mi invitavi a pranzo.»
Allora avevo capito bene! Lo guardo senza sapere cosa dire.
«A casa mia?» chiedo nervosa.
Lui annuisce.
«Veramente non mi sembra il caso. E poi da me ci saranno sicuramente mia madre e mia sorella.»
«Per me va bene.»
Lo guardo cercando di cogliere qualche segno per capire le sue intenzioni.
«Perché vuoi venire a pranzo da me? Neanche ci conosciamo.»
«Vengo proprio per conoscerti meglio.»
Che tipo assurdo e che modi, ma dove ha vissuto fino a oggi? All'improvviso ho un'illuminazione. Ho capito! Si sta comportando così perché vuole vendicarsi della storia che circola a scuola.
«Mi dispiace, ma non posso» rispondo secca.
Lui si avvicina di nuovo a me.
«Allora domani?»
Mi sento crescere una furia dentro; e mi sento arrabbiata più con me stessa che con lui. Come ho potuto pensare anche solo per un istante che a un ragazzo come lui potessi piacere proprio io?
«Senti, Mirko, se è per via della storia con Federica possiamo anche parlarne qui e chiudiamo subito la questione.»
«Per me quella storia è già acqua passata» risponde mettendosi le mani in tasca e alzando le spalle; ma una luce maliziosa si accende sul suo volto. «E non voglio sapere cosa ci facevi lì quel giorno insieme a Marta.»
«Devo proprio andare, ci vediamo, ciao Mirko» rispondo e con mani tremanti accendo il motorino e fuggo via senza voltarmi.

Che cavolo di situazione; sono sicura che vuole farmela pagare. Già, ma per cosa, se è stato lui a scaricare Federica? Giusto, però forse non gli è piaciuto che tutta la scuola ne parlasse. È colpa mia: se fossi riuscita a tenere la lingua a freno, adesso non mi troverei in questa situazione.

Arrivo a casa più confusa e nervosa del solito. Mangio una cosa al volo, prendo Nuvola e scendo per fare un giro nel quartiere. Il cane, che non è abituato a stare al guinzaglio, mi tira da tutte le parti, strattonandomi a ogni passo. Arrivo a piazza Cavour e proseguo per via Crescenzio. Potrei passare a trovare la zia Mapi, penso; senza indugi percorro la strada che mi porta da lei, ma non è in casa, così, non avendo voglia di tornare indietro, mi fermo ai giardini di Castel Sant'Angelo e libero Nuvola, che comincia a correre felice inseguendo tutti i cani che gli passano vicino.

Finalmente seduta su una panchina mi rilasso; ripenso al pomeriggio al cinema con Giorgio e un sorriso divertito mi passa sul viso. È arrivato all'appuntamento in bici; indossava degli assurdi pantaloncini aderenti e uno zaino sulle spalle, con delle luci applicate che, come mi ha spiegato, gli servono di notte per farsi vedere dalle macchine. Prima di entrare in sala ha voluto comprare una confezione maxi di popcorn e se l'è sgranocchiata con una tale soddisfazione che sembrava avesse scoperto una fontana di cioccolato. Ma non è finita, perché per tutta la proiezione ha sobbalzato, sospirato, messo la mano davanti alla bocca in modo così teatrale che per un momento ho pensato stesse recitando.

«Di chi è questo cane?» sta urlando una signora con aria isterica.

Mi giro di scatto e vedo Nuvola sopra un barboncino, che lo guarda mostrando i canini. Mi alzo di scatto e corro verso di loro, chiamando il mio cane.

«Tolga subito quell'animale dal mio cucciolo, se gli tocca un pelo la denuncio» urla la signora come un'isterica. Ma Nuvola non vuole mollare la presa; ma che diavolo gli ha preso? Dopo vari tentativi riesco a mettergli di nuovo il guinzaglio e lo tiro via dalla signora.

«Bravo, bella figura mi hai fatto fare. Cosa ti aveva fatto quel barboncino? Non ci si comporta così. Nuvola, hai capito? Sto parlando con te, mi stai ascoltando?»

Ma lui, in tutta risposta, si lancia all'inseguimento di un dalmata obbligandomi a corrergli dietro. Neanche avessi per le mani un San Bernardo!

La mattina dopo mentre entro in classe sento lo sguardo di Mirko che non mi lascia un attimo.

«Oggi sei più carina del solito» bisbiglia appena mi siedo.

«Grazie» rispondo, girandomi appena.

«Hanno un buon odore i tuoi capelli, li hai lavati stamattina?»

«Mirko, smettila, ti prego; ci stanno guardando» continuo, sentendo gli occhi di tutti su di noi.

«E allora, ho detto qualcosa di male?»

«Senti, mettiamo subito le cose in chiaro, non voglio che cominci a mettermi in imbarazzo di fronte agli altri. E poi cos'è, dopo Federica sulla lista ci sono io?»

Ma che sto dicendo? Devo essermi alzata di traverso.

«Volevi essere tu la prima?» insiste, divertito dal mio imbarazzo.

Mi giro a guardarlo e lo fulmino con lo sguardo.

«Non sei il mio tipo» rispondo acidissima.

«Perché, a te che genere piace?»

In un baleno davanti ai miei occhi appare il volto di Marco.

«Non ho un genere, e ora fai un po' silenzio» rispondo e prendo il libro dallo zaino, mettendolo davanti a me sul banco. Ma Marta che fine ha fatto, oggi? Non mi aveva detto che non veniva a scuola. Alla terza ora non ne posso più, Mirko ha deciso di rendermi la vita infernale. Mi tocca i capelli, butta la penna a terra, mi chiede se ho una gomma da cancellare, poi un foglio; e alla fine, quando durante la lezione di storia chiede al prof se può sedersi vicino a me perché si è dimenticato il libro, vorrei ucciderlo. Vuole farmi morire lentamente.

Arrivo a casa stravolta e mando subito un sms a Marta, accusandola di avermi lasciato nelle mani di Mirko.

«Allora ho fatto bene a non venire a scuola» mi risponde lei al telefono.

Le racconto le ultime disavventure e lei sembra molto divertita dalla piega che sta prendendo la situazione.

«Forse dopo la storia su di lui e Federica ha cominciato a vederti in modo diverso. Magari pensava fossi una pappamolla.»

«E invece cosa sono adesso, una dura? Se è questo che pensa di me ha preso un abbaglio.»

«Qual è il problema? Come mai ti agiti tanto? Ormai si è capito che è un tipo a posto ed è chiaro che a te piace.»

È questo il motivo per cui sono così nervosa?

«Mi dà fastidio che io sia sempre la seconda scelta.»

«A cosa ti riferisci?»

«Senti, Mirko ha cominciato una storia con Fede prima di accorgersi di me, e anche Marco, tuo fratello, prima di me è stato con lei.»

«Cosa te ne importa? E poi, al massimo te la puoi prendere con lei, cosa che hai già fatto.»

«Non c'entra la nostra compagna di classe, parlo di loro. Sembra che si accorgano di me solo quando sulla piazza non c'è più altra scelta.»

«Stai farneticando, per Marco non sei stata la seconda scelta; gli piacevi già prima di stare con Fede, te l'ha detto lui stesso. E poi mi sembra che ci siano molte altre ragioni, se è per questo.»

Ha ragione, maledettamente ragione; non so più quello che dico.

Rimaniamo a parlare ancora un po' e Marta mi ricorda della festa dell'amico di Davide, per sabato. Vorrei declinare volentieri l'invito, ma accetto solo per farla felice. Da quando si è lasciata con Giacomo è un'anima in pena, anche se prova a non darlo troppo a vedere.

8

Oggi ho avuto un'idea bizzarra, o forse sarebbe meglio dire che ho fatto un gran casino. Stamattina a scuola, dopo l'intervallo, prima di tornare in classe, Mirko mi ha chiesto se sabato volevo andare al cinema con lui e io, non so bene per quale motivo, ho tirato fuori la storia della festa. Nel momento stesso in cui mi uscivano le parole di bocca ho capito di aver commesso un errore; i suoi occhi si sono illuminati e io, continuando a peggiorare la situazione, gli ho chiesto se voleva venire. L'assurdo è che mentre lo dicevo una parte del mio cervello cercava di mandare dei segnali per ricordarmi che solo il giorno prima avevo fatto lo stesso invito anche a Giorgio.

Non so bene perché voglio rendermi sempre la vita più complicata di quello che è, ma una cosa mi è chiara: quando Mirko mi sta troppo vicino perdo il lume della ragione. Saranno i suoi occhi da gatto, il colore che mi ricorda quello di un lago alpino, o la sua voce così bassa e profonda; oppure il suo sorriso, che potrebbe stendere anche quella strega della portinaia che abita di fronte a me... sta di fatto che quando gli sono vicina il mio cervello non ragiona più, e questa cosa mi fa imbestialire. Sì, non è giusto, non va bene, anche perché non ho ancora capito cosa Mirko vuole veramente da me. A ogni modo la frittata l'ho fatta, e mentre mi siedo al banco disperata ecco che ho un'idea fantastica: invitare anche Giò,

Sara, Matteo e Filippo. Wow, che genio, non solo non sarò da sola con Mirko e Giorgio, ma finalmente i ragazzi potranno vedere di nuovo la nostra amica Giò!

La festa si svolge a San Lorenzo, e quando io, Sara, Filippo e Matteo arriviamo sotto casa troviamo Giò ad aspettarci. La sorpresa di tutti è evidente nel vedere la nostra ex compagna di scuola così trasformata, e da come l'abbracciano e baciano si capisce che sono veramente felici di rivederla.

«Marta?» chiede Giò dopo i saluti.

«Ci aspetta dentro.»

«Chi altri deve arrivare?»

«Mirko e Giorgio.»

«Quanta gente. Chi è Giorgio? Quello del teatro?» chiede Sara.

«Esatto. È quel ragazzo che viene verso di noi.»

Guardo un momento gli altri e alzo la mano.

«Non voglio commenti, grazie.»

«Ormai con te non si può più dire niente» risponde Matteo, ma io li ignoro e chiamo Giorgio, che affretta il passo.

Rimaniamo un'altra mezz'ora, ma di Mirko neanche ombra. Alla fine dopo un altro quarto d'ora e svariati messaggi decidiamo di entrare. Avrà avuto altro da fare, come volevasi dimostrare. Entriamo in un appartamento che sembra una galleria d'arte; ci sono delle tele poggiate a terra e dei colori e pennelli usati. Siamo nello studio di un artista vero!

Mi guardo intorno incuriosita; sembra di essere in un labirinto, si passa da una stanza all'altra attraverso piccoli archi e le luci poggiate a terra rendono gli ambienti carichi di mistero. È pieno di gente, e più ci inoltriamo nelle stanze, più le persone aumentano. Ci fermiamo di fronte a un quadro che occupa l'intera parete: delle enormi mucche si sovrappongono in modo confuso, ognuna ha un colore diverso e alcune sono tridimensionali.

«Ma che roba è?» chiede Giò.

«Non ne ho la più pallida idea» rispondo, guardandomi intorno alla ricerca di Marta.

«Che posto strano» aggiunge Matteo.

«Andiamo a cercare qualcosa da bere» propone Filippo e lancia uno sguardo verso Giò, che ricambia.

«Andate voi, io cerco Marta.»

«Vengo con te» risponde Giorgio.

Dieci minuti dopo trovo la mia amica circondata dalle braccia di Davide. Tiene in mano un bicchiere e ride divertita; i miei sospetti si fanno certezza.

«Che ti succede?» chiede Giorgio.

«Niente, ho visto una cosa che non mi piace.»

«Cosa?»

Mi giro per rispondere, ma due mani mi coprono gli occhi e una voce mi sussurra: «Ti ho trovato, finalmente.»

Mirko. Allora non si è dimenticato dell'invito, penso, mentre il mio cuore esulta.

«Chi sei?» scherzo, per non dargli soddisfazione.

«Mmh, vediamo un po' se lo capisci. Ci frequentiamo spesso» mi sussurra all'orecchio e il suo respiro mi solletica il collo.

«Troppo poco» rispondo, sperando non si accorga della pelle d'oca.

«Tutti i giorni.»

«Non basta.»

«Sei pazza di me. Ogni volta che mi vedi, vorresti saltarmi addosso.»

Arrossisco fino alla radice dei capelli. Non è vero!

«Gianluca, o forse Luca, oppure Alessio» rispondo divertita.

Lui lascia la presa e mi gira con forza.

«Mirko, scusa, non ti avevo riconosciuto.»

Bugiarda come pochi!

I suoi occhi si assottigliano, finalmente sono riuscita a infastidirlo, penso trionfante.

«Sola?» chiede lui riprendendo subito il controllo.

«No, sono con un amico» e mi giro a cercare Giorgio, che per tutto il tempo è rimasto vicino a me mostrandosi interessato a una piccola scultura appesa al muro. Lo chiamo.

«Sì?» dice girandosi a guardare nella mia direzione.

«Ti voglio presentare Mirko, un mio compagno di classe. Mirko, lui è Giorgio, l'assistente del mio corso di recitazione.»

Quest'ultimo sorride a Mirko, che ricambia il saluto. Ci mettiamo a parlare di teatro, e quando Mirko viene a sapere dell'argomento della nostra recita si entusiasma.

Non sospirate più, donne. Non sospirate;
Da sempre gli uomini sono ingannatori.
Con un piede in due staffe,
A nulla rimangono costanti.
Cessate dunque di lamentarvi così
E lasciateli andare.
Siate serene e felici
Mutando i vostri canti di dolore
in un gioioso trallallerollalà.

Trallallerollalà?!?

Io e Giorgio ci guardiamo costernati, scoppiando a ridere.

«Ma dove hai imparato questo testo a memoria?» chiede Giorgio con ammirazione. Mirko gli sorride.

«Una vecchia passione di mio padre. Da piccolo, a Budapest, la sera prima di addormentarmi lui mi leggeva sempre delle commedie di Shakespeare invece delle favole.»

«Tuo padre deve essere un mito» continua Giorgio guardandolo come se fosse una divinità. Mirko non sembra molto convinto, ma non aggiunge altro. Lo guardo meravigliata, è proprio pieno di sorprese; vorrei aggiungere qualcosa, ma l'arrivo di Marta mi frena.

«Vale, finalmente. Pensavo non venissi più!» mi dice buttandomi le braccia al collo e trascinandomi lontano dagli altri. È euforica e sovraeccitata senza un motivo apparente. Mi racconta che è felice, che Davide è una persona speciale, un vero amico, sono giorni che non pensa più a Giacomo e tutto per merito suo. Parla, parla agitandosi e non dandomi il tempo di replicare. Ha uno sguardo diverso, confuso e distratto; non mi guarda mai negli occhi e non sembra fare caso al mio silenzio, anzi a dire il vero sembra concentrata solo su di sé, come se stesse parlando da sola. Alla fine con la stessa velocità con cui è arrivata sparisce di nuovo e io rimango lì, immobile, senza sapere cosa pensare. Dovrei parlarle, il mio cuore mi dice questo.

«Che fai sola soletta?» mi chiede Giorgio raggiungendomi.

«Stavo parlando con Marta. Hai visto gli altri?»

«Mi sembra di aver intravisto la tua amica mora, quella con gli occhi scuri, insieme a quel ragazzo alto e magro.»

Filippo e Giò.

«Ma chi era quel figo pazzesco?»

«Chi, Mirko?» rispondo divertita.

Lui annuisce con la testa e poi aggiunge: «Avete una storia?»

«Nooo, ma che dici, figurati.»

«Perché no? A me sembrava ti mangiasse con gli occhi.»

«Ti assicuro che ti stai sbagliando, non è come pensi!»

Lui mi guarda e si mette a ridere.

«Meglio così per me.»

Lo guardo senza capire, ma lui sorride in modo enigmatico, e prendendomi sotto braccio mi sospinge alla ricerca degli altri.

Un paio d'ore dopo sono seduta fuori a prendere una boccata d'aria quando mi si avvicina Sara: ha il viso sconvolto.

«Ho combinato un casino.»

La guardo curiosa, non è da lei.

«Ho fatto una figuraccia con il tuo caro amico assistente; ci ho provato e lui mi ha respinta.»

La guardo esterrefatta e per poco non mi cade il bicchiere di mano.

«Cooosa? Mi vorresti dire che...»

«Sì, sì, hai capito benissimo. Non lo so cosa mi ha preso. Eravamo seduti su quel cavolo di divano, quello vicino alla musica, hai presente?»

«Quella cosa orrenda leopardata a forma di cuore?»

«Esatto. Insomma, in pochi minuti ci siamo messi a parlare come vecchi amici. Giorgio mi ha raccontato dell'università, del teatro, della sua famiglia e a me è venuto naturale dirgli delle cose che non ho mai raccontato a nessuno, neanche ad Andrea.»

«In effetti questa è una qualità che mi piace molto di lui. Ma non capisco come...»

«Fammi finire, ti prego, dio che vergogna. Insomma, ti dicevo, eravamo lì a ridere e divertirci quando non so come, non me lo ricordo, l'aria tra di noi è cambiata; lui si è messo a farmi il solletico, gli avevo confessato che lo soffro da morire.»

«E...»

«Ho cercato di bloccargli le mani mentre mi divincolavo e mi sono ritrovata distesa sul divano con la sua bocca a un millimetro dalla mia.»

Trattengo il respiro.

«E poi?»

«Non ho capito più niente e di slancio l'ho attirato a me.»

«Nooo. L'hai fatto veramente?»

«Sì, purtroppo sì.»

«E vi siete baciati?»

«No, no, è questa la cosa orrenda. Prima ancora che potesse succedere qualcosa, lui ha girato la testa all'ultimo minuto e si è allontanato da me come se l'avessero bruciato. Volevo morire, non mi era mai capitata una situazione così imbarazzante.»

«Dio, Sara, io al posto tuo sarei fuggita.»

«Anch'io lo avrei fatto volentieri, ma non ho potuto, lui non mi ha lasciato andare via. Appena si è reso conto del mio imbarazzo si è scusato, era più mortificato di me. Ha cominciato a delirare, a dirmi che sono molto carina, che se non fosse gay sicuramente vorrebbe una ragazza proprio come me...»

«Aspetta, aspetta, cosa hai detto? Giorgio è gay?»

Sara annuisce.

«No, ti stai sbagliando. Non può essere, me ne sarei accorta.»

«Ti giuro, me l'ha detto lui, l'ho sentito forte e chiaro.»

La guardo in silenzio.

Com'è possibile? Come ho fatto a non capirlo? Sono proprio una frana, non capisco niente di ragazzi. Allora il biglietto che aveva lasciato sul mio motorino non era neanche per la segretaria, era... per un ragazzo! Adesso capisco il suo imbarazzo. Allora quando poco fa mi ha detto che era meglio per lui, vuol dire che gli piace Mirko? Dio che casino, mi gira la testa per la confusione.

«Vale, Vale, mi stai ascoltando?»

«Sì, Sara. Stavo solo pensando a quello che mi hai detto. Mamma mia che scoop!» e la metto al corrente dei miei pensieri su Mirko.

«E ora che si fa?» chiede.

«Facciamo finta di niente» rispondo «e andiamo a raggiungere gli altri.»

Ma per tutto il resto della serata guardo Giorgio con occhi diversi, nel senso che improvvisamente tutti i suoi atteggiamenti che prima mi sembravano goffi adesso hanno un loro perché. Forse è per questo motivo che non mi sono sentita in imbarazzo con lui; e lui si è subito mostrato affettuoso, comprensivo, quasi fraterno. Certo è ancora più divertente che gli piaccia Mirko; adesso devo ingelosirmi non solo delle ragazze, ma anche dei maschi. Ma di cosa parlo? Io con Mirko non voglio mica averci una storia. Vale, Vale, a chi la vuoi dare a bere? A te lui piace, è inutile che te la racconti, è solo che hai una fifa fottuta di stare male. Come se Mirko mi avesse sentito in quel momento, i nostri sguardi si incontrano, ma io mi allontano da lui, irrequieta. Ma Marta che fine ha fatto? Mi stavo dimenticando di lei.

Vado alla ricerca della mia amica e la trovo fuori dal bagno insieme a Davide. Il sangue smette di scorrere; le mani cominciano a sudare e a tremarmi. Mi guardo intorno smarrita, ma non vedo nessun viso conosciuto e poi, forse, non lo noterei neanche. Mi avvicino a loro non sapendo bene se girare i tacchi e andare via oppure chiamarla e portarla lontano da lui. Davide si stacca da lei quel tanto da farmi vedere la nuvola di fumo denso in mezzo a loro. Ma che diavolo... ma quella, sì, quella che stanno fumando è proprio una canna! Arretro di qualche passo e perdo l'equilibrio; sto per cadere all'indietro, quando mi sento afferrare.

«Hai fatto caso che inciampi sempre?» mi sussurra una voce alle spalle, ma ormai comincio a riconoscere anche il suo profumo: Mirko.

«Scusa?» chiedo ancora confusa per la scoperta di poco prima.

«Mi fai impazzire con questa tua aria svagata.»

Sorrido poco convinta, ma il mio cervello non riesce a cancellare l'espressione persa di Marta. Devo andare, ha bisogno di me, me lo sento.

«Ero distratta.»

«Sei sempre con la testa tra le nuvole.»

Adesso sono di nuovo sulle mie gambe, e per sentirmi più sicura mi appoggio con le spalle al muro; lui, senza perdere mai i miei occhi, mi blocca contro la parete poggiando le mani ai lati del mio viso. Sento la sua presenza vicina, troppo vicina. Provo a guardarmi intorno, ma inevitabilmente torno a fissare il suo viso. Mi soffermo sul collo e cerco di mettere a fuoco le sue collanine, ma il mio cervello sta di nuovo per andare in corto circuito, sento una strana agitazione farsi strada, le antenne mi si alzano, i sensi sono all'improvviso molto più vigili. Inspiro e involontariamente socchiudo le labbra.

«Cosa vuoi da me, Mirko?» sussurro appena.

Ma lui per tutta risposta mi passa un dito sul collo, piano, con delicatezza.

«Hai una pelle così bianca e liscia.»

Ti prego, sto per svenire.

«Lasciami andare, devo...»

«Sei sicura che devi?»

Sapendo di fare un errore, alzo lo sguardo e incontro di nuovo i suoi occhi famelici.

«No... cioè sì» balbetto con voce rauca. Lui sorride e mi passa un dito sulle labbra.

«Mmh. Lo sapevo che sarebbero state così morbide.»

«Io... devo andare... Mirko.»

«Mi piace quando pronunci il mio nome, lo dici in modo così sensuale.»

Mentre sono ipnotizzata dalla sua voce, si fa strada dentro

di me il desiderio irrefrenabile di toccarlo. Mi avvicino e gli poggio una mano sul petto; le mie mani tremano al contatto. Lui interpreta quel mio gesto in modo sbagliato e si allontana.

«Okay, ti lascio andare. Non voglio trattenerti» risponde.

Vorrei dire qualcosa, ma mi sento come se qualcuno mi avesse somministrato un forte sedativo, vedo sfocato e ho la gola secca. Che cosa mi stai facendo, Mirko?

«Allora io vado. Ci vediamo» riesco finalmente a dire.

«Ci puoi giurare» risponde lasciandomi via libera. Sperando che le gambe mi sorreggano, mi allontano con passo instabile, poi mi giro a guardarlo, ma lui è svanito nel nulla.

Entro nel bagno e mi butto dell'acqua fredda sul viso, sento le guance in fiamme. Mirko sa come far girare la testa a una ragazza, basta che ti guardi e tu sei già bella che andata. È così affascinate, sicuro. Se non mi avesse fermato la mano... Cosa stavo per fare? Scuoto la testa, ancora frastornata. Sono ancora persa dietro ai miei pensieri quando vengo distratta da un rumore sommesso non ben identificato; chiudo il rubinetto dell'acqua e rimango in ascolto. Non sento niente, forse me lo sono solo immaginato; sto per asciugarmi il viso ed ecco tornare il rumore, sembra un pianto sommesso. Cercando di non farmi sentire passo davanti varie porte e poi mi fermo di fronte a una; mi abbasso e vedo due paia di sneakers bianche con dei lacci colorati che riconoscerei tra mille.

«Marta?» sussurro alla porta chiusa.

Silenzio.

«Marta, sono Vale.»

Ancora silenzio.

Poi un singulto.

«Ti prego, apri. Sono sola.»

Niente.

Metto la mano sulla porta e busso piano.

Poi il silenzio viene rotto dal rumore secco del chiavistello e in un attimo sono dentro. Chiudo di nuovo la porta e mi appoggio in silenzio al muro. Marta è di fronte a me con la testa bassa; nessuna delle due parla, non c'è fretta, lo sappiamo entrambe, come sappiamo entrambe cosa sta succedendo. È lei per prima a rompere il silenzio.

«Se mi vuoi bene stammi vicina e non chiedermi niente.»

«Non posso. Che bisogno c'è di bere e farsi le canne?»

«Ti prego, non mi giudicare.»

«Non capisco.»

«Mi rilassano, non mi fanno pensare.»

«Dio, Marta, non vedi che Davide si sta solo approfittando di te?»

«Con lui mi diverto.»

«Sei sicura che sia veramente così?»

Lei alza le spalle mentre si asciuga gli occhi.

«Allora perché stai piangendo?»

«Ogni tanto mi torna in mente Giacomo e mi viene da piangere. Ma poi passa.»

Vorrei avvicinarmi e abbracciarla, ma è lei che deve muoversi per prima.

«Oh, Marta, non sopporto di vederti in questo stato» rispondo e ora tocca a me tirare su con il naso.

«Che fai, piangi per me?» chiede Marta.

Annuisco.

Lei si avvicina e ci abbracciamo forte.

«Perché non ce ne andiamo via?» dico.

«Non salutiamo nessuno?»

«No, andiamo via di corsa, solo io e te.»

Lei mi guarda con gli occhi arrossati.

«Okay, ci sto.»

E finalmente la vedo sorridere.

Il giorno dopo vengo a sapere che Giò è andata via con Filippo, così non resisto alla tentazione e la chiamo. È al settimo cielo, mi racconta di essersi finalmente baciata con lui e che è stato proprio come se l'era sempre immaginato, da film. Lui le ha detto delle cose bellissime, e le ha confidato di essere innamorato di lei già da quando erano in classe insieme. Mentre mi parla mi emoziono con lei, la sua voce si incrina mentre descrive le sensazioni; sono così felice per loro, è come se si fosse coronato un sogno. Si è sempre saputo che tra loro c'era un feeling speciale, ma erano tutti e due troppo timidi per fare un passo. Certo, peccato che sia successo proprio ora che lei si sta per trasferire a Firenze.

«A chi lo dici. Stanotte non ho chiuso occhio all'idea di dover partire e non rivederlo più, proprio ora che ci siamo finalmente baciati» continua Giò.

«Meglio non pensarci, in qualche modo farete. In fondo non stai andando all'estero» rispondo.

«Giusto, e poi per il momento voglio solo godermi questi attimi.»

Rimaniamo ancora a parlare della scoperta su Giorgio e della figuraccia di Sara, ma nessuna delle due affronta l'argomento Marta; non ce n'è bisogno.

Sto per mettermi a fare i compiti quando trovo una poesia scritta sul mio diario e riconosco la scrittura di Mirko.

Il più bello dei mari
è quello che non navigammo.
Il più bello dei nostri figli
non è ancora cresciuto.
I più belli dei nostri giorni
non li abbiamo ancora vissuti.
E quello
che vorrei dirti di più bello
non te l'ho ancora detto.
NAZIM HIKMET

La rileggo ancora una volta, è fantastica, sono così commossa che mi viene un groppo in gola; non pensavo fosse una persona così sensibile. Gli mando subito un messaggio: 'La poesia che mi hai scritto sul diario è bellissima, grazie mille. Vale.'

Mirko non tarda a rispondere.

'Mi fa piacere. Sono vicino a casa tua, ti va un giro insieme?'

'Purtroppo oggi pomeriggio devo rimanere a casa con mia sorella.'

'Ti faccio compagnia?'

Guardo il cell indecisa, poi, ancora commossa dalla poesia, rispondo.

'Okay. Alle cinque?' e gli scrivo l'indirizzo.

«Mamma, nel pomeriggio viene Mirko, un mio compagno di classe, a fare i compiti con me.»

«Non mi sembra di averlo sentito prima, chi è? Lo conosco?»

«È quello nuovo, il ragazzo ungherese di cui ti ho parlato.»

«Come mai l'hai invitato?» continua entrando nella mia stanza.

La guardo appena cercando di non far trapelare il mio entusiasmo, ma le guance accese non mi aiutano.

«Veramente si è invitato lui, e a me fa comodo, così mi faccio aiutare nella traduzione di latino.»

Lei mi guarda ma non commenta.

«Okay, allora io vado, ricordati la merenda per Giulia, è nel frigo. E se vuole anche del latte daglielo pure, male non le fa. Dovrei essere di ritorno per le sette, se faccio più tardi ti telefono. Tuo padre mi ha detto che se finisce una riunione torna anche prima di me, ma io non ci conterei. Sto tranquilla con questo Mirko?»

«Certo, è una persona a posto. Se non torni tardi lo incontri; ti piacerebbe, ne sono sicura.»

«Non farmi stare in pensiero. Nuvola lo porta fuori tuo padre quando torna, non farti venire in mente di uscire con lui e Giulia.»

«Mamma, ho capito; vai, non è la prima volta che rimango sola con mia sorella.»

«Sì, ma il fatto che ci sia anche un ragazzo non mi tranquillizza.»

«Vuoi che gli dica di non venire?»

Lei ci pensa un po' su e poi aggiunge: «No, non fa niente. Ma i suoi che cosa fanno?»

«Mamma!»

«Okay, scusa, hai ragione. Vado» e mi dà un bacio sulla guancia.

«Giulia la devo svegliare?»

«Tanto si sveglia da sola tra poco. A ogni modo non oltre le cinque e mezza, altrimenti stanotte non dorme.»

«Perfetto, ciao» e la spingo verso la porta.

Sono al telefono con Marta da pochi minuti quando mia sorella si sveglia, così la saluto in fretta e le prometto di raccontarle tutto più tardi, e alle cinque in punto, proprio mentre sto facendo fare merenda a Giulia, citofona Mirko. Vado ad aprire la porta un po' imbarazzata, è la prima volta che viene a casa mia: per fortuna c'è mia sorella. Nuvola appena sente suonare si lancia verso la porta e comincia a scodinzolare felice, ma quando apro a Mirko cambia umore e rizzando il pelo comincia ad abbaiare.

«Zitto, Nuvola, è un amico. Vieni, entra Mirko, stai tranquillo, è innocuo; fa solo un po' di scena, ma non morderebbe nessuno.»

Ma Nuvola continua ad abbaiargli contro come se avesse visto un grosso cane, così alla fine sono costretta a portarlo sul terrazzo per farlo calmare.

Mirko, che è rimasto nel corridoio, muove qualche passo seguendomi, poi si ferma di fronte alla cucina.

«Entra, entra, che ti presento mia sorella. Giulia, lui è Mirko.»

Lui le sorride e fa qualche passo titubante verso di lei, ma appena le tocca una manina lei scoppia a piangere.

Oddio che disastro, possibile che fa questo effetto su chiunque?

«Non capisco, in genere è così socievole con le persone. Mi dispiace» provo a dire prendendola in braccio.

«Non ti preoccupare, non sono molto bravo con i bambini, e neanche con gli animali.»

«Non ti piacciono?»

«Chi, i bambini?»

«No, gli animali.»

«Li avrei sempre voluti, ma i miei non hanno mai sentito ragioni. E poi sai, avere un animale quando cambi sempre casa e Paese...» e lascia la frase in sospeso.

In effetti ha ragione, penso, cercando di calmare mia sorella, che intanto continua a piangere come un vitello. Ci sediamo in soggiorno e metto Giulia nel box.

«Vuoi qualcosa da bere o da mangiare? Ho Coca, succo d'arancia, tè alla pesca, forse anche una birra, credo. E da mangiare ho delle patatine, dei pezzi di pizza oppure una fetta di torta al cioccolato che ci ha portato questa mattina una signora che abita qui di fronte.»

Lui si guarda intorno incuriosito e poi si sofferma davanti alle foto appese alla parete.

«Basta una Coca, preferisco niente alcolici.»

«Sei astemio?»

«No, ma cerco di stargli a distanza, non reggo l'alcol e quando bevo faccio delle cose che non vorrei.»

«A chi lo dici!» mi lascio sfuggire.

Lui si gira a guardarmi incuriosito.

«Ti è successo qualcosa per colpa degli alcolici?»

Annuisco vagamente ma non lo guardo in faccia; mi ostino a fissare un giocattolo di Giulia poggiato vicino a lei.

«Racconta» risponde e si siede di fronte a me.

«Non ho voglia di parlarne. Ti vado a prendere da bere, controlli tu un momento mia sorella?»

«Ci provo, ma non prometto niente.»

Sorrido e corro veloce in cucina per tornare subito dopo con una lattina e un bicchiere, ma a quanto pare Mirko non piace proprio a Giulia: la sua espressione imbronciata la dice lunga.

Passiamo un'ora molto piacevole e vengo a scoprire alcune cose di lui: intanto che ha una sorella molto più grande, che vive con il marito a Parigi e che vede raramente. Poi che studia pianoforte da quando aveva cinque anni, tanto che i suoi per anni hanno spinto perché seguisse questa vocazione; ma a lui non è mai piaciuta l'idea di fare il musicista classico, così ha smesso di prendere lezione da un paio d'anni, solo per fare dispetto ai genitori.

Capisco da come parla dei suoi che non deve aver avuto un'infanzia facile e che non corre buon sangue tra di loro.

«Com'è vivere all'estero, è tanto diverso dall'Italia?»

«Ogni Paese ha le sue abitudini, ma io ho sempre cercato di non lasciarmi coinvolgere dai posti. Sai, quando cambi spesso, non ti senti mai a casa da nessuna parte, sei sempre un pesce fuor d'acqua; così ho capito che l'unico modo che avevo per sopravvivere senza soffrire era non legarmi a niente.»

«Questa non è una bella cosa.»

«Legge della sopravvivenza.»

«Ne parli con un tale distacco che fa impressione.»

«Mi dispiace, non volevo rattristarti; che ne dici se mettiamo un po' di musica?»

«Certo, vado a prendere il mio iPod così scegli quello che vuoi ascoltare» e corro in camera mia. Senza accendere la luce entro e vado a colpo sicuro verso la mia scrivania, illuminata dalla finestra rimasta aperta.

Mi giro e vado a sbattere addosso a lui: sobbalzo.

«Mirko, mi hai spaventato.»

«Perché al buio?»

«C'è la finestra aperta, entra la luce da fuori. E poi sapevo dov'era...»

Lui non pare avere intenzione di muoversi.

«Torniamo di là?»

«Tra poco... mi piace il buio, a te no?» mi chiede.

«Dipende, a volte mi mette ansia.»

«Come adesso?»

Vorrei rispondergli di sì, ma rimango in silenzio.

Sento la corrente elettrica che passa tra di noi, ma lui rimane immobile, senza colmare lo spazio che ci separa. Tutto il mio corpo si tende percependo la sua vicinanza, la sua presenza. Non posso vederli, ma sento i suoi occhi addosso a me. È come se intorno a noi si fosse fermato il tempo e riuscissi a sentire solo i nostri respiri. Un movimento veloce nella stanza mi fa sobbalzare.

«Ah!» urlo vedendo qualcosa volare veloce andando a sbattere dappertutto.

«Sssh, deve essere un piccolo pipistrello che ha perso la strada.»

A quel punto urlo ancora più forte e corro via veloce dalla stanza, coprendomi la testa con le mani.

«Non fare così, che lo spaventi!» sento la sua voce dire in lontananza.

«Mandalo via, ti prego, mi fanno schifo quegli animali.»

E lo sento muoversi nella mia stanza finché non torna in

salone da me pochi minuti dopo, con un sorriso divertito sulle labbra.

«Non devi aver paura, non sono cattivi.»

«Come fai a dirlo, mi vengono i brividi solo a pensarci... come fai a rimanere così tranquillo? I pipistrelli fanno impressione, e poi ho letto da qualche parte che si attaccano ai capelli.»

«Ma no, capita raramente. È vero che sono ciechi, ma hanno come dei radar che li avvertono quando stanno per avvicinarsi a qualcosa.»

«Sarà, comunque sono brutti e fanno senso.»

Lui ridacchia ancora un po', e quando arriva mio padre siamo ancora seduti tutti e tre in soggiorno e la mia traduzione di latino è ancora sulla scrivania che aspetta.

9

Sono passate diverse settimane dalla serata della festa e con Giorgio non ho avuto ancora modo di parlare, o forse lui sta cercando di evitarmi. Tutte le volte che ci incontriamo a teatro ha sempre da fare, e alla fine della lezione fugge via salutandomi appena; così oggi ho deciso di invitarlo a bere una cosa subito dopo il corso. Lo aspetto all'ingresso, e appena lo vedo schizzare fuori con il suo zaino gli corro incontro.

«Giorgio, vai di corsa?»

«Sì» risponde.

«Non ti va di bere una cosa insieme?»

«Veramente ho un appuntamento.»

«Dài, solo una chiacchiera veloce. Possibile che non hai più tempo per me?»

«Ma cosa dici, Vale? Sono solo molto occupato, devo finire un esame.»

«Capisco, ma un quarto d'ora puoi dedicarmelo, no?»

Lui finalmente mi guarda dritto negli occhi e sorride.

«Okay, metto queste cose in macchina e arrivo.»

Una volta nel bar gli chiedo a bruciapelo: «Allora, perché mi stai evitando? È per via di quello che è successo con la mia amica Sara?»

Lui arrossisce e beve un sorso della sua aranciata.

«Senti, per me non è cambiato niente, è rimasto tutto come prima. Non penserai che mi imbarazza aver saputo che sei gay?»

Ma Giorgio non risponde.

«Non lo so, ma ho capito che non tutti riescono a frequentarmi anche dopo averlo saputo.»

«Senti, a me dispiace solo che tu non me l'abbia detto prima; pensavo che tra noi ci fosse una certa amicizia. Ma forse mi sono sbagliata, o forse tu mi hai giudicata in un altro modo.»

«No, no. Sai, per anni a scuola ho vissuto nel terrore di venire messo in mezzo; così sono diventato molto discreto. Ma con Sara non so cosa mi sia successo, ho abbassato le difese; stavo così bene con lei che non ho capito quello che stava per succedere. Mi dispiace, non volevo metterla in imbarazzo.»

«Giorgio, smettila di giustificarti. Ormai è acqua passata; nessuno te ne vuole fare una colpa. Lei ha interpretato male i tuoi gesti, tutto qui; capita, no?»

«Sì, hai ragione, e mi dispiace anche di non essermi fidato di te.»

«Va bene, ma ti perdono solo se mi dici a chi era veramente indirizzato il foglio con il tuo messaggio» e lo guardo divertita.

«Vale, sei perfida. No, non posso dirtelo.»

«Ti prego.»

«No.»

«Se indovino me lo dici?»

Lui alza gli occhi al cielo, ma annuisce.

«Gianluca.»

Giorgio spalanca gli occhi: «Come hai fatto a indovinare?»

Rido e bevo tutto il mio bicchiere di succo in un colpo solo.

«Mi sono accorta che quando ti rivolgi a lui arrossisci.»

«Non è vero.»

«Sì, invece, come quando ti ho presentato Mirko» e rido.

«Dio, quel tuo compagno di classe, me l'ero dimenticato. Ma lo sai che la notte dopo la festa me lo sono sognato?»

E così, dopo essersi finalmente lasciato andare, Giorgio si lancia in un racconto dettagliato che solo tra amiche si può fare. Chi l'avrebbe mai detto che i gay hanno così tanta fantasia?

Stamattina, quando sono uscita da scuola, la faccia di Marta aveva uno sguardo che non mi convinceva per niente. Per tutta la mattina è rimasta a guardare fuori della finestra, e se non era per Mirko, che continuava a distrarmi con messaggini sul cell, sarei riuscita a scoprire cosa era successo. Così, subito dopo aver mangiato mi faccio coraggio e vado a citofonarle, sperando di non incontrare Marco; anche se è passato parecchio tempo da quella notte l'idea che risponda al citofono non mi fa respirare con calma.

«Sì?» chiede una voce maschile. Per un attimo mi si annebbia il cervello, ma poi riconosco il padre.

«Buongiorno, sono Valentina, Marta è in casa?»

«Ciao, Valentina. Sì, ma è in bagno, sali» e senza darmi il tempo di rispondere mi apre e riattacca il citofono.

Riluttante, mi avventuro nell'androne e aspetto l'ascensore. Calma, Vale, a quest'ora non ci sarà di sicuro, cosa cavolo dovrebbe farci a casa alle tre del pomeriggio? Ancora dopo tutto questo tempo solo all'idea di incontrarlo mi sento male. Non è normale. Adesso poi c'è Mirko, che è così carino con te; esatto, basterà che per tutto il tempo pensi a quegli occhi azzurri, nooo, ma che dico, verdi, lui ce l'ha verdi!

Le porte dell'ascensore si aprono e chi mi trovo davanti? Marco e Martina!

Allora questa è una cospirazione, anzi un doppio complotto; già incontrare lui è una tortura, ma anche lei no, questo non è giusto.

«Vale, ciao» mi dice lui, più in imbarazzo di me.

«Marco, Martina» e per poco non rimango soffocata mentre pronuncio il nome di lei.

«Devi salire?» mi chiede quest'ultima con un sorriso appena accennato.

«Sì, grazie.»

Entro dentro l'ascensore e con mani malferme chiudo le porte e spingo il bottone. Sento lo stomaco chiudersi, ma mi costringo a rimanere calma e continuo a pronunciare il nome di Mirko come se fosse un mantra, e quando arrivo al pianerottolo di casa sembro quasi normale.

«Vale, come mai qui?» chiede Marta.

«Ho come la sensazione che mi devi dire qualcosa, mi sbaglio?»

Lei mi guarda di traverso e poi abbassa gli occhi.

«Non so a cosa ti riferisci.»

«Marta, ti conosco e so che quando hai quello sguardo è successo qualcosa.»

In un'amicizia come la nostra ci sono alcuni momenti in cui basta un piccolo sospiro per capire che qualcosa non va. Non serve parlare e guardarsi negli occhi; forse è il linguaggio del corpo, o una specie di sesto senso. Non so cosa sia, so solo che Marta non sta bene.

Lei mi tira con forza dentro casa, chiude la porta e mi trascina nella sua stanza.

«Okay, hai ragione, ma promettimi di non farmi la predica.»

«Prometto.»

«Sono andata a letto con Davide.»

Nooo, questa è peggio dell'incontro in ascensore. Molto peggio.

«Ecco, vedi, lo sapevo che non dovevo dirtelo.»

«Non è come pensi, Marta, è solo che...» non trovo le parole per dirle che questa è la peggior notizia che ho ricevuto negli ultimi tempi.

«Dovresti vedere la tua faccia, sei un libro aperto.»

«Okay, ammetto che quello che hai fatto non mi piace. In realtà lo temevo, per come stavano andando le cose tra voi; e poi lo so che tu quando sei in crisi fai le cose senza pensarci.»

«Non è affatto vero. Non sono per niente pentita di esserci andata.»

«Ah, no?»

«È capitato, Vale, tutto qui.»

«Dio, Marta, quando fai così non ti sopporto. Tu non sei questo, lo so. Ci sei andata solo per fare un dispetto a Giacomo, ammettilo. Davide in tutta questa storia non c'entra niente; volevi che il tuo ex lo sapesse.»

«Non è vero. Non l'ho fatto per ripicca verso Giacomo.»

La guardo senza rispondere.

«Senti, non ho voglia di litigare con te. Hai ragione, forse un pochino l'ho fatto anche per quello, ma non solo. Davide mi piace.»

«Ti piace? Stai scherzando, spero. È un viscido, un opportunista, vincerebbe sicuramente il primato del 'chiodo fisso'. Ci prova con tutte, fa l'amico solo per portarsi a letto più ragazze possibile. Marta, cavolo, apri gli occhi.»

«Sembra così, ma invece è un ragazzo molto sensibile.»

«Tanto sensibile che ha pensato bene di portarti a letto sapendo bene che tu sei ancora innamorata di Giacomo, un suo amico. Marta, che stai facendo? Hai intenzione di toccare il fondo? Non mi piace la gente che frequenta e poi non fa altro che bere e fumare. Non fa per te; Marta... ma mi stai ascoltando?»

«Sì, sì, ti ascolto. Ma adesso non ho più voglia di parlarne, sono stanca e devo uscire.»

«Okay, come vuoi.»

Rimaniamo in silenzio per un po'; alla fine, dato che lei si ostina a non dire altro, mi alzo dalla sedia e faccio per andare via.

«Allora io vado, ci vediamo domani?» le chiedo.

«Certo, c'è il compito di latino, no?»

Annuisco e senza voltarmi esco chiudendo piano la porta alle mie spalle. A volte le amicizie come le nostre possono essere molto pesanti.

Scendo in strada e un senso di frustrazione e malinconia non vuole abbandonarmi, così chiamo Mirko e gli racconto tutto. Parlo per non so quanto; parlo e lui mi ascolta, in silenzio; aspetta pazientemente che io butti fuori la mia ansia, il mio senso di impotenza, il mio smarrimento. Poi sono io a stare in silenzio, ad ascoltare la sua voce. Rimaniamo a lungo così, divisi solo da un telefono. Senza rendercene conto ci ritroviamo a parlare dell'amicizia, di me, di noi, della mia famiglia, dei suoi genitori, della scuola, dei professori. Parliamo, parliamo e mentre sono lì, ancora in mezzo alla strada, mentre ascolto la sua voce profonda, mi sento sopraffare dalle emozioni e una gioia immensa mi travolge, lasciandomi senza fiato. Attraverso la strada felice: Mirko è speciale, e sono contenta di averlo incontrato.

10

Sto andando a casa di Mirko, è la prima volta che mi invita da lui e sono nervosa. Parcheggio il motorino davanti casa e mi torna in mentre l'appostamento, poi rivedo Federica uscire di corsa e l'ansia aumenta. Non vorrei che questa casa portasse sfiga; non mi va che le cose tra noi finiscano ancora prima di cominciare. Già, perché in realtà non è successo assolutamente niente, neanche un bacio; a parte la poesia, i complimenti, i messaggi, qualche regalo o la chiacchierata dell'altro giorno, per il resto non è cambiato molto. Ogni tanto ho il dubbio che non mi voglia veramente; poi mi tornano in mente le volte che ci siamo sfiorati e il campo magnetico che sento quando siamo vicini, oppure i suoi occhi che mi cercano tra una lezione e l'altra, e capisco che qualcosa c'è. Quello che ha fatto crollare tutte le mie barriere è stata la poesia trovata nel diario; è banale e neanche troppo originale, ma mi ha così commosso che ho pensato che un ragazzo che ti dedica una poesia d'amore può essere solo una persona fantastica e romantica, cosa rara da trovare oggi. Quelle poche righe hanno spazzato via i dubbi e le paure che avevo. Certo, mi piacerebbe sapere cosa è successo veramente tra lui e Fede e come mai quel pomeriggio Mirko l'ha mandata via, ma posso reprimere la mia curiosità; in fondo che importanza ha?

Sistemo di nuovo la gonna jeans e raddrizzo le calze nere;

prendo coraggio e premo il tasto del citofono, sobbalzando per il rumore sinistro che ne viene fuori.

Mirkò mi aspetta in fondo al corridoio e io, come una ragazzina al primo giorno di scuola, tremo e ho lo stomaco in subbuglio. Lui indossa un paio di jeans neri, come al solito, e un maglione verde che sembra fatto apposta per i suoi occhi.

«Ciao, Vale, entra» mi dice e apre la porta per lasciarmi passare. Varco la soglia e l'oscurità mi avvolge. Mi fermo per abituarmi al buio.

«Cosa succede, ti senti male?»

Sono senza parole, mi sembra di essere in un sogno; il corridoio è cosparso di candele profumate, che illuminano un letto di petali di rose di vari colori: rosa, rosso, arancione, giallo e bianco. Rimango imbambolata a fissare i riflessi che le luci formano sul pavimento variopinto e mi emoziono come quella volta che mia madre mi regalò il mio primo costume a due pezzi; mi metto una mano sul petto e lo cerco con gli occhi.

«Mirko, io, io... non so che dire. È meraviglioso. Non avevo mai visto niente di simile prima d'ora.»

Lui, con un gesto ormai familiare, si infila le mani in tasca e si appoggia al muro. Uno di fronte all'altro ci guardiamo. I suoi occhi mandano mille bagliori, e mi ricordano, ancora una volta, quelli di un felino; ma questa volta il suo sguardo è caldo, avvolgente, e mi sento mancare il respiro.

«L'hai fatto tu?» chiedo titubante.

Lui annuisce e sussurra: «Per te.»

Arrossisco in soggezione. Ha fatto tutto questo per me? Sto sognando. Di slancio cancello lo spazio che ci separa e gli butto le braccia al collo.

«Mirko... è bellissimo, grazie.»

Le nostre bocche si sfiorano, vorrei stringermi di più a lui ma mi ferma delicatamente con le mani.

«Meglio di no, Vale.»

Lo guardo confusa, vorrei chiedergli perché, ma la paura di un secondo rifiuto mi fa rimanere in silenzio e, anche se a malincuore, mi allontano e torno a guardare tutti quei petali colorati.

«Non oso passarci sopra.»

«Allora non farlo; ti prendo in braccio.»

«No, Mirko, che fai? Mettimi giù, ti prego» rispondo ancora stordita.

Dio, un controsenso continuo, prima prepara tutto questo per me, poi non vuole baciarmi, e alla fine mi prende in braccio; non ci sto capendo niente.

«Sei solo in casa, non ci sono i tuoi?»

«Sono all'estero, tornano domani.»

Deglutisco a fatica mentre mi poggia a terra. Cerco di ricompormi, aggiustandomi la gonna, e mi guardo intorno. In che posto sono capitata? Nella stanza c'è un grande divano di pelle nero, con sopra dei cuscini bianchi; poi vedo un camino di pietra dalle fattezze moderne e un tavolo antico, lungo quanto la mia cucina. Sulle pareti sono appese delle tele astratte dalle tinte forti, senza cornice; se non fosse per quei colori accesi a dare un tocco di allegria a questa casa, sarebbe tutto troppo austero.

«I tuoi devono essere delle persone molto particolari, amanti dell'arte e dell'ordine.»

«Non lo so, forse. Perché, ti piace?»

Guardo la vetrina sulla mia destra, piena di miniature di cristallo.

«Be', forse non proprio tutto, ma quasi. È una casa strana.» Come te, vorrei aggiungere.

«Dici? Io non ci faccio caso. Vuoi qualcosa da bere? Vieni in cucina.»

Lo seguo mentre continuo ad ammirare il resto della casa, che si rivela sempre più particolare. In cucina, per esempio, accanto a una stufa in ghisa e ceramica, c'è una statua che sembra fatta di oggetti riciclati, tipo vecchi tubi, bulloni. Pare un grande albero nodoso che si contorce verso il soffitto.

«Quello l'ha fatto mia madre; quando non traduce fa sculture, per passione.»

«Bello, cosa rappresenta?»

«La vita.»

Rimango ammutolita a osservarlo; una vita molto difficile, direi.

«Cosa preferisci, ananas o pesca?»

«Assolutamente la seconda, vado pazza per tutto ciò che contiene la pesca.»

«E per cos'altro vai pazza?» mi chiede divertito.

Faccio finta di continuare a osservare la scultura mentre il mio cervello è in affanno.

«Tante cose. La pizza, il gelato, il cinema, la musica, la danza.»

«Sai ballare?»

Lo guardo curiosa.

«Non saprei dire se so ballare, ma quando sono sola, chiusa in camera mia, accendo lo stereo e al ritmo della musica mi invento dei passi di danza e immagino di avere un pubblico di spettatori che mi applaudono, sai, come se fossi a una vera rappresentazione.»

«Vuoi ballare per me?»

Abbasso gli occhi imbarazzata.

«Non se ne parla proprio.»

«Perché no? Ti vergogni?»

«Assolutamente sì.»

«Potrei accompagnarti con il pianoforte, o se preferisci con la chitarra.»

Scoppio a ridere.

«Forse non hai idea di cosa combino. Non sono una ballerina, Mirko; probabilmente se qualcuno mi vedesse mi prenderebbe per una squilibrata; mi lascio andare proprio perché sono da sola e non mi può vedere nessuno.»

Lui sorride comprensivo e mi versa del succo in un bicchiere. Ci sediamo.

«Ogni volta che vi spostate, vi portate tutti i mobili?»

«Oh sì, mia madre non verrebbe mai via senza le sue 'creature', come le chiama lei.»

«A quale città sei più affezionato?»

«Non lo so, è difficile a dirsi, ma forse a Praga, è così bella. Ci sei mai andata?»

Faccio cenno di no con la testa.

«Lo sapevi che le opere più importanti sono ambientate proprio in quella città?»

«Tipo?»

«Il *Don Giovanni* di Mozart o il *Faust* di Goethe, per non parlare degli scritti di Franz Kafka.»

Certo che ne conosce di cose; a volte mi fa sentire così ignorante!

Lui sembra intuire il mio disagio e cambia argomento.

«Vuoi vedere dove passo i pomeriggi se non devo studiare? Ci vado quando voglio dipingere» continua Mirko.

«Una famiglia di artisti. Oltre che musicista, sei anche pittore? Non mi dire che i quadri appesi nel salone sono tuoi.»

«No, figurati. Mi diverto a disegnare sulle magliette o altre cose di quel genere; come la luna che ho tatuata sul braccio.»

La camera non è altro che uno spazio completamente vuoto, con a terra poggiati dei pennelli, dei secchi di vernice e delle tele arrotolate. In fondo, proprio sotto l'unica finestra che c'è, vedo un letto matrimoniale coperto da una trapunta blu notte.

«È anche la tua stanza?»

«Veramente no, sarebbe quella degli ospiti, ma dato che non invitiamo mai nessuno, la uso come studio/laboratorio.»

«Posso vedere i tuoi disegni?» chiedo avvicinandomi alle tele.

«Solo se prometti di non metterti a ridere.»

«Giuro.»

Lui ne prende una, la srotola per terra e ci si siede sopra per fermarla.

«È bellissima... ma questi disegni non sono per delle magliette, sono così ricchi di particolari.»

«Mi piace disegnare su tela.»

«Sei bravissimo. Questo cos'è, un drago?»

«Sì, e quest'altro è un antico simbolo celtico.»

Mentre parla mi siedo vicino a lui, per terra. Persa dietro le sue descrizioni mi allungo su un fianco e chiudo gli occhi, immaginando dei mondi strani e fantastici.

«Ti sto annoiando?»

Apro gli occhi e lo trovo che mi osserva da vicino.

«Assolutamente no, sono affascinata da tanta fantasia.»

«Tu dici?» sento il suo respiro farsi più corto.

«Sì» rispondo appena.

Le sue mani mi accarezzano la fronte e seguono il profilo del mio naso, poi, evitando le mie labbra, si spostano direttamente al collo. Mi scansa con delicatezza un ciuffo di capelli. I suoi occhi si soffermano sulle mie labbra e io aspetto, impaziente. Ti prego, ti prego, solo uno, mi accontento anche di un solo bacio, piccolo, piccolo... sto impazzendo!

«Vale?»

«Sì?»

«Non dovremmo.»

«Che cosa?»

«Mi piace l'orecchino che porti al naso.»

Mirko, hai deciso di farmi morire?

«A me piace la tua cicatrice.»

«Veramente?»

«Non dovrei dirtelo, ma mi fa impazzire.»

Lui sorride, mostrando una fila di denti bianchi e perfetti.

«Così non è corretto, però.»

«Cosa?» chiedo ancora.

«Non posso farcela.»

«A fare cosa?»

«A resisterti.»

«Devi per forza?»

«Sì.»

«Perché?»

«Non voglio rovinare tutto.»

Ma neanche un bacio?

Allungo una mano e tocco titubante le sue labbra e la cicatrice. Lo sento rabbrividire sotto il mio tocco.

«Come te la sei fatta?» chiedo roca.

«Mi hanno rotto una bottiglia di vetro sul labbro.»

Mi sento male, immaginandomi la scena.

«Perché?»

«Stavo facendo a botte con due tipi più grossi di me.»

«Non ci credo.»

«Dovresti: non sono proprio quello che si definisce un tipo tranquillo.»

«Cioè?»
«Non sopporto le persone prepotenti e non mi tiro indietro.»
«Quindi sei un 'fumino'?»
Lui scoppia a ridere e annuisce.
«Allora devo stare attenta con te.»
«Esatto.»
«E pensare che io mi ero fatta un'idea molto più poetica dell'accaduto: tu che cadevi dal triciclo.»
«Non l'ho mai avuto; in compenso appena ho potuto mi sono fatto regalare la moto.»
«Mi sa che sei uno pericoloso» gli dico scherzando.
«Tantissimo, per questo ci sto andando piano con te.»
«In che senso?»
«Che potrei mangiarti in un boccone!» risponde ridendo a sua volta.
«So difendermi.»
«Sei sicura?»
Lo sono?
I suoi occhi verdi si dilatano e io mi sento avviluppare dal suo sguardo, che mi imprigiona e non mi lascia più andare.
Perduta nella nebbia mi arriva la sua voce.
«Ti posso fare un tatuaggio?»
«Di quelli veri?»
«Pensavo con l'henné.»
Ma insomma, eravamo lì lì per baciarci, a un millimetro uno dall'altra e lui cosa va a pensare, a un tatuaggio? Scuoto la testa, sconsolata. D'altronde, che non era un ragazzo come gli altri si era già capito; forse anche per questo mi piace così tanto.
Mi tiro su con i gomiti.
«Come quello che si fanno le donne indiane?»
Lui annuisce.
«E dove?»
Il suo dito percorre tutto il mio corpo e si ferma sullo stomaco.
«Qui!»
«Sulla pancia?» chiedo, imbarazzata.

«Intorno all'ombelico.»

Ho capito, lo sta facendo apposta, vuole farmi morire a fuoco lento! Non posso prendermela con nessuno, me l'ha appena detto che è un tipo pericoloso.

Provo a mostrarmi più disinvolta di come mi senta realmente.

«Va bene. Che disegno mi fai?»

«Mmh, non lo so. Che ne dici di un pipistrello?»

Scoppio a ridere. «Lo sai che mi fanno senso, cos'è, un modo per esorcizzarli?»

Lui ride insieme a me senza smettere di fissare le mie labbra, poi le bacia di sfuggita ed è già in piedi a cercare il pennello.

«Prometto che lo disegno molto più carino di quello che è nella realtà!»

Mi lascio cadere di nuovo sul pavimento e guardo il soffitto. Non ho ombra di dubbio, penso sconsolata, che lo farà molto più carino. Mirko si mette a disegnare degli schizzi su un foglio, e dopo qualche minuto di silenzio si avvicina di nuovo.

«Che ne pensi?»

Guardo il foglio tra le sue mani e annuisco. «Molto carino.»

Lui aspetta e io lo guardo.

«Vale, se non ti tiri su la maglietta non penso che posso farcela, non ho questi poteri!»

Giusto!

Arrotolo la maglia e lascio visibile solo la zona intorno all'ombelico, poi mi metto di nuovo a fissare il soffitto. Mi sento come se fossi dal medico.

«Che carino, hai un neo proprio qui vicino» ride lui, toccandomi con un dito.

«Mirko, la fai finita, per favore? Non mi sento per niente a mio agio.»

Lui torna subito serio e si mette all'opera, mentre io soffro le pene dell'inferno. Chiudo gli occhi e provo a pensare ad altro, per non sentire il suo respiro che mi solletica, le sue mani che mi toccano e mi fanno immaginare cose di cui vergognarmi. Perché ho accettato, perché? Okay, Vale, puoi farcela. Se lui ha deciso di metterti alla prova, che sia! Non gli darai certo questa soddisfazione. In fondo sono solo due mani, due occhi, un paio di labbra. Certo, c'è quella cicatrice così sexy, ma alla fine è solo una cicatrice, come ce ne sono milioni al mondo. Anche mia madre ne ha una sulla coscia, se l'è fatta cadendo dal motorino. Bene, penso respirando a fondo, mi sento molto meglio, adesso. Di nuovo in me, apro gli occhi e lo trovo che mi osserva. Che succede? Mi sono addormentata e non me ne sono accorta?

Mi guardo lo stomaco e osservo il disegno già asciutto.

«Wow, Mirko, è veramente carino, avevi ragione. Mi piace molto. Peccato che è inverno, altrimenti metterei delle magliette corte in modo da farlo vedere a tutti.»

Ma lui non mi ascolta, si è fatto scuro in volto. Lo vedo muovere il pennello nel bicchiere dell'acqua e alzarsi di scatto.

«Mirko?» chiedo esitante.

Lui si gira a guardarmi, ma non si muove.

«Ho detto qualcosa che non dovevo?»

Non ottenendo risposta mi alzo anch'io e mi avvicino a lui, titubante.

«Scusa. Sei arrabbiato perché mi sono addormentata?» butto lì, senza sapere se è successo veramente.

Mirko, per tutta risposta, avanza verso di me con sguardo indecifrabile, facendomi arretrare fino a farmi sbattere contro il muro. Trattengo il fiato mentre vedo il suo viso avvicinarsi al mio, con aria minacciosa. Chiudo gli occhi involontariamente e una violenta scossa mi lascia paralizzata; le sue labbra premono sulle mie con forza, mentre il suo corpo freme. Sento qualcosa che non so spiegare, sento il suo, il nostro desiderio affiorare veloce come un colpo di frusta. Apro gli occhi e incontro il suo sguardo, ora più caldo e dolce. Mirko sussurra il mio nome e io gli butto le braccia al collo come se non aspettassi altro.

Scivoliamo a terra, abbracciati, mentre le nostre bocche rimangono incollate. Sento che stiamo per esplodere, che la voglia è talmente forte e intensa da lasciarci tutti e due storditi... ma è solo un attimo.

Nel momento stesso in cui mi lascio andare a quel contatto, sento un liquido denso e freddo avvolgermi; ignoro la sgradevole sensazione e rimango aggrappata a Mirko. Muovo la mano sulla sua schiena, sui suoi capelli, ma il disagio aumenta, così, anche se riluttante, apro gli occhi e inorridisco.

«Oddio, Mirko, il barattolo del colore ci si è rovesciato addosso!»

Lui apre gli occhi di scatto e mi guarda senza capire, poi scoppia a ridere io gli vado dietro. Un intenso color vermiglio si è insinuato tra di noi, sulla maglietta, sui jeans fino ai capelli e al viso.

«No, ti prego, no» urlo, cogliendo al volo le sue intenzioni; mi tiro su, scivolo, poi riesco finalmente a mettermi in piedi, ma Mirko è più veloce di me e, alzatosi a sua volta, mi afferra per la vita, e tenendomi saldamente stretta a sé immerge la mano nella pozza di colore che si è formata a terra e mi accarezza il collo, lasciandomi una scia densa e vischiosa.

«Non vale, sei scorretto» grido, cercando di divincolarmi senza successo.

Lui ride a crepapelle, allora indispettita mi giro e mi stringo a lui con forza, sporcandolo dappertutto.

«Allora vuoi la guerra» risponde Mirko e, continuando a ridere, mi trascina di nuovo a terra, dove ci rotoliamo insieme, concludendo l'opera.

Alla fine crolliamo esausti sul pavimento: sembriamo usciti da un film dell'orrore.

Il giorno dopo, a scuola, racconto l'accaduto a Marta e Sara durante l'intervallo.

«Da non crederci, stava andando tutto alla perfezione; Mirko si era finalmente deciso a baciarmi quando ci si è messo di mezzo quel cavolo di barattolo di vernice a rovinare tutto.»

«Ma perché era così restio a baciarti?» chiede Sara.

«Non lo so, ogni volta che stiamo per farlo si tira indietro con frasi tipo 'meglio di no' oppure 'non voglio rovinare tutto'.»

«Chissà qual è il vero motivo, forse ha paura» risponde Marta.

«Di me?»

«L'abbiamo visto baciarsi con Fede, giusto? Quindi vuol dire che non è che non vuole baciare le ragazze, ma che *non* vuole farlo con te.»

«Forse ha paura di quello che prova» aggiunge Sara.

«Però un piccolo bacio ve lo siete dati, questo è un passo avanti» continua Marta.

«Sono d'accordo» aggiunge Sara.

«Sentite, non me ne importa niente se non se la sente. Cioè, voglio dire che se ci baciavamo di più era meglio, ma va bene lo stesso. Dovevate vedere il corridoio pieno di petali di rose, una cosa fantastica. Sembrava di essere in un film, per non parlare del tatuaggio, della vernice; dio, ragazze, è stato un pomeriggio meraviglioso, da ricordare.»

«E come hai fatto a tornare a casa tutta sporca?» chiede Marta.

«Mi sono dovuta fare una doccia da lui; mi ha anche prestato una sua maglietta.»

«Allora adesso sei tu quella che ha un trofeo; potresti andarlo a mettere sotto il naso di Federica.»

Scoppiamo a ridere tutte insieme e, abbracciandoci, io e Marta rientriamo in classe per le ore successive di lezione.

11

«Il biglietto era sul bancone accanto al microscopio rovesciato. Lo prese con dita insensibili e lo portò a letto. Sprofondando con un gemito, si avvicinò la lettera agli occhi. Ma i caratteri erano confusi e distorti. Scosse il capo e strinse le palpebre. Dopo poco lesse:

Robert,
ora sai. Sai che ti stavo spiando, sai che quasi tutto ciò che ti ho raccontato non era vero.
Tuttavia, ti scrivo queste righe perché vorrei tentare di salvarti. Quando mi è stato assegnato il compito di spiarti, per te non provavo nulla. Perché un marito lo avevo, eccome, Robert. Tu me l'hai ucciso.
Ma le cose sono cambiate. Ora so che ti sei trovato tuo malgrado nella tua situazione, proprio come noi ci troviamo nella nostra. *Siamo* infetti. Lo sai già. Ma quello che non hai ancora capito è che sopravvivremo. Abbiamo scoperto come, e abbiamo intenzione di ricreare una società, con calma, ma ne siamo sicuri. Ci libereremo di tutte quelle creature disgraziate di cui la morte si è presa gioco. E, anche se prego che le cose vadano diversamente, potremmo decidere di uccidere te e i tuoi simili.

I miei simili? pensò lui sobbalzando. Ma riprese a leggere.

Cercherò di salvarti. Riferirò che sei troppo ben armato perché si possa attaccarti subito. Usa il tempo che ti sto offrendo, Robert! Abbandona la tua casa, datti alla macchia, salvati. Per il momento siamo in pochi. Ma presto o tardi avremo rag-

giunto un livello tale di organizzazione che niente di quello che potrò dire impedirà loro di annientarti. Per l'amor di Dio, Robert, scappa finché sei in tempo!
So che sarai scettico. Che probabilmente non crederai al fatto che adesso riusciamo a sopravvivere alla luce del sole per brevi periodi. Che la mia abbronzatura era soltanto fondotinta. Che conviviamo con il germe.
Ecco perché ti lascio una delle mie pillole.
Le ho prese per tutto il tempo in cui sono rimasta con te. Le tenevo in una cintura. Scoprirai che sono un composto di sangue defibrinato e medicinale. Io stessa non ne so molto. Il sangue nutre il germe, il medicinale ne impedisce la proliferazione. La scoperta di questa pillola ci ha salvati dalla morte, ci aiuta nella lenta costruzione della nostra società.
Credimi, è tutto vero. Quindi scappa!
E perdonami. Non volevo colpirti, farlo mi ha quasi uccisa. Ero terrorizzata all'idea di come avresti reagito una volta scoperta la verità.
Perdonami per le menzogne che sono stata costretta a dirti. Ma ti scongiuro di credermi se ti dico che nel momento in cui al buio ci siamo avvicinati, uniti, io non ti stavo spiando. Ti stavo amando.

Robert rilesse la lettera. Poi lasciò cadere le mani e rimase seduto a fissare il pavimento senza vederlo. Era incredibile. Scosse piano la testa nel tentativo di comprendere, ma non riusciva a farsene una ragione.

Si avviò al bancone con passo malfermo. Sollevò la minuscola pillola color ambra e se la mise sul palmo, l'annusò, l'assaggiò. Sentì che le certezze dettate dalla logica lo stavano abbandonando. L'ossatura su cui aveva edificato la sua vita si sgretolava, lasciandolo sgomento.

Tuttavia, come poteva negare l'evidenza? La pillola, l'abbronzatura che le si toglieva dalle gambe, il suo esporsi al sole, la reazione all'aglio.

Si accasciò sullo sgabello e guardò la mazzetta abbandonata sul pavimento. Piano, a fatica, la sua mente riconobbe la realtà dei fatti.

Quando l'aveva vista, all'inizio, lei si era data alla fuga. Un trucco? No, era spaventata sul serio. Il suo grido doveva averla sconvolta, malgrado probabilmente se lo fosse aspettato, facendole dimenticare la sua missione. Poi, più tardi, quando si era rilassata, lo aveva convinto che la sua reazione all'aglio era dovuta a uno stomaco debole. E aveva mentito, e sorriso e finto una rassegnazione disperata, avendo cura di strappargli tutte le informazioni per cui era stata inviata lì. E quando aveva deciso di andarsene, non aveva potuto farlo perché fuori c'erano Cortman e gli altri. A quel punto si era svegliato. Si erano abbracciati, avevano...

Un pugno con le nocche sbiancate si abbatté sul bancone. 'Ti stavo amando'. Bugiarda. Bugiarda! Accartocciò la lettera tra le dita e la gettò via, carico di amarezza.

La rabbia gli procurò un lampo caldo di dolore alla testa. Se la strinse tra le mani e chiuse gli occhi con un gemito.

Poi sollevò lo sguardo. Scivolò lentamente dallo sgabello e sistemò di nuovo il microscopio sulla base.

Il resto di quel che c'era scritto nella lettera era vero, lo sapeva. La pillola, le prove celate nelle parole o nei ricordi non erano necessarie. Lui sapeva quello che persino Ruth e la sua gente ignoravano.

Si soffermò a lungo sul microscopio. Sì, sapeva. E accettare quel che stava osservando cambiò tutto il suo mondo. Non averlo previsto lo fece sentire stupido e inutile. Soprattutto perché aveva letto quella frase centinaia, migliaia di volte. Ma non le aveva mai attribuito il giusto peso. Era una frasetta da niente, che significava tantissimo.

I batteri possono subire mutazioni.»

Mirko alza gli occhi dal libro e mi guarda curioso.

«Allora?» mi chiede.

Prendo il libro e lo giro, *Io sono leggenda* di Richard Matheson. Riconosco la copertina.

«Ma io di questo ho visto il film; è quello con Will Smith, giusto?»

«Esatto, ma il libro è cento volte più bello, non ti sembra?»

Siamo seduti sulle scalinate della scuola, durante l'intervallo, e da giorni Mirko mi racconta che sono notti che passa insonni leggendo un libro fantastico; così oggi, incuriosita, gli ho chiesto di portarlo a scuola e leggermene una parte.

«Sembra proprio bello, anche se ho qualche perplessità. Sai, parla di vampiri, e a me quel genere non fa impazzire. Cioè, vedere un film è un conto, leggere un romanzo è un'altra cosa.»

«Ma questo non è un libro dell'orrore, è molto di più. Vale, devi assolutamente leggerlo; tieni.»

Prendo il libro che mi porge e rido divertita dal suo entusiasmo.

«L'hai già finito?» chiedo.

«Quando un libro mi piace non riesco a fermarmi finché non arrivo all'ultima pagina, e so già che ci rimarrò male quando sarà finito.»

«Hai ragione, anche a me succede di rimanere sveglia fino a tardi. Senti, perché non me lo leggi tu uno di questi giorni? Magari anche in inglese.»

«Come mai?»

«Mi piace quando qualcuno mi racconta delle storie, mi ricordano quando ero piccola e i miei mi leggevano qualche libro prima di addormentarmi.»

«Ma perché in inglese?»

«Così sembrano più misteriose» gli rispondo ridendo.

Lui ridacchia divertito da quella che considera una stravaganza.

«Allora un'altra volta ti leggerò qualcosa in ungherese.»

«Va bene, anche se in quel caso avrò bisogno della traduzione integrale; però mi piace l'idea.»

«Vieni a studiare da me, domani?»

«Sei solo?»

«Sì, hai paura?»

«Stupido, era solo una domanda. Sabato Giorgio ci ha invitato ad andare a sciare con lui e un suo amico, ti va?»

«Assolutamente sì, mi piace da morire. Tu sai sciare?»

«Sono una schiappa. Faccio a malapena le piste dei bambini.»

«Ti insegno io, allora. A me piace fare anche lo snowboard.»

«Ah, tu sei di quelli che ti sfrecciano da tutte le parti.»

Mirko si sta sbellicando dalle risate.

«E tu devi essere una di quelle che intralciano le piste.»

«Che fai, prendi in giro? Senti, ma c'è qualcosa che non sai fare?»

«Perché me lo chiedi?»

«Sai fare tutto. A scuola vai benissimo, a volte ne sai quasi più dei prof; suoni il piano e la chitarra, e anche se non ti ho mi sentito immagino che lo fai da dio; dipingi, scii, parli quasi tre lingue, non ti sembra di esagerare? Hai deciso di battere un record?»

«Mi sembra di notare una punta d'invidia, o sbaglio?»

Adesso tocca a me ridere. Passerei le ore a parlare con lui, e infatti rimaniamo incollati fino al suono della campanella.

Siamo in macchina di Andrea, l'amico di Giorgio, e manca una mezz'ora buona prima di arrivare sulle piste di Campo Felice. Stamattina Mirko mi è passato a prendere con la moto e siamo andati sotto casa di Giorgio, che abita alla Garbatella. Quest'ultimo, dal giorno del nostro chiarimento, è tornato a essere carino e rilassato; ora ci sentiamo e parliamo proprio come due vecchi amici. Mi ci trovo talmente bene che gli ho confidato del periodo difficile che Marta sta passando e lui mi ha consigliato di essere meno pressante e aspettare che lei superi questa fase. Ma il fatto che adesso per lei sia diventata un'abitudine quella di bere e farsi le canne, non riesco a mandarlo giù. Non voglio fare la bacchettona, figuriamoci; anche io i miei casini li ho combinati, ma qui è diverso. E poi anche il nostro rapporto è cambiato, inutile negarlo. Continuiamo a essere quelle di sempre, ma solo in apparenza, perché tutta la sua sfera sentimentale adesso è tabù.

Provo a concentrarmi sui miei amici per non rattristarmi ulteriormente. Andrea è un ragazzo molto simpatico; fa l'architetto e lavora nello studio del padre. È piccolo di statura e paffutello; ma quello che ti cattura di lui è il sorriso, aperto e sincero. Ci racconta di avere una storia con un ragazzo spagnolo, di Barcellona, che fa anche lui l'architetto, specializzato in urbanistica. Si vedono ogni fine settimana, fanno un weekend a testa e la storia dura ormai da più di un anno. Conosce Giorgio da parecchio tempo, anzi a dire il vero hanno anche avuto una storia, ma le cose tra loro non hanno funzionato; però sono rimasti in ottimi rapporti. Mi raccontano che si sono conosciuti a un corso di doppiaggio e che per i pochi mesi che sono stati insieme non hanno fatto che litigare. Giorgio ride mentre prova a giustificarsi di fronte alle accuse di Andrea; troppo geloso, tanto che era arrivato al punto di seguirlo e leggergli anche tutta la posta elettronica.

«Giorgio, l'hai fatto veramente?» lo apostrofo semiseria, dando man forte ad Andrea.

«Be', ecco, tecnicamente sì, ma stavo passando un periodo infernale. Lui era sfuggente, non si faceva trovare per giorni.»

Mirko partecipa poco alla conversazione, sembra più attratto dal paesaggio che non dai nostri compagni di viaggio, e non so se il suo silenzio sia dovuto all'argomento della conversazione, che trova poco interessante, o perché è infastidito dai modi troppo esuberanti di Andrea.

Come se avessero capito di non essere molto graditi, non appena arriviamo sulle piste Andrea e Giorgio spariscono quasi subito e noi, dopo aver noleggiato sci e scarponi, passiamo le successive due ore nel campo scuola; verso l'ora di pranzo incontriamo di nuovo i miei amici e convinco Mirko ad andare a fare qualche discesa con gli altri mentre io mi metto a prendere il sole sulla sdraio lì accanto e mi addormento. Vengo svegliata da un bisbiglio alle mie spalle. Le voci femminili mi sembrano familiari, ma il tepore dei raggi mi rende pigra, così rimango a crogiolarmi al sole con gli occhi chiusi.

«Sai chi ho incontrato l'altro giorno?» sta dicendo una delle due voci.

«Chi?» dice l'altra.

«Quella viscida della sua ex» continua la prima.

«Veramente, e cosa vi siete dette?»

«Niente, solo un breve saluto. Non la sopporto, con quella sua aria angelica; per me è una gatta morta.»

«E lui?»

«Quando la incontra ammutolisce e la guarda con occhi persi. La sfiga vuole che lei è amica intima della sorella di lui, quindi capita spesso di incrociarci.»

Apro gli occhi di scatto, le mie antenne si allertano; mi metto a sedere in modo da ascoltare meglio.

«Va bene, ma cosa te ne importa? Lui l'ha lasciata, no?»

«Sì, sì, così dice. Ma non mi ha mai raccontato cosa è successo veramente. Appena provo ad affrontare l'argomento si innervosisce e cambia discorso.»

«Ma cosa te ne importa? Non sarai mica gelosa di lei. Lui ti vuole bene, si vede dalle attenzioni che ha per te.»

«Hai ragione, non ha proprio senso.»

«Senti ma... com'è a letto?» ridacchia l'altra.

«Mmh, così tenero. Mi fa impazzire...»

Mi sporgo dal bracciolo della sdraio, trattenendo il fiato.

«...quella sua gobbetta sul naso!»

Faccio un salto sulla sdraio, ma questa non tiene il peso e vado a finire a faccia in giù sulla neve, con un tonfo secco.

Infagottata come sono faccio fatica a tirarmi su, e alcune persone intorno mi vengono in soccorso. Con la mano spazzo via veloce la neve attaccata al viso, ma delle piccole gocce si insinuano nella maglia e cominciano a scendermi sulla schiena e sul petto. Sorrido cercando di darmi un contegno e incontro gli occhi nocciola di Martina, la fidanzata di Marco.

Allora avevo ragione, mi era sembrata una voce conosciuta. Vorrei prendere quel sorriso beffardo e affondarlo nella neve fresca, e poi tenere il suo bel visino fermo in modo che possa congelare per bene.

Ci è andata a letto! No, no, no! Non ci credo!

Come si permette di darmi della viscida e della gatta morta! Adesso ti faccio vedere io quello che sono!

Alzo il mento in segno di sfida e stringo gli occhi.

«Ciao, Martina. Che coincidenza, anche tu sei venuta a sciare?»

L'amica mi squadra da capo a piedi, e io provo ad avere un'aria dignitosa, nonostante senta ancora della neve sul viso.

«In genere sulle piste si viene per questo.»

Stronza, grandissima stronza! Come ha fatto ad andare a letto con una tipa così? Non è neanche carina!

«Marco è con te?» chiedo per provocarla.

Non ha neppure il seno.

«Sì, è dentro a comprare da mangiare insieme ad altri amici. Tu?»

E ha le gambe storte.

«Anch'io sono con altri amici.»

Sembriamo due galli da combattimento che aspettano solo di essere lasciati liberi per potersi saltare al collo, graffiarsi e poi farsi a fettine reciprocamente. Stiamo cercando di concludere questo idilliaco incontro in fretta e furia quando veniamo raggiunte da Marco e subito dopo da Mirko.

Alla vista di loro due la mia furia si sgonfia, e mi irrigidisco come se mi avesse morso uno scorpione. L'aria si fa tesa e irreale. Con tutte le persone che ci sono sulla faccia della terra, dovevo incontrare proprio lui? E come se questa cosa non fosse già di per sé un fatto tragico, si doveva aggiungere l'arrivo di Mirko? Cos'è, un segno del destino? Come diavolo è possibile una cosa del genere? Neanche a volerlo organizzare di proposito sarebbe stato probabile un incontro simile.

«Vale, che sorpresa. Che ci fai qui? A te non è mai piaciuto sciare» esordisce Marco, che sembra contento di vedermi.

Sto per ribattere, ma Mirko mi precede.

«È con me» risponde secco, squadrandolo con aria dura.

Il viso di Marco impallidisce e le dita delle mani stringono con forza il panino, come a volerlo sbriciolare. Vacillo, ma il braccio di Mirko intorno alla mia vita mi salva dal crollare al suolo.

«Ciao, io sono Martina, la ragazza di Marco, e lei è la mia amica Elisa» si intromette la vipera, mostrandosi per la prima volta rilassata e contenta.

Come osa fare la simpatica? Adesso ci manca solo che si porta a letto anche lui! Aaah, sto impazzendo! Aiuto, qualcuno mi venga a salvare.

«Mirko.»

«Marco.»

Mi sento male, vorrei scoppiare a piangere, vorrei cancellare quell'espressione triste dai suoi occhi azzurri, ma non posso; in mezzo a noi c'è l'Oceano Indiano, lo stadio Olimpico, il monte Bianco, il Grand Canyon. I nostri occhi si incontrano per una frazione di secondo, e poi ci allontaniamo in fretta uno dall'altra.

Cammino accanto a Mirko e mi sento confusa e in colpa. Non riesco a dire una parola, e il silenzio che c'è tra noi è assordante. Ma poi perché? Che male ho fatto? Non posso avere qualcun altro? Pensava che sarei rimasta per sempre da sola ad aspettare? Come se ci fosse qualcosa da aspettare! Guardo di sfuggita Mirko e la sua aria torva non preannuncia niente di buono. Questo silenzio mi fa sentire doppiamente a disagio.

«Com'è andata la sciata?» dico, sperando di sembrare disinvolta e rilassata.

Ma lui invece di rispondere mi sbarra la strada, mi attira a sé e mi bacia con foga sulle labbra.

«Mirko, cosa fai?» rispondo allontanandolo da me, presa alla sprovvista.

«L'ho capito subito che eri una tipa che mi avrebbe fatto dannare. Per questo ho provato a evitarti.»

Lo guardo ammutolita e lui continua a fissarmi.

«Lui chi era?» mi chiede.

Un senso di vertigine mi assale.

«Lui... ecco, lui è Marco.»

«Questo l'avevo capito. Voglio sapere il resto.»

«Non capisco. Quale resto?» balbetto.

«Hai avuto una storia con lui?»

Annuisco ubbidiente, è arrabbiato e non capisco per cosa.

«Vi vedete ancora?»

Nego muovendo la testa. «Cioè, ogni tanto ci incontriamo, lui è il fratello di Marta.»

Lo sento sospirare mentre si passa una mano tra i capelli.

«Mirko, perché fai così? Tra noi è finita, lui sta con quella Martina e io...»

«E tu?»

«Io... noi ci vediamo... io e te intendo... non so se abbiamo una storia, ma...»

Lo sento rilassarsi, mi accarezza una guancia.

«Quanto sei dolce. Scusami, prima ho esagerato, ma quando ho visto come vi siete guardati non ho capito più niente, volevo solo saltargli addosso, mollargli un bel cazzotto e cancellare quel sorriso sulle sue labbra.»

Povero Marco, questo proprio non se lo merita.

Ci guardiamo in silenzio. Sono confusa e combattuta, mi sento ancora in colpa per Marco, ma Mirko mi guarda con quelle sue pozze d'acqua verdi e il mio corpo freme sentendolo così vicino.

«Tu mi piaci, Vale, forse troppo.»

«Perché troppo?»

«Quando ti vedo mi fai uno strano effetto, e quando ti sono vicino perdo la testa, sento che per te potrei fare delle pazzie.»

«Spero siano belle pazzie» rispondo sorridendo, ma lui non ricambia; anzi, si adombra ancora di più.

«Forse hai capito che sono una persona solitaria, ma per la prima volta ho voglia di condividere la mia vita, le mie passioni con qualcun altro. Però non voglio stare male, e ancora di più non voglio farti soffrire perché... come sai, non rimango mai a lungo in un posto.»

Lo guardo e un'immensa tenerezza si fa strada dentro di me, spazzando via tutto il disagio di poco prima; ha un'aria così spaventata che mi sento sciogliere.

«Invece di preoccuparti tanto, perché non provi a lasciarti andare e non mi fai sentire quello che provi veramente?»

«Tipo?»

«Tipo che la smetti di parlare e mi baci seriamente.»

Wow, non posso credere di averlo detto veramente!

Mirko scoppia a ridere mostrando una fila di denti bianchissimi e mi fa sua in un boccone. I suoi occhi da gatto si illuminano, la sua mano si infila tra i miei capelli, mi afferra il collo e mi avvicina a sé con un gesto deciso. Rimango imbambolata a guardare le sue labbra avvicinarsi vertiginosamente; chiudo gli occhi mentre mi stringe a sé e lascio che la sua bocca si impossessi della mia. Ricambio l'abbraccio con foga, dischiudo le labbra e mi perdo dietro a lui. Il mio cuore esulta e dimentico il mondo intero. Mi sento improvvisamente Lana quando viene baciata da Clark in *Heros*. Mio dio, neanche nei sogni più audaci avrei mai immaginato una cosa simile, altro che il lupo cattivo!

«Pensi che così possa andar bene?»

«Come inizio può andare» rispondo ridendo, non smettendo di rimanere incollata alle sue labbra.

Mirko mi mordicchia il collo e poi mi lascia libera. Mi sento vacillare, è come se mi mancasse il terreno sotto ai piedi. Sto per recuperare lo spazio perduto ma lui, veloce, si gira, mi prende per mano e comincia a correre.

«Dove stiamo andando?»

«Lontano da tutti. Vieni.»

Lo seguo ridendo. Percorriamo un sentiero poco battuto e appena arriviamo in una radura, circondata dagli alberi, ci fermiamo. Mirko mi lascia la mano e il suo sguardo mi fa arretrare di qualche passo.

«Non ti azzardare» gli dico allontanandomi da lui.

Ma la palla di neve mi arriva in pieno viso.

«No, no, uffa. È ghiacciata» rispondo nascondendomi dietro un albero.

«Che fai, scappi?»

«Falla finita, Mirko.» continuo cercando di mettere più spazio tra me e lui, ma poco dopo mi ritrovo con la schiena a terra.

«Ti prego...» lo imploro.

«Ma io l'ho fatto per te!»

«Che cosa?»

Lui ridacchia divertito, tenendomi ferme le braccia.

«Mmh... Mi era sembrato che fossi rimasta... diciamo... un po' scossa dai miei baci, così ho pensato di farti riprendere un po' di colorito.»

«Ehi, ma come ti permetti?» dico risentita, cercando di alzarmi.

«Non è vero? Mi vorresti dire che non ti faccio nessun effetto?»

E mi dà un bacio che mi lascia senza respiro. Lo guardo persa.

«Io... ecco...» rispondo, passandomi la lingua sulle labbra.

«Sì?» mi risponde Mirko continuando a riempirmi di piccoli baci.

Vorrei negare, ma il leggero formicolio che sento per tutto il corpo mi sta mandando un chiaro messaggio. Mirko ha maledettamente ragione, i suoi baci mi stanno facendo impazzire; mi sento impotente e in balìa di mille emozioni.

«Ti stai prendendo gioco di me?» rispondo con il viso in fiamme.

Lui smette di baciarmi e mi guarda intensamente, improvvisamente serio.

«Scusa, non volevo. Stavo scherzando.»

Mi metto a sedere cercando di aver un'aria dignitosa.

«Mi perdoni?» mi chiede Mirko, aiutandomi a alzarmi.

Con lo stomaco in subbuglio mi tolgo la neve rimasta attaccata alla giacca a vento. Lui senza aspettare una risposta in un passo mi afferra di nuovo e avvicina il suo viso al mio.

«Vale, io sono molto serio con te.» Si passa una mano nei capelli e continua: «Devi sapere una cosa. Il mio primo pensiero appena entri in classe è quello di colmare la distanza che ci separa e baciarti fino a toglierti il respiro, e per tutta la mattina non faccio altro che fantasticare sulle cose che vorrei fare insieme a te. Il mio corpo freme quando sente la tua voce, quando ti butti i capelli all'indietro, agiti le mani o ti tocchi l'orecchino che hai al naso; e mi scombussoli tutta ogni volta che mi sorridi. Sei la persona più bella che abbia mai incontrato.»

Alzo gli occhi e lo guardo intensamente. Gli tocco la cicatrice e passo un dito sulla sua bocca.

«Sono contenta di farti questo effetto» dico imbarazzata ma felice.

Lui inarca un sopracciglio e riconosco il suo sguardo malizioso farsi strada nei suoi occhi; per tutta risposta mi alzo in punta di piedi e lo bacio forte attirandolo a me.

12

Sono in giro con Nuvola quando mi chiama Giò e mi racconta che si sta già abituando a Firenze e anche alla nuova scuola, ma ammette di non essere felice, le manca da morire Filippo e non fa che pensare a lui.

«Non è strano? Siamo stati nella stessa città per tutto questo anno senza mai vederci o sentirci, e proprio adesso che me ne sono andata le cose tra di noi sono cambiate. Abbiamo buttato via così tanto tempo» continua, sconsolata.

«Forse prima non eravate pronti, nessuno dei due. Devi essere contenta che il tuo sogno si sia realizzato. Ancora mi ricordo la faccia che facevi quando lui ti parlava, a scuola; questa è una cosa fantastica, vuol dire che siete fatti per stare insieme.»

Ridiamo divertite ricordandoci tutte le assurdità che abbiamo combinato l'anno prima che lei se ne andasse.

«E quella volta che Marta mi ha rovinato i capelli?» le ricordo.

«Oddio, Vale, giusto tu potevi affidarti a lei. A proposito, come sta?»

Sospiro rassegnata e le racconto che continua a vedere Davide, ormai stanno sempre insieme. Lui la passa a prendere a scuola quasi ogni giorno e Marta adesso è diversa, più cinica, menefreghista; sta spesso per conto suo anche a scuola, durante l'intervallo. Se non fosse che sia io che Sara la chiamiamo e le stiamo vicino, lei neanche si fermerebbe a parlare con noi. Anche in classe ci scambiamo poche parole.

«Ho anche smesso di raccontarle di Mirko.»

«Non si può fare niente?»

«È come se avesse tirato su un muro altissimo. Appena le rivolgo la parola la sento irrigidirsi; ho capito che ha paura di sentirsi giudicata. Sa perfettamente che sta facendo una stupidaggine e che Davide la sta solo rovinando, ma non riesce o non vuole affrontare la cosa. Te l'ho detto che adesso le canne se le porta anche a scuola?»

«Non ci credo, e non l'hanno scoperta i prof?»

«Ancora no, ma secondo me manca poco. Che devo fare, Giò? Vorrei aiutarla.»

«Perché non ne parli con Marco?»

«Questo non posso farlo.»

«Sì che puoi, lui è l'unico che le può dire qualcosa e farla ragionare. Lei si fida di Marco e sono molto uniti.»

«Le cose tra noi non sono così rilassate; non mi sento abbastanza tranquilla da chiamarlo al telefono e chiedergli di incontrarci. Insomma, siamo ancora a disagio tutti e due quando ci vediamo.»

«Anche ora che hai una storia con Mirko?»

«Non ci crederai, ma è una cosa strana, lo so che non dovrei dirlo, ma è così. Mi piacciono tutti e due.»

Le racconto quello che è successo a Campo Felice.

«Cosa faresti se Marco tornasse da te?» mi chiede Giò.

Rabbrividisco: sarebbe un vero casino. Da un lato, è ovvio, sarei tentata di tornare subito con Marco, lui è stato il mio grande amore; con lui ho provato delle sensazioni che nessuno mi ha mai fatto provare, e ancora adesso, quando sento la sua voce, quando lo guardo, mi riaffiorano tutte quelle emozioni. Ma Mirko è, oltre che bello, affascinante e passionale. Con lui non c'è niente di scontato; la vita è un percorso vario, pieno di salite, discese, curve, angoli nascosti, piccole insenature. Mirko riesce a trasmettermi una curiosità verso le cose che ogni volta mi sorprende. Certo, a differenza di Marco è anche inquieto, ombroso, con un passato difficile, una famiglia inesistente; ha dei momenti in cui vuole stare da solo, in cui non vuole dirmi quello che pensa, mentre l'altro è sempre limpido come l'acqua fresca.

Rimango in silenzio a riflettere, non lo so, non lo so proprio.

«Non ci voglio neanche pensare. E poi tanto il problema non si pone, lui sta con Martina e le cose tra noi sono definitivamente finite.»

Dopo esserci salutate mi affretto verso casa, le nuvole si stanno addensando e non ho voglia di prendere l'acqua prima di arrivare; in più sento Nuvola più nervoso del solito, ho capito che i tuoni e i lampi lo rendono irrequieto. Accelero il passo, manca poco, tra un paio di traverse siamo arrivati.

«Non mi tirare, Nuvola, così mi fai cadere.»

Lui mi strattona ancora più forte e io tiro il guinzaglio.

«Insomma, la fai finita? Siamo quasi arrivati.»

Ma la pioggia comincia a scendere, e così ci mettiamo a correre. In un attimo siamo zuppi tutti e due e i tuoni si fanno sentire con maggior insistenza. All'improvviso mi scivola il guinzaglio dalle mani e Nuvola si mette a correre veloce, come se fosse inseguito da un mostro.

«Nuvola, vieni qua. Aspetta, dove vai? Stai andando nella direzione sbagliata, casa nostra è dall'altro lato.»

Ma lui non mi ascolta, abbaiando attraversa la strada e dopo un momento non lo vedo più. Affannata dalla corsa cerco di raggiungerlo mentre lo chiamo a squarciagola. Niente, Nuvola sembra svanito nel nulla. Rifaccio tutta la strada indietro, guardo sotto le auto, e percorro di nuovo le vie che ho fatto poco prima, ignorando l'acqua che mi bagna tutta, finché non mi appoggio esausta a una macchina.

Non può essere... non può essere scappato, non può aver fatto una cosa del genere. Scoppio a piangere come una fontana. Ti prego, Nuvola, torna indietro, non mi lasciare. Incurante della pioggia mi rimetto a correre senza meta chiamando il mio cane, ma niente, sembra veramente sparito nel nulla. Forse se mi metto in un posto visibile mi vedrà; sarà terrorizzato. È colpa mia, lo sapevo che aveva paura dei tuoni, non dovevo uscire con questo tempo; oddio, e ora che faccio?, mi chiedo, ferma e completamente zuppa in mezzo alla strada.

Mi tornano in mente il suo musetto, le sue orecchie e lo sguardo che aveva la volta che l'ho trovato nel portone. Come ho potuto essere tanto stupida? Come ho fatto a non prestare attenzione ai suoi occhi spaventati, al tremore che lo scuoteva ogni volta che si sentiva un tuono? Avrà avuto sicuramente qualche trauma, magari è stato abbandonato di notte proprio mentre pioveva. Oppure l'ha investito una macchina. Mi copro il viso con le mani; perché non ragiono prima di fare le cose? Come mai sono così avventata? Penso solo a me stessa, ecco la verità, sono una persona egoista. Non mi è venuto in mente di controllare il tempo, ero troppo occupata a parlare con Giò. Perdonami, Nuvola, perdonami, non farò mai più un errore del genere. Non accadrà mai più, ma ti prego... torna da me, non mi lasciare da sola, non potrei sopportarlo.

Il fragore della pioggia continua incessantemente a coprire qualsiasi suono; la gente passa veloce affrettando il passo, senza guardarsi intorno, attenta solo a evitare di bagnarsi più dello stretto necessario. Si è formata una coda di macchine; chissà perché quando diluvia il traffico diventa più caotico e le persone più imbranate nella guida. Stringo gli occhi con forza per non ricominciare a piangere e tiro su con il naso. Nuvola, speriamo almeno che ti sia riparato in qualche posto asciutto. Appena torno a casa chiamerò Mirko, la sua voce è un calmante per me; sorrido appena e mi passo una mano sul viso bagnato. Vorrei chiudere gli occhi, lasciarmi avvolgere dal suo abbraccio e perdermi nei suoi baci; lui ha il potere di farmi dimenticare ogni cosa, specialmente quelle brutte.

«Vale?» mi chiama una voce dietro di me.

Mi giro e attraverso la pioggia scorgo il viso di Marco.

Ho improvvisamente freddo e mi stringo nelle spalle.

«Cosa fai da sola sotto la pioggia, che ti è successo?» mi chiede seriamente preoccupato, avvicinandosi e coprendomi con il suo ombrello.

«Una disgrazia, Marco. Ho perso Nuvola, il mio cane.»

I miei occhi ricominciano a piangere senza ritegno.

«Oh, Vale, mi dispiace tanto. Sarà stato questo temporale, si sarà spaventato. Vedrai che è nascosto qui vicino, sotto qualche macchina.»

Lo guardo tra un velo di lacrime.

«È colpa mia, è solo colpa mia. Non dovevo uscire; sono stata una stupida. Oddio, e ora cosa dirò ai miei? Ho insistito tanto per tenerlo e guarda che cosa ho combinato! Non sono buona a nulla, combino solo casini» continuo tra un singhiozzo e l'altro.

«Vale, ti prego, non fare così. Tornerà, me lo sento.»

«Non è vero!»

Lui mi tocca una spalla.

«Vuoi che ti aiuto a cercarlo?»

Perché è sempre così gentile, perché non te ne vai e mi lasci sola con il mio dolore? Non mi piace che mi stai così vicino. Torna da Martina! E poi perché mi guardi in questo modo? Devo mettere maggiore spazio tra me e lui; basta, basta.

«Vale, ti senti bene?»

«Non credo» e chiudo gli occhi.

«Andiamo, ti accompagno a fare un altro giro» e vicini ci incamminiamo, cercando di non toccarci. Entriamo nei portoni, nei negozi, chiediamo in giro, ma nessuno sembra aver visto Nuvola; dopo un'ora, completamente infreddoliti ed esausti, torniamo indietro, rassegnati.

«Tornerà, Vale, ne sono sicuro. Devi preparare dei volantini e appenderli nel quartiere; se qualcuno lo vede, vi chiamerà.»

«Sì, mi sembra una buona idea. Grazie, Marco» gli dico, davanti al portone.

«Figurati. Mi dispiace molto.»

«Non dovevi.»

«Perché no, tra noi non c'è più niente?»

Lo osservo, cercando di capire meglio le sue parole.

«In che senso?»

«Non so quello che sto dicendo. Scusa.»

Lo guardo negli occhi e lo vedo confuso. «Marco?»

«Sei tutta bagnata» risponde, accarezzandomi il viso.

«Marco?» ripeto ancora con un filo di voce.

«È meglio che tu salga, Vale. Devo andare» risponde, si gira e vedo le sue spalle curve sparire nella pioggia. Ancora in trance, entro e mi appoggio al portone. Lo sguardo di Marco è ancora lì, fisso nei miei occhi, nella mia mente. Perché? Perché? Respiro affannosamente e le gambe mi tremano per l'agitazione.

Devo chiamare Giò, non ci posso credere, è una strega! Ne abbiamo parlato proprio poche ore fa, e adesso eccomi qua con un dubbio tremendo; Marco è in crisi con Martina? Mi voleva far capire qualcosa? Non ci posso credere, penso mentre salgo lentamente le scale. Calma, calma, Vale, non correre con la fantasia. Voleva solo intendere che tra noi c'è ancora qualcosa, e questo è vero. Lo so, lo sento da come mi guarda, da come si comporta in mia presenza. Ma non è giusto, adesso che mi piace un altro viene a tormentarmi. Non va bene, questa cosa non va per niente bene. Forse l'ha fatto perché in montagna ha visto che stavo con Mirko; magari è solo per gelosia. No, Marco non è così... o forse sta male con Martina. Frena, Vale. Non è più un tuo problema; non puoi rovinare la storia con Mirko, lui ti vuole bene, e anche tu gliene vuoi. Mi sto sbagliando, non è come penso, Marco ha voluto solo mostrarsi comprensivo con me, aiutarmi. Mi ha vista sconvolta per la scomparsa di Nuvola e ha voluto consolarmi. E poi è normale che continuiamo a volerci bene, ci siamo amati così tanto!

Rincuorata da queste parole entro in casa e informo i miei della scomparsa di Nuvola. In un baleno dimentico l'incontro con Marco e passo tutta la sera a preparare i volantini.

Il giorno dopo insieme a mio padre tappezziamo il quartiere. Ma i giorni passano e di Nuvola nessuna notizia, sembra veramente scomparso nel nulla. Anche Giulia, come noi, sembra essersi accorta che è successo qualcosa. La vedo andare a cercarlo, infilandosi sotto al letto o chiamandolo a gran voce. Per risollevare il mio umore mi faccio coccolare dalle parole affettuose di Mirko, che non perde occasione per sorprendermi.

Siamo in classe ad aspettare la prof di italiano, quando mi allunga un foglio; sto per prenderlo ma Federica passa in quel momento e lo afferra al posto mio. Noi due scattiamo in piedi e la rincorriamo ma lei, veloce, sale sulla sedia.

«Silenzio! Quale luce irrompe da quella finestra lassù?» inizia a leggere Fede.

«Ridammelo subito» le urlo indispettita, mentre Mirko salta sul banco e le strappa il foglio di mano.

«Allora, che cosa sta succedendo qui? Possibile che non riuscite a stare calmi neanche cinque minuti?» dice la prof di italiano entrando in quel momento.

Fede urla cercando di spintonare Mirko e riprendere il biglietto.

«Basta così, datemi questo foglio e tornate subito tutti ai vostri posti.»

«Professoressa, non è giusto, è una cosa personale.»

«Silenzio, di chi è?»

Vorrei sprofondare, mentre quella vipera di Federica indica prima Mirko poi me.

Il brusio nella classe non dà cenno di voler cessare, ma la prof, dopo aver letto il foglio, batte la mano sulla cattedra.

«Ho detto che dovete stare in silenzio. Allora, Mirko Salvati, vieni qui; oggi faremo un fuori programma. Il vostro compagno di classe ci ha dato uno spunto interessante. Leggi alla classe quello che hai scritto.»

Ma che fa, adesso ci si mette anche la prof?

Mirko prende il foglio e senza scomporsi mi guarda e inizia con voce sicura, come se la conoscesse a memoria.

Silenzio! Quale luce irrompe da quella finestra lassù?
È l'oriente, e Giulietta è il sole.
Sorgi, vivido sole, e uccidi l'invidiosa luna,
malata già e pallida di pena
perché tu, sua ancella, di tanto la superi in bellezza.
Non essere la sua ancella, poiché la luna è invidiosa.
Il suo manto di vestale è già di un verde smorto,
e soltanto i pazzi lo indossano. Gettalo via.
È la mia donna; oh, è il mio amore!
se soltanto sapesse di esserlo.

Parla, pure non dice nulla. Come accade?
Parlano i suoi occhi; le risponderò.
No, sono troppo audace; non parla a me;
ma due stelle tra le più lucenti del cielo,
dovendo assentarsi, implorano i suoi occhi
di scintillare nelle loro sfere fino a che non ritornino.
E se davvero i suoi occhi fossero in cielo, e le stelle nel suo viso?
Lo splendore del suo volto svilirebbe allora le stelle
come fa di una torcia la luce del giorno; i suoi occhi in cielo
fluirebbero per l'aereo spazio così luminosi
che gli uccelli canterebbero, credendo finita la notte.
Guarda come posa la guancia sulla mano!
Oh, fossi un guanto su quella mano
e potessi sfiorarle la guancia!

Il mio cuore smette di battere e le lacrime affiorano senza che possa farci niente; provo a rimandarle indietro, non mi sembra il momento. Vorrei alzarmi e correre incontro a Mirko per abbracciarlo, baciarlo e dirgli mille volte grazie per farmi sentire una persona così speciale. Lo cerco e i nostri sguardi si perdono uno dentro l'altro. La terra smette di girare, la classe scompare; mi vorticano intorno le sue parole. Lo sento vicino a me, sento quello che non mi ha ancora detto, che non ha il coraggio di rivelare. Gli tocco gli occhi, passo un dito sulle sue labbra, sulla tanto amata imperfezione. Le sue braccia mi stringono forte; gli sorrido mentre il suo e il mio respiro accelerano. Sto per chiudere gli occhi lasciandomi andare al dolce tocco delle sue mani su di me, quando l'incantesimo viene rotto dalla voce della prof.

«Allora, signorina Ansali, ci sa dire di chi è?» chiede rivolta a Fede.

Quanto tempo è durato, quanto tempo siamo rimasti incollati uno all'altro, senza toccarci?

«Di Salvati, no?» la sento balbettare insicura, mentre i nostri occhi non si sono ancora stancati di scrutarsi.

Tutta la classe scoppia a ridere e la prof scuote la testa.

«Dio, ragazzi, che disastro. Vediamo, vi do qualche indizio. È una tragedia ed è stata composta tra il 1500 e il 1600; parla di due famiglie che abbiamo già trovato all'interno di un'altra grande opera.»

A malincuore mi volto e incrocio gli occhi di Marta che mi sorride; io abbasso lo sguardo, non sono ancora pronta per parlare con nessuno, mi sento tutta scombussolata.

«Sì, Patrizi?» dice la prof notando la mano alzata di Marta.

«Parla dei Montecchi e Capuleti?»

«Vedo che ci siamo arrivati. Di quale opera stiamo parlando?»

«*Romeo e Giulietta* di William Shakespeare» risponde la classe in coro.

«Bene, bene, Mirko, puoi andare a sederti, ora. Bene, adesso vediamo il contesto storico.»

E per il resto dell'ora vivisezioniamo il brano, tra gli sguardi divertiti della classe e il mio enorme imbarazzo. Prima di uscire la prof si avvicina a Mirko e gli dice sottovoce: «Bravo, Salvati, ottima scelta.»

13

Arriviamo sotto casa che sono le otto e mezza passate, scendo dalla moto e Mirko mi accompagna al portone. Ci stiamo ancora salutando quando tre ragazzi si avvicinano.

«Avete da accendere?» chiede uno dei tre.

Noi due ci giriamo, ma prima che possiamo rispondere loro ci circondano.

«Dateci cellulari e soldi, subito.»

Sento Mirko irrigidirsi e farmi scudo con il suo corpo.

«Non abbiamo niente» risponde duro.

«Smettila di fare l'eroe, altrimenti la tua amichetta si potrebbe fare male.»

«Ho detto che non abbiamo niente.»

Il terrore mi chiude lo stomaco e mi sento gelare il sangue; ti prego, Mirko, non fare stupidaggini, penso disperata. Vorrei tirare fuori il mio cell e darglielo. Provo a sussurrare il nome di Mirko, ma dalla mia bocca non esce nessun suono. Mi aggrappo alla sua schiena e mi guardo intorno; non c'è anima viva, anche se è ancora presto la strada sembra deserta.

Uno dei tre dà uno spintone laterale a Mirko, che gli molla una gomitata al mento. Io provo a fuggire raso muro, ma il secondo mi afferra per un braccio; per tutta risposta Mirko alza una gamba velocemente e gli molla un calcio in pieno viso, con una mossa di karate. Non sapevo conoscesse anche le arti marziali, non devo dimenticarmelo in futuro. Il tizio preso alla sprovvista lascia andare il mio braccio e Mirko approfitta del momento per aprire con uno spintone il mio portone rimasto socchiuso, spingermi dentro e richiuderlo con forza dietro di sé.

«Bloccatelo!» sento urlare al di là da uno dei tre.

«Bastardi, e adesso fatevi sotto, se avete il coraggio!» sento dire dalla voce di Mirko.

Ancora tremante rimango a fissare il portone chiuso non sapendo bene cosa fare, poi mi risveglio e corro su per le scale, entro in casa e comincio a urlare come una pazza.

«Aiuto! Mamma, papà, stanno picchiando Mirko!»

Mio padre è il primo ad affacciarsi dalla cucina.

«Chi, che cosa? Tu stai bene? Dove?»

«Corri, papà, tre ragazzi ci volevano derubare; stavano per afferrarmi, ma Mirko mi ha difesa. Dobbiamo chiamare la polizia, sono qui sotto.»

Mio padre in un balzo è sul pianerottolo e come una furia scende le scale, mentre io cerco di stargli dietro.

«Giorgio, Valentina, dove andate? Aspettate, può essere pericoloso» sento le urla di mia madre. Ma ormai siamo già arrivati nell'androne. Con forza mio padre, seguito da me, apre il portone e vediamo Mirko messo all'angolo, addossato a una macchina con i tre che lo circondano. Prima che io riesca a capire cosa sta succedendo, vedo mio padre arrivargli da dietro e mollare un calcio in mezzo alle gambe al primo dei tre. Questo emette un rumore soffocato, si accascia in ginocchio urlando dal dolore, tenendosi con le mani dove è stato colpito. Il secondo non fa in tempo a girarsi che mio padre con uno spintone lo manda a sbattere contro una macchina.

A questo punto il terzo gli si getta contro, ma mio padre gli molla un cazzotto in pieno viso; lui barcolla e finisce a terra, sanguinante.

Io rimango ammutolita a osservare la scena... ma sto guardando proprio mio padre? Non riesco a crederci.

Lo sto ancora fissando a bocca aperta quando il ragazzo finito addosso alla macchina si gira a guardare mio padre, che con i pugni chiusi si è messo in posizione di attacco e tiene le braccia all'altezza del viso.

«Che c'è? Non ti è bastato? Vieni avanti, se hai coraggio. Dài, vieni.»

Io e Mirko ci guardiamo costernati.

Un attimo dopo si sono dileguati tutti e tre.

«Vigliacchi, ecco cosa siete. Approfittare così di ragazzi più piccoli di voi, vergognatevi» gli urla dietro mio padre. Il suo viso è ancora acceso e rosso per l'eccitazione.

«Come stai, Mirko? Ti hanno fatto male?»

«No, sto bene, grazie mille» gli risponde avvicinandosi con la mano tesa.

Mio padre in tutta risposta gli molla una violenta pacca sulla spalla che lo fa barcollare. Provo a rimanere seria, ma mi viene da ridere; mi sa che gli ha fatto più male lui degli altri tre, penso vedendo Mirko massaggiarsi la spalla.

«Gli abbiamo dato una bella lezione, eh Mirko?» gli dice con sguardo complice e usando un tono di voce più alto del solito.

«Veramente io non ho fatto niente, è tutto merito suo.»

Mio padre ridacchia compiaciuto.

«Porca miseria, ragazzi. Quanto mi sono divertito, erano secoli che non mi capitava più una cosa del genere» e scoppia a ridere battendosi le mani sulle ginocchia.

«Papà!»

«Troppo forte, hai visto, Vale, come li ho messi in fuga? Sarò anche invecchiato, ma sono ancora in forma, eh?» e continua a zampettare come un pugile sul ring.

«Due colpi ben fatti e *bang*, stesi a terra» aggiunge.

Noi due ridiamo di nascosto. Non riusciamo proprio a trattenerci.

«Ma insomma, cos'è tutto questo baccano?» urla la portinaia ficcanaso di fronte, aprendo le finestre e guardando fuori.

«Signor Giorgio, è lei? Perché sta urlando?»

«Signora Pina, non ci crederà. Ho appena messo in fuga tre brutti ceffi, volevano rapinare la mia bambina e un suo amico. Doveva esserci, in tre colpi li ho messi al tappeto.»

«Veramente? Oddio, per fortuna che c'era lei. E come stanno i ragazzi?»

«Bene, signora, stiamo bene, grazie. Papà, andiamo via, vieni» gli dico cercando di tirarlo per il maglione.

«Voglio festeggiare. Vieni, Mirko, stasera apriamo una bottiglia speciale, si brinda» e mettendogli un braccio intorno alle spalle lo spinge verso il portone.

Mirko mi guarda confuso.

«Papà, Mirko deve andare a casa.»

«No, lui stasera è a cena con noi, giusto Mirko? Te lo bevi un bel bicchiere di bianco, no?»

Lui accenna a un sorriso mentre viene trascinato da mio padre. Mia madre ci accoglie sul pianerottolo e lui ancora eccitato l'afferra e la bacia sulla bocca.

Noi due ci giriamo dall'altra parte per non scoppiare a ridergli in faccia.

«Carla, dovevi esserci, una scena fantastica, io e Mirko sembravamo Starsky e Hutch; racconta, Vale, su, dille come sono andate le cose.»

Mia madre sorride imbarazzata e mi fa l'occhiolino.

«Per fortuna non si è fatto male nessuno. Stai bene, Mirko? Vedo che ti massaggi una spalla, ti hanno colpito lì?» chiede mia madre preoccupata, facendoci entrare.

Ho le lacrime agli occhi; guardo mio padre, che non sembra essersi accorto di niente.

«Non proprio signora, comunque tutto bene, grazie. Devo ringraziare suo marito, è un vero pugile.»

«Eh sì, quando ero più giovane mi è capitata qualche rissa.»

«Giorgio, ma cosa dici?» risponde mia madre, divertita dal suo entusiasmo, e aggiunge un piatto alla tavola già apparecchiata.

«Lo so che non vi sembra possibile. Ma è proprio vero. Sentite questa. Ero a Copenhagen con il mio amico Fulvio. Te lo ricordi, quel ragazzo piccolo e magrolino?» dice rivolto a mia madre.

Lei annuisce.

«Eravamo lì a rimorchiare.»

Io e Mirko ci giriamo a guardarci a bocca aperta.

«Giorgio!» lo apostrofa mia madre.

«Be', cosa c'è di male, sono stato un ragazzo anche io, no?»

Noi abbassiamo lo sguardo per non ridere.

«Era venerdì o sabato sera, non ricordo con esattezza. Stavamo facendo la fila per entrare in un locale, ancora me lo ricordo, si chiamava Victor. Dopo un'ora abbondante, riusciamo a varcare la soglia. Non appena entriamo, un danese grande e grosso con un viso rubicondo afferra Fulvio per la vita e girandolo a testa in giù prova a baciarlo sulla bocca.»

«Dio, che schifo!» rispondo io.

Mio padre continua, con le lacrime agli occhi. Non riesce ad andare avanti tanto gli viene da ridere.

«Dovevate vedere la scena. Le gambe di Fulvio si agitavano come un manichino, mentre quello continuava a premere per farsi strada tra le sue labbra.»

A questo punto siamo tutti e quattro piegati in due.

«Ma perché voleva baciarlo?» chiede Mirko, asciugandosi gli occhi.

«Ma non lo so, era completamente ubriaco! Comunque, dopo il primo smarrimento, Fulvio riesce a tirarsi indietro schifato, io sopraggiungo e glielo tolgo di dosso, mollandogli un cazzotto proprio in mezzo ai denti, e da lì parte la rissa.»

«Nooo, e poi?» chiede mia madre coprendosi la bocca con la mano.

«È arrivata la polizia e ci hanno portato tutti in cella; siamo rimasti dentro tutta la notte.»

«Avevate bevuto?» chiedo io.

«Avevamo bevuto? Ci eravamo tirati giù tutto il bar!»

«Papà!»

«Giorgio!»

E di nuovo sbottiamo tutti quanti a ridere!

È strano, non pensiamo mai che i nostri genitori possano essere stati giovani e ancora meno riusciamo a immaginarli mentre si divertono e fanno delle stupidaggini proprio come noi.

***

Dopo una cena decisamente più divertente del solito, scendo e accompagno Mirko alla moto.

«Grazie mille per prima, ma non dovevi farlo. Potevano farti del male, potevi finire in ospedale.»

«Ti sarebbe dispiaciuto?»

Lo guardo di traverso e sorrido.

«Molto.»

Lui mi stringe a sé.

«Non potrei sopportare se qualcuno ti facesse del male» mi dice.

«Vale anche per me.»

«So come difendermi.»

«Me ne sono accorta... adesso alla lista devo aggiungere anche il karate?»

«Veramente sarebbe aikido, ma va bene lo stesso.»

Alzo gli occhi al cielo.

«Sei proprio un tipo strano, quando hai imparato tutte queste cose?»

Lui ride.

«In un'altra vita» e la sua bocca si impossessa della mia.

Il suo profumo mi entra dentro e si espande a macchia d'olio; affogo nelle sue labbra, nelle sue carezze, nei suoi baci. La sua lingua afferra veloce la mia e comincia a giocarci. L'aria fredda della notte mi fa rabbrividire e mi stringo di più a lui, attenta a non toccargli la spalla indolenzita. I suoi occhi mi cercano e parlano in silenzio.

«Ti voglio portare in un posto speciale, nel mio rifugio segreto» mi sussurra tra un bacio e l'altro.

«Vengo dove vuoi.»

Lui mi mordicchia il labbro.

«Dov'è questo posto?» continuo, estasiata dalle sue carezze.

«È un segreto, non posso dirtelo. Ti fidi di me?»

Annuisco con gli occhi chiusi.

«Allora ci andremo uno di questi giorni.»

«Va bene. Ma non smettere di baciarmi, ti prego.»

«Non ne ho alcuna intenzione.»

14

Sono le undici di sera quando mi squilla il cellulare; guardo il numero, ma non lo riconosco.

«Pronto?» chiedo incerta.

«Valentina, sono Giacomo.»

L'ex di Marta?

«Scusami per l'ora, non ti avrei disturbato se non fosse una cosa importante.»

«Dimmi.»

«Dovresti venire a prendere la tua amica.»

«Marta?»

Non ci capisco più niente, che ci fanno insieme, forse si stanno rivedendo?

«Spiegati meglio, Giacomo.»

«Senti, Marta e Davide sono venuti a una festa dove c'ero anche io. Lei si è ubriacata e ha fumato troppo; ha litigato con Davide, il quale ha pensato bene di lasciarla qui. Volevo riaccompagnarla a casa, ma lei ha cominciato a urlare che con me non viene da nessuna parte, così ho pensato di chiamarti.»

Sono sconvolta.

«Ma sta bene?»

«Vale, non so cosa intendi per 'stare bene', diciamo che non è in condizioni di muoversi da sola, se è questo che vuoi sapere.»

Mio dio, Marta, che cosa hai fatto?

«Okay, Giacomo, dimmi dove siete, in qualche modo cerco di organizzarmi.»

Chiudo il telefono e lo fisso senza sapere cosa fare.

Scendo dal letto in fretta e furia e mi metto le prime cose che trovo in giro. Faccio il numero di Mirko ma il cell è staccato, e ricordo che mi aveva detto che stasera andava al cinema. Dio, che faccio? Non posso chiedere ai miei, non so bene in che condizioni troverei Marta. Sto per chiamare Sara ma cambio idea, anche lei non ha la macchina. E se vado in motorino da sola? No, non va bene, se Giacomo ha detto che non si regge in piedi non posso portarla così.

Alla fine mi si accende la lampadina: Marco. Giusto, è l'unica soluzione, lui può prendere la macchina dei suoi genitori. E se sta con Martina? Non è un mio problema, stiamo parlando di sua sorella.

Pigio il tasto del numero che non facevo da mesi e aspetto con ansia di sentire la sua voce.

«Vale, ciao» risponde contento.

«Scusa se ti chiamo a quest'ora, ma ho bisogno del tuo aiuto.»

«Di che si tratta?»

«Tua sorella» e gli racconto a grandi linee l'accaduto.

«Vengo da te tra dieci minuti, dovrei farcela. Non ho la macchina, ma ti accompagno in motorino.»

«Okay, ti aspetto giù.»

Attacco ed esco dalla stanza.

«Mamma, devo uscire» dico ai miei, afferrando il giaccone.

«Non mi sembra un'ora adatta per uscire.»

«Devo andare a prendere Marta.»

Loro si girano a guardarmi con maggior attenzione.

«Cosa è successo?»

«Si è sentita male a una festa e mi ha chiesto di andarla a prendere.»

«Ti accompagno, dammi un minuto» dice mio padre, alzandosi dal divano.

«No, sta passando Marco a prendermi.»

«Vale, non puoi uscire adesso, è tardi» risponde mia madre con un tono di voce più acuto del normale.

«Mamma, tu non capisci, lei ha bisogno di me.»
«Allora fatti accompagnare da tuo padre.»
«Non posso, vi prego, lasciatemi andare con Marco, lui è suo fratello.»
«Vale, è successo qualcosa che non vuoi dirci?»
«No, no, ve lo giuro. È solo che dalla voce ho capito che voleva che andassi sola.»
«Dov'è questo posto?»
«A Monteverde.»
«Non è qui dietro.»
«Vi prometto che vi chiamo appena sono con lei.»
«Vale...» comincia di nuovo mia madre.
«Mamma, ti prego, ti prego. Prima vado e prima torno. Fidati di me, lo sai che non mi metterei mai in situazioni rischiose. In ogni modo Marco viene con me.»
«Non voglio che tu vada.»
«Non posso non andare, scusate. Vi chiamo tra poco» e prima che possano fermarmi sono già fuori casa.
Sento le urla di mia madre e già penso a quello che dovrò affrontare quando tornerò, ma Marta ha bisogno di me e io non voglio tirarmi indietro.
Marco è già sotto che mi aspetta, e il suo sguardo è buio e teso.
Salgo sul motorino senza dire una parola e mi metto il casco. Passiamo per il lungotevere, poi per il Gianicolo e alla fine arriviamo davanti al portone che mi ha indicato Giacomo. Suoniamo e, dopo un'eternità, ci vengono a aprire. La musica è assordante e il fumo denso e opprimente, da far bruciare gli occhi. Marco cammina davanti a me, tenendomi per un braccio. Ci muoviamo tra la gente cercando la mia amica e incontriamo Giacomo, che appena mi vede mi abbraccia.
«Mi dispiace, Vale, mi dispiace tanto per Marta, ma lei non vuole più saperne di me. Mi odia, me l'ha urlato in faccia. Ho provato a farla ragionare, ma non c'è stato niente da fare.»
Annuisco ma non riesco a parlare, la gola mi si è seccata e il terrore non mi fa ragionare come dovrei. Che cosa le è successo? Ti prego, fa' che non si sia fatta niente di grave. Involonta-

riamente cerco la mano di Marco, che me la stringe affettuosamente.

Seguiamo in silenzio Giacomo passando da una stanza all'altra, e alla fine la vediamo.

Per un attimo non la riconosco, è riversa a terra, su un fianco. Mi giro a guardare Giacomo, ma lui è rimasto indietro e non incrocia il mio sguardo. Non ne ha il coraggio.

«È colpa tua, è tutta colpa tua. Guarda in che condizioni si è ridotta! Dov'è, dov'è quel bastardo di Davide? Se n'è andato via lasciandola qui da sola, come un cane!»

Marco prova a calmarmi, ma io, ormai sconvolta, mi libero dalla sua stretta e le corro incontro.

«Marta, Marta! Ti prego, parlami, dimmi qualcosa. Sono Vale, non devi preoccuparti, adesso ci sono io.»

Mi giro in cerca d'aiuto e vedo della gente che ci sta osservando.

«Fuori, andate via tutti, non siamo a teatro. Giacomo, Marco, che cosa fate lì impalati, mandate via tutti!» urlo, fuori di me.

Senza che riesca a controllarmi le lacrime escono prepotenti mentre le tocco una spalla e la scuoto.

«Marta» le sussurro, abbracciandola e spostandole i capelli dal viso.

Lei reclina il viso di lato e biascica qualcosa.

«Marta, guardami, sono Vale, la tua amica.»

Cercando di tirarla su mi giro verso Marco in cerca d'aiuto.

«Lasciatemi stare» urla.

«Marta, smettila, sono Marco» le dice lui scuotendola.

«Lasciami, mi fai male. Marco, Vale... no, no, andate via. Perché siete qui? Non voglio che mi guardiate. Andate via, lasciatemi sola.» Prova ad alzarsi, ma ricade subito e va a sbattere contro la parete.

Ho un singulto.

«Okay, Giacomo vieni qui, aiutami a tirarla su» dice Marco.

E così riusciamo a uscire dalla festa con Marta che penzola come un peso morto sulle spalle di Marco. Appena fuori l'adagia vicino a un albero e si passa una mano tra capelli; è sconvolto anche lui.

«Mio dio, Vale, non l'avevo mai vista in questo stato. Ma che diavolo ha preso?»

Lo guardo, ma non so rispondere.

«Da quanto tempo è in queste condizioni?»

«Dopo che Giacomo l'ha lasciata si è messa con un certo Davide, un tipo poco affidabile che le ha dato una mano a ridursi in questo stato.»

«Come ho fatto a non accorgermene?» risponde ancora turbato dalla vista della sorella ridotta così.

«Marta è una ragazza che se vuole riesce a nascondere qualsiasi cosa. E poi, forse, non vi incontrate così spesso.»

«Se i miei la vedono succede un casino.»

«Cosa pensi di fare?»

«Potrebbe dormire da te, stasera.»

«E ai miei, cosa dico?»

«Che si è ubriacata.»

Chiamo i miei per tranquillizzarli e li avverto che sto arrivando insieme a Marta. Sono ancora arrabbiati, ma conto di farli calmare spiegandogli cosa è successo.

«Come facciamo, in motorino?» chiedo.

«Che idioti, non ci abbiamo pensato a chiedere a Giacomo di accompagnarvi a casa.»

«Potremmo chiamare un taxi. Pensi che ci costerebbe molto?»

«Non ne ho idea, ma io qualche soldo ce l'ho. Chiamiamolo.»

Rimettiamo in piedi Marta e aspettiamo che arrivi la macchina.

Il tassista scende e ci guarda diffidente.

«Che le è successo? Non voglio casini nel mio taxi.»

«Ha solo alzato un po' il gomito.»

Lui la guarda, e proprio in quel momento Marta si risveglia e vomita.

«Signorì, non voglio che mi sporchi la macchina, chiaro?»

Alla fine, dopo mille preghiere al tassista, riusciamo a caricare Marta in auto.

«Vi seguo» mi dice Marco, prima di chiudere la portiera.

Per fortuna il viaggio si svolge in tutta tranquillità, e quando arriviamo a casa, mio padre, che ci aspetta giù al portone, prende Marta dalle spalle di Marco e la porta in camera mia.

«Marta ha un'amica d'oro» dice Marco, prima di salutarmi con un bacio sulla guancia e fuggire via.

La mattina dopo lascio Marta nel mio letto mentre mi vado a fare la doccia.

«Come sta?» chiede mia madre appena entro in cucina.

«Ancora dorme. Senti, mamma, mi dispiace per ieri sera, lo so che siete ancora arrabbiati con me, ma non potevo lasciarla lì da sola. So che puoi capirmi.»

Lei sospira mentre beve il caffè.

«Quando fai così sembri tuo padre; vi sentite i salvatori del mondo. Lo so che il tuo gesto era nobile, ma è pericoloso uscire di notte; per giunta non sapendo dove stai andando. Poteva succederti qualcosa.»

«Hai ragione, ma non me lo sarei perdonato se succedeva qualcosa a Marta per colpa mia.»

«Mi vuoi raccontare cosa è accaduto?»

«Non lo so neanche io. Sapevo che doveva andare a questa festa, ieri sera.»

«E tu non eri stata invitata?»

«No, sono dei nuovi amici di Marta.»

«Cosa ha preso per ridursi in quello stato?»

«Guarda che ti sbagli, ha solo bevuto troppo.»

«Eri troppo preoccupata, ieri sera. Ha preso delle pasticche?»

«Non lo so mamma, non ne ho la più pallida idea. Ma Marta la conosci, non farebbe mai una cosa del genere» dico cercando di essere convincente.

«E allora come mai non l'avete portata a casa sua?»

«Cosa c'entra? Lo sai che i suoi non sono persone comprensive, specialmente la madre.»

«Vale, non provare a farmi passare per stupida.»

Vorrei urlarle in faccia tutta la storia, dirle che non è colpa sua, che Marta è una brava ragazza; ha solo perso la testa dopo essere stata lasciata dal fidanzato. Che si riprenderà, che diventerà di nuovo la persona che tutti conoscono.

«Sta passando un brutto periodo. Storie di ragazzi, niente di speciale.»

Mia madre mi guarda dubbiosa, ma non replica, e io ne approfitto, per tornare in camera mia.

Trovo Marta sveglia ma ancora nel letto.

«Cosa ci faccio qui da te?»

«Non ti ricordi niente di ieri sera?» le rispondo andandomi a mettere accanto a lei.

«Solo di essere andata a una festa con Davide e di averci litigato, ma poi nient'altro.»

La guardo in silenzio.

«Ho combinato qualche casino?»

Vorrei prenderla a schiaffi per quanto sono incazzata con lei.

«Li stai combinando da mesi, i casini» rispondo e poi le racconto quello che è successo; vedo il suo sguardo passare da sorpreso a mortificato.

«Ho combinato tutto questo? Veramente Giacomo ti ha chiamato alle undici di sera?»

Annuisco.

«E tu sei venuta con Marco alla festa? Perché non hai telefonato a Mirko?»

Alzo gli occhi al cielo.

«Non mi ha risposto, era al cinema con degli amici.»

Lei deglutisce a fatica, bianca in viso.

«Veramente mi hai trovato a terra?» chiede con voce tremolante.

«Sì. Marta, ti giuro, se mi fai un'altra volta una cosa del genere con me hai chiuso!»

«Mi dispiace, Vale, scusami.»

«Hai capito cosa ti ho detto?» la incalzo severa.

«Sì, ho capito» risponde imbarazzata.

«Prometti di smetterla con tutto questo?»

Lei si copre il viso con le mani e scoppia a piangere.

«Sono un disastro, non riesco a combinare niente di buono. Non ne faccio una giusta.»

«Non è vero, tu sei una ragazza speciale» rispondo abbracciandola.

«E cosa ho mai fatto di così speciale? Mi daranno il premio

della più grande casinista sulla faccia della terra. E anche per aver coinvolto tutte le persone a cui voglio più bene.»

«Ti vorrei ricordare che lo scettro per l'imbranataggine tocca a me.»

«Ormai non più, dopo ieri sera passa a me di diritto.»

Vedo un piccolo sorriso farsi largo tra le sue labbra.

«Che intenzioni hai con Davide?»

«Non lo so ancora, ma ho capito una cosa: non mi piace come pensavo e hai ragione tu, ci sono andata a letto solo per fare ingelosire Giacomo... ma non ha funzionato.»

Almeno questo è un primo passo.

«Grazie, Vale, sei una vera amica.»

«So che tu faresti lo stesso per me.»

«Ci puoi giurare.»

«Allora, mai più casini?»

«Mai più. Ti voglio bene.»

«Ti voglio bene anche io, Marta. Non sai quanto.»

Mirko non mi parla da tre giorni, da quando ha saputo che sono andata a prendere Marta con Marco; si è così arrabbiato che per poco non rompeva la vetrina di un negozio. All'inizio pensavo non facesse sul serio, poi, mentre continuavo a raccontare, ho visto il suo viso farsi sempre più scuro, fino a rabbuiarsi completamente. E non è servito a niente ricordargli che quella sera, prima di chiamare Marco, avevo provato a chiamare lui: non ha sentito ragioni. Mi ha fatto allontanare dalla sua moto e se n'è andato a tutta velocità.

Al quarto giorno non ne posso più, non ho voglia di essere arrabbiata con lui e sento già la sua mancanza, così decido di fargli una sorpresa e arrivo a casa sua alle quattro. Per essere più carina del solito, mi sono messa sopra la gonna jeans corta il mio maglione preferito, quello rosso. Il giorno che l'ho visto al negozio ero con Marta, e appena l'ho preso in mano ho capito che doveva essere mio. Sul davanti c'è disegnato il volto di una ragazza; ha gli occhi spalancati e sotto c'è la scritta 'Open your mind'. Come potevo resistere al richiamo di quello che considero il mio motto?

Entro nel portone: mi sento euforica ed eccitata, appena lo vedo gli voglio buttare le braccia al collo e baciarlo appassionatamente; rido divertita pensando alla faccia sorpresa di Mirko. Forse è meglio se gli salto addosso, sì, sì, questa mi sembra ancora più divertente. Mi piace, mi piace quando mi afferra per la vita e mi stringe con forza, sollevandomi quasi da terra. E mi piace quando si adombra perso dietro qualche strano pensiero, oppure quando si morde il labbro perché è indeciso. Per non parlare di quando arrivo in classe e i suoi occhi mi trapassano per andare dritti fino alla mia anima.

Mirko è così, è entrato di corsa nella mia vita senza bussare. Ho provato a negare l'evidenza, a ritrarmi, ma non è stato possibile. Mi affascina la semplicità con cui dice quello che prova; non si vergogna di niente, non si intimidisce di fronte agli altri, va sempre dritto dove deve andare. Se mi vuole abbracciare, mi attira a sé con decisione, se non è contento o soddisfatto della mia risposta me lo dice, senza tanti giri di parole. A volte però sono inquieta con lui, ho come la sensazione che ci siano delle cose che non mi ha detto o non vuole dirmi. Sembra mi voglia nascondere un lato del suo carattere, della sua esistenza. Sarà la vita errante che fa, la sua famiglia, l'aver sofferto da piccolo, o magari è solo l'anima gitana della madre che circola nelle sue vene. Ma poi alla fine questi genitori esistono veramente?

Sovrappensiero suono il campanello della porta e appena si apre la spingo con forza e mi lancio in avanti con un sorriso smagliante. Troppo tardi mi accorgo di non trovarmi di fronte a Mirko, bensì a una signora alta e magra che mi guarda con aria terrorizzata.

«Oddio, scusi, scusi tanto» balbetto confusa e mortificata cercando di ricompormi, ma ormai è troppo tardi, le sono finita addosso.

La donna mi afferra per le braccia e mi allontana; i suoi grandi occhi verdi, proprio come quelli di Mirko, mi guardano con aria interrogativa.

Dio che figura, non posso credere che le sono andata a finire addosso.

«Mi perdoni, scusi... pensavo fosse Mirko, è in casa?»

Lei con delicatezza si tocca le labbra con le lunghe dita affusolate.

«Sì, è in casa. Tu devi essere una sua nuova compagna di classe, giusto?»

Il mio viso si allarga in un sorriso.

«Piacere, Valentina.»

«Ciao, io sono la mamma di Mirko. Vieni, entra, lui è in camera sua, se lo vuoi raggiungere.»

Allora i genitori esistono!

La seguo per il corridoio notando il suo portamento rigido. È alta e molto magra, con dei capelli lunghi e neri che le arrivano al sedere. La pelle è bianca e delicata come quella di Mirko. Ma a parte questo e il colore degli occhi, non mi sembra che ci siano altre somiglianze tra i due.

Mi avvicino alla stanza di Mirko, sbircio dentro e busso, e non ottenendo risposta entro. La camera è un caos, vestiti, cd e libri ovunque. C'è una scrivania sotto la finestra, e a destra un letto coperto di magliette e felpe. Sulla sinistra invece intravedo la luce provenire dal bagno. Lo sento cantare a squarciagola mentre la musica dello stereo riempie la stanza. Dunque questa è la sua camera, penso divertita. Sopra l'anta dell'armadio penzola un calzino lanciato chissà da quanto tempo. Mi avvicino alla scrivania e osservo i fogli sparpagliati pieni zeppi di disegni, parole scritte alla rinfusa. Incuriosita ne prendo uno in mano e osservo il disegno.

«Cosa ci fai qui?»

Sobbalzo e lascio cadere il foglio, colta a spiarlo. Mi giro, ma le parole mi muoiono in gola. È a torso nudo, indossa solo i pantaloni. Piccole gocce d'acqua gli scendono ancora sul collo. Distolgo lo sguardo e fisso lo stipite della porta.

«Sono passata a trovarti» dico timidamente.

Lui non risponde.

«Mirko, sto uscendo, torno tra un'ora.»

«Va bene, mamma.»

Afferro con mani tremanti il libro dallo zaino e glielo allungo.

«È per te. Mi hai detto che l'edizione inglese, quella a cui eri tanto affezionato, l'avevi persa; così te l'ho ricomprato.»

Lui si avvicina e io inalo a fondo.

«Dove l'hai trovato?»

«In una bancarella dell'usato. È quello che cercavi?»

Lui si gira tra le mani la copia di *Dracula* di Bram Stoker. Mi torna in mente la frase che mi ha detto Sara sul Conte Dracula. 'Tu sei bellissima', poi via... un bel bacio sul collo.

«Sì, proprio questa. Grazie» e sorride.

«Non mi merito un bacio?» chiedo esitante.

Lui si avvicina di più a me, mi sfiora le labbra e si ritrae.

«Non te lo meriti. Sono ancora arrabbiato con te.»

«Ti prego, Mirko» rispondo guardandolo intensamente. Lui rimane un attimo indeciso, poi si avvicina di nuovo e mi abbraccia. Estasiata, affondo il viso nel suo petto e lui indietreggia.

«Non te ne andare.»

Alzo il viso e le nostre bocche si toccano; mi aggrappo a lui per non lasciarlo scappar via di nuovo. Finalmente chiudo gli occhi, felice. Sento le sue mani su di me, la sua lingua che mi cerca; il suo corpo rabbrividisce sotto le mie mani e io faccio le fusa.

«Mirko, Mirko» gli dico in un soffio.

«Oh, Vale, quanto mi piaci.»

Mi spinge sulla scrivania e mi mordicchia il labbro passandoci sopra la lingua.

«Non ti fermare, ti prego, Mirko. Baciami, fammi sentire quanto mi vuoi. Sto impazzendo. Non capisco più niente quando mi stai vicino. Mi piace la tua voce, il tuo profumo, la tua pelle, il modo in cui mi guardi. Non te ne andare ogni volta, rimani con me.»

«Non me ne vado, Vale, sono qui. Puoi giurarci!» risponde e mi bacia con trasporto.

Mi sfila il maglione e lo lancia via lontano, poi afferra la maglia e gli fa fare la stessa fine. Mando indietro la testa mentre la sua bocca lascia una scia rovente sul mio collo.

Oddio, da quanto tempo lo sto spettando? Mirko, dove sei

stato finora? Perché ci hai messo così tanto a trovarmi? Le sue mani mi accarezzano piano mentre la sua bocca non smette di riempirmi di baci. Mi sento la febbre, sono bollente. Annaspo con le mani alla ricerca del suo corpo. Lo voglio, dio, lo voglio da morire. Non pensavo di poter desiderare qualcuno così tanto.

«Hai deciso di farmi morire?» gli dico mordicchiandogli un orecchio.

«Non sarà mai quanto tu fai impazzire me.»

Ci fissiamo negli occhi e io mi approprio di quella che ormai considero mia, la sua bocca.

Mirko mi infila la mano sotto al reggiseno e io rabbrividisco di piacere.

«Io... io, Mirko, così non è giusto. Io non sono così brava. No... fermo... aiuto» dico e annaspo.

«Mirko, sono tornata!» urla una voce dall'ingresso.

Ci guardiamo per un attimo senza capire, poi scattiamo in piedi tutti e due, ancora con il fiato corto.

Mi aggiusto le calze veloce e cerco di abbassarmi la gonna. Mi sento il viso in fiamme mentre il cuore mi martella incessantemente.

«Come sto?» gli chiedo ancora confusa.

«Da dio!» risponde lui stampandomi un bacio sulle labbra.

Ancora, ne voglio ancora!

«E i capelli, come stanno?»

«Come al solito, un po' arruffati.»

Vorrei dire qualcosa, ma in quel momento si affaccia la madre.

«Vi vanno delle frittelle di mele?»

«Sì... grazie mille, ma non deve disturbarsi» rispondo, arrossendo imbarazzata.

«Mirko, la maglietta che fine ha fatto?» chiede rivolta al figlio.

«Me la stavo per mettere» risponde lui passandosi una mano tra i capelli.

«Vi aspetto in salone. Valentina, ti si è rotta una calza» mi dice maliziosa, prima di sparire in cucina.

Mi guardo le calze a righe nere e rosse con un grosso buco proprio sopra il ginocchio; di bene in meglio. Mirko mi fa l'occhiolino.

«Mi metto qualcosa e arrivo» aggiunge con un ultimo bacio, spingendomi fuori della stanza.

«Allora, raccontami qualcosa di te, Valentina» mi dice la signora tornando con un piatto pieno di invitanti frittelle ricoperte di zucchero a velo.

È seduta di fronte a me e non mi stacca gli occhi di dosso, ha qualcosa di inquietante e dei modi un po' bruschi.

«Tieni, bevi anche un po' di pálinka, ti farà bene.»

Guardo il bicchiere con il liquido rosso che mi porge.

«È un liquore ungherese alla ciliegia, sono sicura che ti piacerà» risponde con uno sguardo indecifrabile.

«Alcolico?»

«Appena un po', io ne vado pazza!» risponde con un improvviso guizzo negli occhi.

Vorrei dirle di no, ma i suoi occhi mi intimidiscono, così avvicino il bicchiere alle labbra e ne mando giù un sorso. Sento un improvviso bruciore alla gola e comincio a tossire furiosamente, rossa in viso.

Lei ride; in quel momento torna Mirko.

«Mamma, che le hai dato?» chiede preoccupato, vedendo il mio viso paonazzo; guarda la madre severo e si avvicina di corsa a me.

Lei per tutta risposta si versa un altro bicchiere e lo manda giù in un sorso secco.

«Non ci posso credere, le hai offerto della grappa.»

«Come siete delicati, voi ragazzi. Io la bevo da quando avevo dieci anni.»

«Mamma, ti prego.»

«Cara Valentina, vedrai che tra poco ti sentirai un leone. Vuoi un'altra frittella?»

Guardo Mirko confusa mentre il mio respiro comincia a tornare normale.

«Be', io andrei» dico, titubante.

«Perché non suoni qualcosa alla tua amica prima che vada?»

Vedo la sua mascella contrarsi e le mani stringere con forza il bracciolo della poltrona dove sono seduta.

«Non mi sembra il caso.»

«Valentina, non vuoi ascoltare Mirko mentre suona il pianoforte?»

Lui fulmina la madre con lo sguardo, ma lei rimane impassibile, sorridendo amabilmente.

«Solo una canzone, che ne dici?» chiede lei fissandomi.

«Non so che dire. Se le fa piacere. Mirko, io...» ma i suoi occhi sono già distanti.

Con uno scatto si alza e in due falcate arriva davanti al pianoforte, che non avevo notato prima, e si siede dandoci le spalle. Vedo la sua schiena rigida e la testa piegata in avanti. Trattengo il respiro e mi impongo di non guardare la madre; sento l'aria tesa e pesante, sento le incomprensioni tra di loro, la rabbia repressa a stento di Mirko e le recriminazioni della madre; sento che manca qualcosa lì dentro, qualcosa di cui non avevo mai notato la presenza in casa mia: mancano il calore e l'amore, e un freddo improvviso mi entra dentro e arriva fino alle ossa.

15

Finalmente Marta ha lasciato quel viscido di Davide, e questa notizia è stata accolta da tutti noi con enorme sollievo, tanto che abbiamo deciso di organizzare una pizza a casa mia per sabato sera; ho invitato anche Giorgio e, sapendo di fargli una cosa gradita, l'ho detto anche a Gianluca, il ragazzo del teatro, quello a cui lui aveva lasciato il numero di telefono, perché ho capito che quest'ultimo sembra lusingato dalle attenzioni di Giorgio. L'ho detto anche a Giò, oltre che a Filippo, Matteo e Sara. Mirko arriva per primo e mi porta un regalo.

«Non dovevi, non è il mio compleanno.»

«I regali non li faccio solo ai compleanni. Stanotte non riuscivo a dormire, così sono andato nello studio e ci sono rimasto fino all'alba.»

«Spero che non sia per colpa mia se non hai dormito.»

«È sempre colpa tua, anche se non lo è» risponde lui, ridendo e baciandomi sul collo. «Se fossi un vampiro ti morderei tutta» continua.

«E io ti lascerei fare. Tu sai come far cadere ai tuoi piedi una ragazza.»

«Mi piace questa cosa. Ma spiegami meglio questi miei poteri.»

«Conosci benissimo l'effetto che hai su noi povere mortali.»

«Veramente? Non me ne sono mai accorto.»

«Che bugiardo. Senti, non te l'ho mai chiesto prima... ma

cosa è successo tra te e Federica, perché vi siete lasciati quasi subito?»

«Se fossi in te non toccherei questo tasto.»

«Perché?»

«Potrei chiederti cosa ci facevi tu nascosta davanti casa mia quel famoso giorno» risponde lui avvicinandosi pericolosamente.

Sono fritta, penso sconfitta.

«Be', ecco, eravamo venute per spiare Fede, in verità. Insomma, avevo assistito a una sua conversazione quella mattina, in cui diceva che sarebbe venuta a casa tua e...»

«Sì?»

«Avrebbe indossato un certo tipo di biancheria intima.»

Mirko è sempre più divertito dal mio imbarazzo.

«Interessante. Mi vuoi dire che ci avete spiato mentre ci baciavamo?»

«No, te lo giuro, volevamo, ma non ci siamo riuscite.»

«Vale, quello che stai dicendo non ti fa molto onore.»

«Sì, lo so che questa cosa suona orrenda, ma non volevamo spiare.»

Lui alza un sopracciglio.

«No, te lo giuro. Volevamo fotografare Fede e poi attaccare le foto di lei in slip e reggiseno nel bagno dei ragazzi.»

«Avevo intuito che tu e la tua amica eravate due svitate.»

«Che dici? Non è affatto vero.»

«Ma ti sei sentita? Cosa faresti se qualcuno ti riprendesse mentre noi ci baciamo così?» dice e mi bacia con passione. Vorrei non si staccasse più!

«Niente, non avrei la forza di fare niente, sarei troppo concentrata sulla tua bocca» rispondo appena mi lascia respirare.

«Mmh, mi piace questa cosa. E se poi continuassi in questo modo?» e mi spinge sul divano buttandosi sopra di me.

«Mirko, non puoi, stiamo aspettando gli altri» rispondo, divertita.

«Sì che posso.»

E affonda il suo viso sotto la mia maglia.

«No, ti prego, Mirko.»

Ma lui arriva al mio stomaco e comincia a baciarmi e leccarmi intorno all'ombelico.

«Questa parte del tuo corpo mi fa impazzire.»

«Mirko, così non vale.»

«Sì che vale.»

Provo a bloccarlo con la mano, ma lui mi slaccia i jeans.

Trattengo il respiro mentre sento le forze venirmi meno.

«Ti prego, ti prego.»

«Ti prego cosa? Ti prego smettila o ti prego vai avanti?»

Guardo i suoi occhi verdi come due smeraldi.

«Ti ho mai detto che ho un altro primato?» mi dice mordicchiandomi la pancia.

«No, quale?»

«Devi scoprirlo da sola.»

«Non capisco.»

«Lo capirai» e affonda il viso sulle mie mutandine.

Sto per svenire quando sento suonare la porta.

Dio che tortura, passo una serata infernale, stordita ed eccitata, con Mirko che non perde occasione per farmi morire di desiderio. E sulla porta di casa mi annuncia: «Preparati, sabato ti porto al mio rifugio segreto. Penso sia ora che tu lo conosca; sei pronta per il grande salto?»

Lo guardo ormai completamente in balìa delle sue labbra.

«Sì, sono pronta per la grande avventura.»

E ci baciamo con foga.

«Sì?» rispondo al citofono.

«Vale, sono Marco, apri, ho una sorpresa per te.»

Senza riflettere spingo il citofono e mi pento subito, non dovevo farlo salire; cosa ho fatto? Se mi scopre Mirko, mi uccide. Perché vuole salire? Cosa deve portarmi, un regalo? Appena arriva gli dico che ho da fare e lo mando via, non devo neanche farlo entrare in casa. Ma quando apro la porta mi trovo davanti Nuvola, il mio amato cagnolino.

«Aaah!» urlo euforica abbassandomi e stringendolo a me.

«Come hai fatto? Dio, Marco, non ci posso credere, l'hai ritrovato» grido ancora.

«È stato un puro caso, avevo parcheggiato il motorino di fronte casa, e mentre andavo all'alimentari in fondo alla via ho visto un cane trotterellarmi accanto come se nulla fosse. L'ho chiamato per nome e lui si è girato a guardarmi.»

«Dove sei stato tutto questo tempo, Nuvola? Mi hai fatto morire, pensavo di non poterti più riabbracciare» dico rivolta al cane.

Lui scodinzola felice e mi lecca tutta.

«Sarai affamato, vieni, ti prendo qualcosa. Marco, tu che vuoi?»

Lui sembra improvvisamente imbarazzato come se si fosse reso conto solo ora di trovarsi da solo con me.

«Devo andare, volevo solo passare a portarti il tuo cane.»

«E ti ringrazio, Marco, sei stato un tesoro, non so come potrò mai sdebitarmi.»

Lui sorride appena.

«Uscendo con me?»

Mi appoggio al muro per non cadere.

«Mi stai invitando?»

Lui annuisce.

«Come amici?» chiedo con le mani fredde.

«Non lo so, tu che dici?»

Tu che dici? Vorrei mettermi a urlare, vorrei spaccare tutti i piatti della cucina. 'Tu che dici?' Ma siamo impazziti? Non può venire qui e chiedermi come se niente fosse se voglio uscire con lui. Questo non è giusto, non è corretto.

Come un automa prendo i croccantini dalla mensola e ne metto un po' nella ciotola di Nuvola, poi mi siedo sul tavolo della cucina. Che ti succede Valentina? Non era questo che hai sognato negli ultimi mesi? Non hai desiderato con tutte le tue forze che Marco volesse uscire nuovamente con te?

«Ti sei lasciato con Martina?»

Marco nega.

Mi copro il viso con le mani.

«Sono confusa, Marco. Tu lo sai quanto sono stata male per te, quanto ho sofferto dopo che ci siamo lasciati. Solo adesso comincio a stare meglio; cosa è cambiato?»

«Non lo so, anche io sono confuso. Ma mi piacerebbe uscire di nuovo insieme a te.»
«Ma adesso non siamo più liberi, io sto con Mirko.»
«Lo so. È che non riesco a cancellarti dalla mente.»
Ci guardiamo per un tempo che sembra un'eternità, poi Marco si avvicina, mi accarezza la guancia e mi bacia. Come mosse da vita propria le mie braccia si allacciano al suo collo e ricambio con trasporto, ma poi mi riprendo.
«Penso che sia meglio se te ne vai» dico, allontanandolo da me.
«Va bene, allora ciao.»
«Ciao, Marco, e grazie per avermi riportato Nuvola.»
Chiudo la porta dietro di lui e mi lascio scivolare sul pavimento. È tutto talmente assurdo, perché questo non poteva succedere qualche mese fa? Poggio la testa tra le gambe e Nuvola si stende accanto a me.
Non ho voglia di piangere e non lo farò; oggi la vita è così ingiusta che non so più cosa fare.

16

Sono a casa e sto aspettando Mirko per andare al suo misterioso rifugio. Mentre aspetto sono al telefono con Marta.

«Non lo so dove mi porta, ha detto che è un posto bellissimo, magico» le sto dicendo.

«E non hai paura?»

«Ma no, perché dovrei averne?»

«Non so, le cose troppo misteriose a me mettono agitazione.»

«Mi fido di Mirko, quindi il posto sarà fantastico» continuo.

Sento il citofono suonare.

«È arrivato, devo andare. Ti chiamo dopo, baci.»

«Okay, tienimi aggiornata, sono curiosissima.»

«Mamma, io allora vado, ci vediamo per mezzanotte!» urlo dal corridoio.

«Mi raccomando, non mi far stare in pensiero e non fare tardi» risponde lei da un'altra stanza.

«Ma no, figurati, stai tranquilla» rispondo mentre prendo il piumino e apro la porta di casa.

«A proposito, non mi hai detto dove vai» dice mia madre, appoggiata allo stipite della porta della cucina con Giulia in braccio.

«Non lo so, Mirko ha detto che è un posto speciale. Devo andare, ciao.»

«Ciao» risponde, ma sono già per le scale.

Apro il portone e trovo Mirko seduto sulla sua moto, con il casco appoggiato sul serbatoio; appena mi vede mi sorride. Indossa un paio di jeans neri e un giubbotto di pelle dello stesso colore.

«Finalmente, cominciavo a preoccuparmi.»

«Scusa, ero al telefono con Marta.»

«Inseparabili, eh? Ma quante volte vi telefonate al giorno?» mi chiede.

«Siamo come sorelle. Non le conto mica le volte che ci sentiamo; forse cinque, sei, anche dieci, non so» rispondo, mentre mi avvicino a lui e gli sorrido. Sento che stasera è una serata speciale, che può succedere qualcosa di più.

Mirko mi porge una piccola margherita.

«Grazie, che carina» rispondo commossa.

«Niente bacio?» dice Mirko.

Arrossisco mentre mi faccio abbracciare.

«Mmh... mi piace l'odore della tua pelle.»

Per fortuna ho fatto la doccia, penso mentre salgo sulla moto e metto il casco.

«Dove andiamo?»

«Sorpresa. Posso solo dirti che il posto ti piacerà sicuramente» risponde Mirko.

Prendiamo il lungotevere e arriviamo fino a Porta Portese. Poi proseguiamo per viale Marconi fino ad arrivare all'Eur.

Certo, l'ultima volta che mi hanno fatto una sorpresa non è andata molto bene, e penso alla sera di San Valentino con Marco. Guardo i palazzi sfrecciarmi accanto. Che devo fare con lui? Non lo so proprio, non mi va di scegliere e sarebbe bello se non dovessi rinunciare a nessuno dei due. Già, ma poi ci riuscirei?

Il sole sta tramontando mentre prendiamo la Via del Mare.

«Stiamo andando al mare?»

Mirko annuisce, ma non aggiunge altro.

Dopo un'ora arriviamo a Ostia e prendiamo il lungomare, fermandoci quasi subito.

«Sono proprio contenta che mi hai portato qui, mi piace il

mare fuori stagione, è così romantico» gli dico mentre scendo dalla moto.

Mirko lega la moto e ci incamminiamo fino a arrivare davanti a uno stabilimento.

«È questo il posto? Non è pericoloso?» chiedo guardando la costruzione che si staglia davanti a noi.

«No, tranquilla, ci vengo spesso e non è mai successo niente. Qui dentro non può entrare nessuno» risponde Mirko mentre prende una chiave e la infila in una piccola serratura. Passiamo per un portoncino.

«Lo stabilimento è del padre di un mio amico, e ho le chiavi perché durante l'inverno vengo a controllare che sia tutto a posto.»

Mirko mi precede ed entriamo in una grande stanza; la parete di fronte a noi è una vetrata fatta a semicerchio, che affaccia direttamente sul mare.

«Mi piace talmente tanto questo posto che ne ho fatto il mio rifugio segreto, un posto dove vengo quando voglio stare solo e suonare» continua Mirko.

«Che impressione.»

«Ti piace?»

«È bellissimo, siamo proprio sulla spiaggia. Mi sembra quasi di toccare il mare» rispondo indicando la vetrata davanti a noi.

Mi giro a guardarmi intorno; c'è un grande tappeto, con sopra dei cuscini sparpagliati, un divano di velluto rosso rivolto verso il mare e sulla sinistra un vecchio frigo e una chitarra elettrica poggiata lì accanto. Sul lato opposto una scalinata porta al piano superiore. La stanza e tutta la scala sono illuminate da tante candele accese, che creano un'atmosfera magica.

«Ti piacciono proprio le candele: anche qui, come a casa tua, ne hai così tante.»

«Sì, è vero, danno un'aria misteriosa e romantica, con le ombre che creano quelle luci tremolanti.»

«Sembra il salone di una casa; l'hai arredato tu, questo posto?»

«Sì, mi ci è voluto qualche mese per sistemarlo, ma alla fine mi piace proprio tanto per com'è venuto.»

«Dove hai trovato questi mobili?»

«La domenica mi piace andare in giro per mercatini dell'usato.»

«E quando apriranno lo stabilimento, dove li metterai?»

«Pensavo di chiedere al mio amico se li posso lasciare, solo per l'estate, nella capanna qui dietro, quella che usano come ripostiglio.»

«Non ti facevo un tipo così.»

«Ah no, e come mi facevi?» risponde girandosi per guardarmi intensamente.

«Veramente ancora non l'ho capito bene, che tipo sei» rispondo, mentre passo il dito sul bracciolo del divano.

«Quindi questa è la tua chitarra elettrica» continuo.

«Sì» risponde Mirko buttando la giacca e i due caschi a terra. «La chitarra è la mia grande passione» aggiunge, mentre si dirige verso il vecchio frigo.

«Hai fame?» mi dice ancora.

Non potrebbe entrarmi neanche uno spillo nello stomaco, sono troppo nervosa. Sarà la vicinanza di Mirko o forse questo posto così strano; ma non voglio offenderlo, così mi sforzo di sorridere.

«Cosa c'è di buono?» chiedo e intanto mi siedo sul divano.

Mirko tira fuori da un contenitore poggiato sopra il frigo una fantastica lasagna fatta in casa, ancora calda.

«Wow, l'aspetto sembra invitante. Non mi dire che sai anche cucinare, adesso!»

Mirko ride divertito.

«Non so cuocere neanche un uovo. Vino bianco va bene?» e mi mostra una bottiglia presa dal frigo.

Lo guardo meravigliata.

«Non hai sempre detto che non reggi neanche una birra?» chiedo.

«Diciamo che l'alcol mi fa un certo effetto, così evito di berlo; ma questa è una serata particolare e nelle grandi occasioni bisogna festeggiare» risponde Mirko tornando con due bicchieri e una bottiglia in mano, sorridendomi. Si siede per terra tra i cuscini, mi porge un bicchiere pieno di vino e brindiamo alla nostra cena a lume di candela.

Un'ora dopo abbiamo finito di mangiare, la bottiglia è quasi vuota e stiamo ancora ridendo tutti e due. Mirko, ormai ubriaco, sale in piedi sul divano.

«Adesso ti canto una canzone» dice.

«Che bello!»

«Aspetta, non ti muovere, ferma lì» continua afferrando la chitarra.

Rido e sono sempre più curiosa.

«Dove vuoi che vada? Non mi sento più le gambe» rispondo.

Mirko comincia a cantare seduto sulla spalliera del divano.

Saying I love you
Is not the words I want to hear from you
It's not that I want you
Not to say, but if you only knew
How easy it would be to show me how you feel
More than words is all you have to do to make it real...

Mentre canta lo guardo imbambolata, ma questa la conosco... è *More than words* degli Extreme; dio mio quanto è bravo.

...Then you wouldn't have to say that you love me
Cos I'd already know?
What would you do if my heart was torn in two
More than words to show you feel
That your love for me is real
What would you say if I took those words away
Then you couldn't make things new
Just by saying I love you
More than words?
Now I've tried to talk to you and make you understand
All you have to do is close your eyes
And just reach out your hands and touch me
Hold me close don't ever let me go
More than words is all I ever needed you to show
Then you wouldn't have to say that you love me

Cos I'd already know?
What would you do if my heart was torn in two
More than words to show you feel
That your love for me is real
What would you say if I took those words away
Then you couldn't make things new
Just by saying I love you?
More than words.

Il suono della chitarra riempie la sala, rendendo l'aria ancora più magica, e non appena le note si spengono, mi tiro sulle ginocchia e gli butto le braccia al collo.

«Mirko, sei bravissimo!» urlo.

Ma il divano si ribalta e finiamo a terra insieme.

«Aah!» urliamo tutti e due, e poi scoppiano a ridere.

«Ti sei fatta male?» mi chiede Mirko mentre rimaniamo stesi a terra, abbracciati con le nostre bocche vicine.

«Grazie, grazie Mirko; è il regalo più bello che potessi fare, mi sono emozionata! La canzone era bellissima.»

«Tu sei bellissima» risponde e mi accarezza. «Vale, mi piaci così tanto» continua a sussurrarmi e mi bacia le guance, il collo e la bocca. Ci accoccoliamo sul tappeto, uno nelle braccia dell'altra a guardare il mare. Si sente solo il rumore della risacca e qualche uccello in lontananza; Mirko mi accarezza i capelli.

«Non resisto più, devo dirtelo» mi dice all'improvviso, tirandosi su.

«Dirmi cosa?»

«Che mi sono innamorato di te dal primo momento che ti ho vista.»

«Esagerato, addirittura un colpo di fulmine» rispondo, ridendo.

«Non mi prendere in giro» risponde, e mi fa il solletico.

«No, il solletico no, ti prego» dico, cercando di fuggire.

«E tu? Tu non sei innamorata di me?»

Non so cosa rispondere, mi sento attratta da lui, ma sono incerta. Accenno un sorriso.

«Senti, penso sia arrivato il momento di rivelarti un segreto, ma devi giurarmi di non dirlo a nessuno, neanche a Marta.»

«Te lo giuro su mia sorella Giulia» rispondo.

Mirko si alza in piedi e sale sulle scale.

«Lo so che quello che sto per dirti sembrerà pazzesco, ma giuro che è tutto vero. Sei pronta?»

«Vai» rispondo e lo guardo eccitata.

Mirko respira a lungo, poi alza le mani con aria solenne e dice: «Il mio vero nome è Miroslav Jovanov e sono figlio del duca di Cracovia Boleslavo, nato nel 1203. Ma essendo un figlio illegittimo del duca, subito dopo la mia nascita io e mia madre siamo dovuti fuggire e ci siamo rifugiati in Boemia, alla corte di Premysl Otakar II.»

Lo guarda attonita: non sapevo facesse anche l'attore. Ed è pure bravo.

«Dopo la morte di mia madre sono rimasto a Praga per tutta la durata del regno di Rodolfo II, nel periodo della Praga magica» continua Mirko.

Troppo divertente, questa devo raccontarla a Marta: Mirko è proprio matto.

Lui, sempre più infervorato, salta dalla scalinata e atterra con un'agilità sorprendente proprio vicino ai miei piedi. Mi sa che il vino gli ha dato alla testa!

«Poi ho vissuto a Parigi...» dice afferrandomi per la vita.

«Ma dài, e ti è piaciuta?» chiedo, stando al gioco.

«Sì, abbastanza, ma Napoleone Bonaparte era un personaggio particolare, troppo burbero e... basso» risponde convinto Mirko.

Così si dice in giro.

«Devi esserti divertito molto, no?»

«Be', in effetti non mi lamento, si facevano molte feste a corte.»

Fantastico su noi due vestiti con abiti dell'epoca, che balliamo, tenendoci per mano.

«Avrai avuto molte amanti» dico, avvicinandomi alla vetrata.

«Non così tante come credi, però... sì, qualcuna» risponde facendo il finto modesto.

Rido, immaginandomi Mirko vestito come un damerino in mezzo a delle ragazze che lo sbaciucchiano tutto.

«...Dopo, ho vissuto, ma solo per un breve periodo, un centinaio d'anni, in Scozia» continua Mirko versandosi altro vino. Certo, giusto un weekend. Doveva essere bello vivere in quegli enormi castelli, con il parco intorno e una fantastica carrozza trainata da decine di cavalli bianchi e un cocchiere, proprio come la favola di Cenerentola.

«Come mai sei arrivato proprio qui a Roma e nel nostro secolo?»

«Per puro caso: mi ero stancato di quel Paese così grigio e piovoso, volevo vedere posti nuovi, gente diversa. Avevo bisogno d'aria nuova e così mi sono detto: 'perché non provare l'Italia?'» conclude standomi dietro le spalle. Rido, ancora.

«Già, perché no?»

Mirko mi prende in braccio e insieme ci lasciamo cadere sul divano.

«Così ho vagato per questa città, finché un giorno, per caso, sono passato sotto la tua scuola e ho sentito un richiamo irrefrenabile...»

«Quale richiamo?»

«Lì per lì non ho capito bene di cosa si trattasse: era una strana sensazione, così dolce e unica che non mi era mai capitata; ma era talmente forte che ho deciso di approfondire di più e mi sono iscritto alla tua classe» risponde baciandomi sulle labbra.

Per fortuna allora, altrimenti non avrei mai incontrato un tipo così strano! E non avrei mai assaporato i suoi baci!

«Poi mi è stato tutto chiaro» dice Mirko a un millimetro dal mio naso.

«Mmh» sussurro.

«Altroché!»

Mirko si tira su a sedere e mi guarda eccitato.

«Quella mattina, non appena sono entrato nella tua classe e ti ho visto, mi si è accesa la lampadina!»

Lo guardo con aria interrogativa. E adesso cosa c'entra la lampadina?

«Ero lì per te!» e mi stringe di nuovo a sé, mentre le sue mani scendono sul mio corpo.

Questo è proprio fuori.

«È stato il tuo odore a richiamarmi!»

Ci risiamo con questi odori, ma è proprio fissato? Non è che forse sta cercando di dirmi che puzzo?, penso preoccupata. Oh, mio dio, appena lo racconterò a Marta si sbellicherà dalle risate!

«La tua presenza, la tua vicinanza mi fa questo effetto. Non mi era mai successo, capisci? E così tutto mi è stato subito chiaro: ero venuto a Roma per trovare te, Valentina, la ragazza che aspettavo da una vita, la mia sposa per l'eternità!»

Lo guardo con gli occhi spalancati.

«Mi sa che hai esagerato con il vino» scherzo.

«Ma no, devi credermi. Questi sono fatti che quando succedono non possono essere ignorati. Non vorresti diventare immortale e rimanere con me per sempre?»

Adesso non sta esagerando, vaneggia proprio.

«Per me leggi troppi libri fantasy. Tutte quelle storie strampalate sui duchi, la corte di Francia, la Scozia. Non pensavo ti piacessero le storie in costume.»

«Ti stai prendendo gioco di me» risponde Mirko, offeso.

Mi alzo in piedi sul divano e muovo la mano verso l'alto.

«Non è vero. Ti ci vedo proprio su un bel cavallo bianco, con un'armatura medievale, mentre sguaini la spada e... zac zac... in guardia!» continuo mentre allungo un braccio, immaginando di averne una in mano.

«'Zac zac' è più da Zorro» ride divertito Mirko, mentre si alza in piedi anche lui e si mette in posizione di difesa.

«Oppure anche un moschettiere. Vai, combatti: il primo che colpisce con il dito il cuore, vince» continua Mirko e muove la mano in aria, brandendo la sua spada invisibile.

Mi si avvicina minacciosamente e urlo ridendo: «Ci sto, chi perde si fa il bagno al mare».

Saltiamo giù dal divano e cominciamo a rincorrerci come se fosse un vero duello.

«Ah!» urlo.

«Prendi questo» mi risponde Mirko senza toccarmi, poi allunga il braccio; io indietreggio e inciampo su un cuscino, cadendo a terra.

«Nooo» grido di nuovo.

Mirko sta per affondare un colpo immaginario, ma riesco a rotolare di lato e a sfuggirgli.

«Non penserai che ti renderò la vita così facile» rido, divertita per aver recuperato terreno.

Mirko salta sul divano, atterra davanti a me e mi circonda con le braccia.

«Ho vinto, sei mia!» urla trionfante mentre porta un dito al mio cuore.

«Non vale» rispondo lasciandomi cadere su di lui.

«Certo che vale. Dammi un bacio per la vittoria.»

Lo attiro a me e lo bacio con trasporto.

«Adesso devi farti il bagno al mare» aggiunge con gli occhi che gli brillano di una luce nuova.

«Ma fa freddo, potrei prendermi un malanno. Non vorrai farmi ammalare, no?» dico con sguardo implorante.

Gli occhi verdi di Mirko si stringono leggermente mentre le sue mani mi accarezzano il collo.

«Vale...» sussurra con voce rauca.

Lo guardo preoccupata mentre affonda il naso tra i miei capelli.

«Mirko, che stai facendo?» chiedo.

«Ti annuso» risponde con voce strozzata.

Neanche fossi un cane!

«Smettila, mi fai impressione. Che diavolo ti sta prendendo?» dico a voce alta.

Mirko si stacca da me e si mette a sedere, passandosi una mano tra i capelli.

«Mi fai impazzire, scusa, ecco che succede. Soffro quando sono vicino a te, ho bisogno di toccarti, accarezzarti e tu invece... tu ti prendi gioco di me. Non mi credi quando ti dico di amarti come non ho mai amato nessun'altra.»

Lo guardo. «Scusa, non volevo offenderti; apprezzo moltissimo quello che mi stai dicendo, te lo giuro» rispondo guardandolo con tenerezza.

Mirko si alza dal divano e va a prendere un'altra bottiglia dal frigo.

«E allora non prendermi in giro. Io ti sto offrendo su un

piatto d'argento un regalo che qualsiasi ragazza accetterebbe senza pensarci due volte.»

«A cosa ti riferisci?» chiedo esitante.

«Al grande amore, quello che dura per sempre. Vale e Mirko per l'eternità.»

Ma il mio grande amore è Marco, con lui sarei rimasta per sempre. A me lui piace, ma non potrà mai prendere il posto di Marco!

Mirko si gira e mi guarda.

«L'ho capito dalla prima volta che ci siamo baciati, e lo leggo anche adesso nei tuoi occhi che provi le stesse cose che provo io.»

Se sapesse che sto pensando a Marco... Certo, però, anche Mirko è così tenero e dolce!

«Brindiamo» urla Mirko mentre stappa la bottiglia. In quel momento si sente un suono provenire dal mio zaino, poggiato a terra; mi piego e afferro il cell. Cavolo, Marta mi ha mandato un sms, cosa sarà successo?

'Vale, ti prego, chiamami, è successa una cosa terribile!'

«Torno subito, vado un momento in bagno» dico rivolta a Mirko.

«Okay.»

Lascio il divano ed entro in bagno, chiudendomi la porta alle spalle.

«Vale, finalmente» risponde lei al primo squillo.

«Marta, tu non ci crederai, una serata pazzesca, Mirko è fuori di testa.»

«Aspetta, Vale, mi racconti dopo, prima devo dirti io una cosa molto importante.»

«Mmh...» rispondo distratta mentre osservo il mio viso allo specchio.

«Vale, mi stai ascoltando?»

«Sì, sì è che mi viene da ridere, scusa; qui la situazione è folle, dovresti esserci» continuo facendo le boccacce allo specchio.

«Hai bevuto. Non avevi giurato di non farlo mai più?»

«Non sono ubriaca... be' forse solo un pochino» sorrido, appoggiandomi alla porta del bagno. Ma come mai quando bevo un po' finisco sempre in bagno? E subito mi appare il viso di Miguel. Ma non è strano che tutti i ragazzi con cui ho avuto una storia iniziano con la lettera M, vorrà dire qualcosa? E Ale, allora? Nooo, lui non c'entra. E poi non ho avuto una storia vera con lui.

«Okay, Vale, adesso torna in te, Marco sta venendo lì.»

«Che diavolo stai dicendo?»

«Scusami Vale, non volevo metterti in questo casino, ma lui è arrivato da me fuori di testa.»

«Aspetta, aspetta, ricomincia da capo.»

Mi racconta che Marco è andato a casa mia subito dopo che ero uscita con Mirko; voleva farmi una sorpresa, ma quando non mi ha trovata, ha obbligato Marta a dirgli dov'ero.

«Non sono riuscita a mentirgli, Vale! Per la prima volta nella mia vita non mi è venuto in mente niente di intelligente da dire. Dovevi vederlo, voleva strozzarmi. Cosa gli hai combinato? Era folle di gelosia, non mi avevi detto che vi stavate rivedendo» conclude Marta.

«Oddio, ma questa è una disgrazia. Quanto tempo fa è partito?» chiedo.

«Non lo so, quasi un'ora fa; ma forse non vi trova, non sono stata molto chiara nel dirgli di quale stabilimento di Ostia si trattava.»

«Come fai a sapere che sono a Ostia?»

Silenzio dall'altra parte della cornetta.

Possibile che Marta è venuta qui con Mirko, e non mi ha detto niente?

«Lo so cosa stai pensando, ma non è così; l'ho solo sentito dire da Federica una volta, per caso.»

Nooo, adesso vado di là e gliene dico quattro a Mirko, sono proprio un'idiota, con la I maiuscola.

«Vale, Vale, non cominciare a fantasticare come al tuo solito; cosa pensi di fare?»

«Un casino» rispondo alzando il tono della voce.

«Smettila di fare la gelosa, non mi sembra il momento. Promettimi di rimanere nascosta con Mirko, almeno per un'ora, in modo che Marco si decida a tornare indietro.»

Non ci penso proprio a rimanere un minuto di più con un bugiardo simile.

«Okay, okay, adesso però devo andare» dico ed esco dal bagno.

Mirko, vedendomi tornare, mi viene incontro e mi porge il bicchiere, sorridendomi.

«Ecco qua, per il mio amore.»

In uno scatto gli lancio il vino in faccia, bagnandolo completamente.

«Ma che diavolo...» dice Mirko guardandosi la maglietta bagnata.

«Bugiardo, sei un bugiardo; cosa pensavi, che avrei creduto a tutte quelle assurdità? Come ti è venuto in mente di inventarti delle storie così folli, credevi che così sarei caduta più facilmente tra le tue braccia? È questa la tua tattica?» gli urlo in faccia.

«Ma che ti prende, e perché pensi questo di me?» chiede Mirko, lasciando che le gocce di vino colino lungo il viso e sul collo.

«Hai fatto così anche con Federica?» continuo, urlandogli contro.

Con uno scatto Mirko avvicina il viso al mio e mi stringe a sé.

«Sei bellissima quando ti arrabbi e fai la gelosa.»

«Lasciami stare immediatamente.»

«Altrimenti?» chiede Mirko.

«Altrimenti ti graffio» rispondo, non sapendo cosa dire.

Mirko ha uno sguardo strano e sento la sua mano stringere con forza il mio braccio fino a farmi male.

«Mirko?» chiedo in un sussurro, preoccupata.

Lui allenta la stretta all'istante e dice, «Scusami Vale, non volevo farti del male» e si allontana da me. «Ma hai ragione, non sono stato sincero con te, in questo posto ho portato anche Federica, ma poi ho capito che avevo fatto uno sbaglio e siamo andati via poco dopo» continua, dandomi le spalle.

Dio, Federica è il mio incubo. Prima Ale, poi Marco e adesso anche Mirko.

«Non ti credo.»

«Te lo giuro, la verità è che non volevo cedere al tuo fascino. Sì, proprio così, ho provato con tutte le mie forze a starti lontano, sapevo che era uno sbaglio, non volevo farti soffrire, ma poi mi sei entrata dentro...» Mirko parla coprendosi il viso. «...Sei diventata quasi un'ossessione per me. E il richiamo era sempre più forte, e così alla fine ho capito che questo era il nostro destino.»

«Ma di cosa stai parlando?» chiedo.

Mirko si gira e mi guarda teneramente.

«Sto parlando del nostro amore; devi lasciarti andare anche tu al nostro amore, non puoi opporre resistenza. Dobbiamo accettare il nostro destino... lasciati andare, Vale.»

Mi perdo dentro i suoi grandi occhi verdi e, ipnotizzata dalle sue parole, lascio che la bocca di Mirko si impossessi della mia. Chiude gli occhi e butta la testa all'indietro mentre le sue labbra mi baciano sulla bocca.

«Vale, Vale, finalmente.»

«Che mi hai fatto, Mirko? Non ci capisco più niente» sospiro.

«Non è meraviglioso? Non senti quanto ti amo?» continua.

«Mmh...» mugugno di piacere.

Forse ha ragione Mirko, è lui che voglio. Marco ormai devo lasciarlo andare via dal mio cuore; così mi lascio accarezzare.

Sento un leggero dolore, come la puntura di uno spillo.

«Ahi...» dico. Apro gli occhi e li spalanco. «Ma che...» dico confusa.

Mirko sembra un altro, i suoi occhi sono di fuoco, la sua bocca sembra più rossa, ma la cosa più sconvolgente sono i due piccoli canini che sembrano improvvisamente spuntargli dalla sua bocca.

Dio, sto impazzendo, ho le allucinazioni, penso, richiudendo gli occhi con forza. Li riapro e rimango a bocca aperta. Sto sognando, Mirko sembra... sì, sembra proprio un vampiro!

«Tesoro, oh mio angelo, non mi guardare in quel modo. Lasciati baciare ancora» mi sussurra Mirko con sguardo famelico.

«Aaah...» urlo guardando il suo volto, terrorizzata «...ma che diavolo di scherzo è questo?»

«Vale, Vale, quant'è bella la tua pelle, quant'è morbida» dice Mirko toccando il mio viso. Poi continua: «E il tuo sangue... così dolce; è come lo immaginavo!»

«Mirko...» sussurro.

«Chiamami Miroslav» risponde.

Lo spingo con forza lontano da me. Oddio, sono finita in un film dell'orrore.

Lui prova a riafferrarmi, ma io indietreggio.

«Ma chi diavolo sei, e da dove sei uscito?» urlo, ancora incredula mentre mi guardo intorno, cercando una via di fuga.

«Valentina, sono io, il tuo amore. Fammi assaggiare il tuo sangue e io farò di te la mia sposa per l'eternità» continua Mirko, afferrandomi un braccio.

«Smettila di dire queste stupidaggini. Basta, ti prego, Mirko, non mi piacciono questi giochi.»

Ma adesso a Mirko sono cresciute anche le unghie, e lui sembra non ascoltarmi più.

«Sei mia, Valentina, non hai più scampo» dice mostrando ancora i lunghi canini. Si avvicina minaccioso.

«Aaah!!!» urlo, coprendomi il viso con le mani. «Stammi lontano, brutta specie di...» continuo, cercando di divincolarmi. Ma Mirko sta per affondare i suoi denti sul mio collo, così per sfuggirgli mi abbasso e lo colpisco con una ginocchiata all'inguine.

Corro verso la vetrata, la apro e fuggo sulla spiaggia.

«Vale, non fare così, ti prego... io ti amo» sento la voce di Mirko urlare.

Corro veloce, cercando di mettere più spazio possibile tra me e lui.

«Aiuto, qualcuno mi aiuti» urlo a squarciagola.

Inciampo, mi rialzo e senza guardarmi indietro continuo a correre lungo la battigia.

«Non fare così, ti prego!» sento la voce di Mirko in lontananza, mentre guadagna terreno.

«Vattene via, lasciami stare» continuo a urlare disperata.

Poi all'improvviso sento una voce in lontananza chiamare il mio nome: «Valentinaa... Valentinaaaa.»

Ma questa voce la conosco; ma sì, è... è Marco. Mi giro verso la distesa di sabbia e vedo una sagoma avvicinarsi.

«Marco, Marco, sono qui! Aiuto» urlo, alzando le braccia in quella direzione. Poi riconosco la sua figura.

«Oddio, Marco, ti prego, sbrigati» continuo in lacrime.

Mirko mi afferra per le gambe e mi urla dietro: «Dove pensi di andare?»

«Aaah...» grido a mia volta e cado a terra.

Marco si lancia su di lui e i due si rotolano sulla sabbia; mi alzo da terra e mi avvento su Mirko.

«Lascialo stare...» urlo.

Mirko mi si scrolla di dosso e afferra Marco per la maglietta; lui alza un braccio e la maglia gli si strappa vicino al collo, mostrando una catenina d'argento a forma di croce.

«Maledetto» urla Mirko, coprendosi il viso.

Approfittando del suo smarrimento, Marco mi afferra una mano e insieme cominciamo a fuggire sulla spiaggia.

«Corri, Vale, corri più veloce che puoi; non ti fermare per nessun motivo» mi dice. Ma Mirko, ripresosi dallo spavento, sembra ancora più arrabbiato di prima e grida con furia: «È inutile che scappate, tanto vi riprendo.»

«Sta tornando, Marco, oddio sta tornando» mi dispero, girandomi a guardare indietro.

«Corriamo da quella parte» continua lui, tirandomi per una mano.

«Non ce la faccio, Marco, non ce la faccio più.»

Mirko con un salto ci afferra tutti e due per le braccia e ci fa cadere di nuovo.

«Aaah...» urliamo insieme.

«La catenina, fagli vedere la catenina, sbrigati; prima quando l'ha vista è indietreggiato» gli urlo. Mirko prova a bloccare le mani di Marco, che però fa in tempo ad afferrare la piccola croce e a mostrargliela.

«Nooo vi prego, la croce no» dice con voce implorante mentre corre veloce nella direzione opposta alla nostra.

Noi due ci guardiamo interdetti.

«Ma che diavolo vuol dire?» chiedo.

«Non lo so, ma è meglio così. Veloce, Vale, prima che cambi idea e torni a massacrarci» dice Marco, e con le poche forze rimaste corriamo verso le luci della strada.

Cinque minuti dopo siamo seduti dietro una cabina telefonica, ansimando per la paura e per la corsa.

«Uff... sono a pezzi, non riesco più a respirare» dico, seduta a terra.

«A chi lo dici» risponde Marco, piegato in due per la fatica.

Rimaniamo in silenzio a guardare il mare.

«Sembra sia sparito, forse alla fine siamo veramente riusciti a metterlo in fuga.»

«Non ci credo. Secondo me è qui da qualche parte. Sta aspettando solo il momento giusto per saltarci addosso» rispondo.

Silenzio. Rumore del mare. Passano altri dieci minuti e siamo ancora assorti ognuno nei propri pensieri. Alla fine scoppio a piangere, con la testa tra le gambe.

«Oddio, Marco, che situazione orribile. Pensavo di morire» singhiozzo.

Marco mi stringe a sé.

«Non ci pensare, Vale, è tutto passato.»

«Come fai a dirlo? Sarà solo questione di tempo e poi ci troverà, me lo sento» rispondo ostinata.

«Secondo me invece se n'è andato. Ma cosa è successo?»

«Non lo so Marco, è iniziato tutto così all'improvviso... cioè, ci sono state delle cose che mi avrebbero dovuto far riflettere, ma io pensavo che Mirko straparlasse perché aveva bevuto, lui mi aveva avvertito di non reggere l'alcol, ma non potevo certo andare a pensare una cosa del genere. Tu avresti potuto mai immaginare che fosse un... un... oddio, non riesco neanche a dirlo.»

«Cosa?»

«Mirko è un vampiro!»

«Vale, ma cosa dici!!!»

«Te lo giuro, a un certo punto ho aperto gli occhi e... i suoi denti non erano più normali; gli si erano allungati proprio come si vede nei film...»

Marco mi guarda incredulo.

«...Lo so che non mi credi, ma guarda, guarda qui» e gli mostro i due piccoli segni sul collo.

«Ma non può essere, te li sarai fatti in un altro modo; ti sarai lasciata suggestionare...» risponde Marco, un po' scettico.

«Sì, è pazzesco, ma ti giuro, devi credermi, è proprio così!»

«Vale ti rendi conto di quello che stai dicendo? Non è possibile, ci sarà un'altra spiegazione, ne sono convinto» ribatte Marco.

«E quale? Come spieghi quello sguardo allucinato? E le unghie, hai visto che gli si erano allungate? E com'è possibile che mentre scappavamo in un balzo ci ha afferrato tutti e due, buttandoci a terra? Ti sembra una cosa normale?» insisto sempre più convinta. Marco mi guarda. «...Adesso si spiega anche perché quando ha visto la croce si è allontanato in quel modo. Devo averlo letto da qualche parte che i vampiri sono terrorizzati dalle croci» continuo, quasi parlando a me stessa.

«Non sapevo fossi un'esperta di vampiri!» ridacchia Marco, cercando di trattenersi.

«Smettila di scherzare, non lo sono affatto. Sarà capitato per caso, o forse l'avrò visto in qualche film» rispondo, fintamente offesa.

Lui mi guarda ma non dice niente.

«Comunque grazie alla tua catenina siamo ancora vivi!»

«Chi l'avrebbe mai detto che il regalo di nonna Caterina mi sarebbe tornato così utile! E pensare che quando me l'ha regalata non volevo metterla» conclude Marco, attirandomi a sé di nuovo.

«Grazie, nonna Caterina» urliamo in coro.

«Ti immagini, Marco, quando lo racconteremo agli altri? Nessuno ci vorrà credere! Secondo me ci rinchiuderanno in un manicomio! Già m'immagino la faccia di Marta» dico, appoggiando la testa sulla sua spalla.

Mi torna in mentre l'espressione di Mirko, quei due denti aguzzi, a un passo dal mio viso.

«Per fortuna sei arrivato tu, non posso pensare a quello che sarebbe successo se non mi avessi trovato...» continuo e rabbrividisco. «...Certo che sono stata proprio un'idiota. Eppure in tutti questi mesi di cose strane ne sono capitate, qualche dubbio mi doveva venire...»

«Perché?» chiede Marco.

«Nuvola ogni volta che lo vedeva si andava a nascondere e ululava per tutto il tempo; per non parlare di Giulia: la volta che Mirko l'ha presa in braccio si è messa a piangere così forte che per farla calmare ci sono volute delle ore. E poi tutta quella cultura spropositata, non era mica normale per un ragazzo della nostra età; inoltre sembrava leggermi nel pensiero, indovinava sempre quello che volevo fare, cosa mi piaceva.»

«Ma come potevi pensare che il motivo fosse questo? Dài, chi mai ti avrebbe creduto? Ancora adesso mi sembra tutto un film.» Ridacchia... poi si guarda i graffi sul braccio e la maglietta strappata.

«Se non fosse per questi, penserei veramente a uno scherzo di qualcuno» finisce Marco.

Rimaniamo abbracciati, cullati dal rumore del mare e illuminati dalla luna.

«Perdonami, Marco, perdonami, ti prego, sono stata una stupida. Per l'ennesima volta ho fatto la cosa sbagliata...» dico, coprendomi il viso. «...Scusa, io... io non ti merito, tu sei sempre così carino con me. Perché ti ostini a perdonarmi ogni volta? Mi fai sentire così in colpa...» continuo tirando su con il naso. «E se non fosse stato per la tua tenacia, adesso sarei chissà dove. Perché sei venuto fino qui a cercarmi, perché non mi hai lasciato perdere?»

«Perché ti amo e non posso stare senza di te» risponde lui senza guardarmi.

Ricomincio a piangere come una fontana. Dio mio, sono proprio un mostro, non lo merito.

«Non lo so perché mi ostino a venirti dietro. Ho provato a dimenticarti, ho provato con tutte le mie forze, ma ogni volta che ti vedevo, avevo un tuffo al cuore. Non mi importa niente di quanto mi hai fatto soffrire...» dice Marco continuando a guardare davanti a sé «...non ci posso fare niente, tu sei la mia perfetta metà» conclude guardandomi con dolcezza. Mi abbraccia e ci baciamo teneramente.

Il cielo si fa improvvisamente nero: un'ombra minacciosa, a forma di enorme pipistrello, punta su di noi e all'improvviso un rumore agghiacciante interrompe la quiete notturna.

«Aaaah!» urlo, disperata.

L'incubo ricomincia.

Epilogo

Spalanco gli occhi con il cuore in gola, mi giro a guardarmi intorno e non capisco dove mi trovo; poi piano piano la nebbia comincia a diradarsi e riconosco la mia camera da letto, la mia finestra, la scrivania... sono a casa. Ho il respiro affannoso e mi tremano le mani. Sento ancora nelle narici l'odore di mare e di sabbia bagnata. Il freddo della notte appena trascorsa è ancora nelle mie ossa. Mi tocco la bocca e sorrido ripensando alle labbra morbide di Marco. Ma il terrore è ancora lì dietro che non vuole lasciarmi andare. Esco dalle coperte e mi metto a sedere. Vorrei mettermi a urlare. Perché? Perché mi è dovuto succedere? Ho avuto un incubo, ecco quello che è accaduto, niente di più. Bugiarda, non è vero, stai mentendo, non è solo quello, è molto di più, penso sconvolta e madida di sudore. Ho sognato che Mirko diventava un vampiro, dio che cosa orribile, come diavolo mi è venuto in mente? Mi tocco il collo involontariamente e tolgo subito la mano. Sono pazza, sì, solo una matta può avere un incubo del genere. Rimango imbambolata, sentendo ancora la sgradevole sensazione di poco prima, proprio come se fosse realmente accaduto. Perché? Perché ho sognato che diventava un mostro e che voleva uccidermi? Mi butto di nuovo sul letto e mi copro il viso con il cuscino. Mi sento come se mi fosse venuta la febbre. Mi tasto il polso ma il battito sembra normale. Eppure sembrava tutto così reale, così vero; non capisco proprio cosa volesse dirmi...

di nuovo mi sento bugiarda. Il mio inconscio mi ha mandato un messaggio. Mi sta forse dicendo che devo lasciare Mirko e riprovarci con Marco? No, no, no, questa cosa non mi piace per niente. Sospiro e guardo l'orologio sulla scrivania: le sette meno dieci minuti, tra poco la sveglia suonerà.

Svogliatamente scendo dal letto e Nuvola mi viene vicino, facendomi le feste.

«Ciao tesoro, vieni qui, fatti coccolare un pochino» gli dico. Lui mi salta addosso e scodinzola felice.

«Come sono contenta di averti ritrovato. Mi hai fatto così soffrire quando sei sparito in quel modo. Promettimi che non lo farai mai più» continuo, grattandolo dietro l'orecchio.

Lui mi guarda come se avesse capito e mi lecca la mano.

«Nuvola, Nuvola, come è tutto complicato e difficile. E pensare che, appena tornata dalle vacanze, mi sembrava che la mia vita non avesse più senso. Era come se non riuscissi più a trovare la strada. Marco non voleva più vedermi e sembrava che mi fosse crollato il mondo addosso e adesso...» lascio la frase in sospeso.

Scuoto la testa sconsolata; alzo la serranda e i raggi del sole mi colpiscono il viso, costringendomi a ripararmi con la mano. Perché l'ho dovuto far diventare cattivo? Ovvio che se lo fosse sarebbe tutto più facile. Ma non è così e a me Mirko piace, e anche tanto. Con lui mi sento una persona diversa, piena di energie; è un uragano, un fiume in piena; divertente, spiritoso, intelligente, ma anche caparbio, testardo, stravagante, contorto e un po' irascibile. Non voglio lasciarlo, ho ancora talmente tante cose da scoprire di lui, però... Marco è Marco!

Ancora con la testa che mi gira arrivo a scuola, prendo Marta in disparte e le racconto l'accaduto.

«Vale, ma questo è un gran casino.»

«Il sogno o che Marco si è rifatto sotto?»

«La seconda, anche se pure l'incubo non mi sembra male. Ma come diavolo ti è venuto in mente di trasformarlo in un vampiro?»

«Ancora me lo sto chiedendo. Forse perché è così misterioso e lunatico; oppure semplicemente perché ultimamente mi ha letto un libro sui vampiri. Ma la cosa pazzesca è che ho ancora davanti agli occhi la sua faccia trasformata, sembrava proprio un film dell'orrore.»

«Come mai hai immaginato di andare a Ostia?»

«Non lo so. Forse nel sogno avevo bisogno di trovarmi in un posto sperduto che mi facesse sentire ancora più a disagio.»

«Io non mi ricordo mai i sogni che faccio.»

«Per me dipende, sogno molto quando sono stressata.»

«Andrai ugualmente a vedere questo nascondiglio, sabato?»

«Sono ancora molto confusa, però penso di no. Ma non credo che la cosa più importante sia questa.»

«Hai ragione. Sai cosa penso? L'hai trasformato in vampiro perché in fondo hai paura di cominciare una storia nuova, dopo la fine con Marco. È più facile tornare al vecchio amore, che conosci molto bene, piuttosto che cominciarne una nuova con qualcun altro.»

Forse ha ragione, non ci avevo pensato.

«Anche perché... diciamocelo... Mirko mi sembra un ragazzo molto impegnativo!» continua Marta, e noto uno sguardo malizioso che non mi fa presagire niente di buono.

«Cosa intendi?» chiedo guardinga.

«In senso positivo, voglio dire. Da quello che mi hai raccontato sembra un gran fico, in tutti i sensi» risponde ammiccante.

La sua risposta mi spiazza; mi sarei aspettata da lei una difesa a spada tratta del fratello.

«Non è come pensi. Non ho paura che ti rimetta con Marco, figuriamoci. Se è tornato da te avrà le sue buone ragioni, è grande e vaccinato per fare quello che vuole della sua vita.»

Guardo Marta meravigliata. Allora cos'è quello sguardo divertito che increspa le sue labbra?

«Cosa stai cercando di dirmi?»

«Be', ecco... insomma... che fai, perdi l'occasione di andare a letto con uno come Mirko? Mi hai detto che bacia da dio, figuriamoci il resto!»

Le do uno spintone e lei scoppia a ridere di gusto.

«Marta, falla finita. Che diavolo ti ha preso?»

Lei continua piegata in due dalle risate.

«Mi piace metterti in imbarazzo, quando si parla di certi argomenti diventi rossa come un peperone.»

La guardo imbronciata, ma non riesco a rimanere seria; quando ci si mette sa essere una vera peste.

«Okay, okay, torno seria» risponde dopo un po' e riprende: «Insomma cosa fai, a Mirko racconterai il sogno?»

«Perché no? Si sbellicherebbe dalle risate, ha un forte senso dell'umorismo.»

«Anche conoscendo il finale?»

Faccio una smorfia.

«Potrei raccontargli solo la prima parte del sogno» le dico dopo averci riflettuto su.

«Dipende da quello che vuoi fare.»

«Che vuoi dire?»

«Chi dei due scegli?»

«Devo?»

«Mmh, penso di sì. Il sogno ti ha consigliato questo. A meno che...»

«Sì...»

«Non lasci tutti e due e ricominciamo a essere libere come farfalle» dice scoppiando a ridere.

Le do una spinta.

«Brava, io qui che non so cosa fare e tu ti prendi gioco di me. È da queste cose che si vedono le amiche, grazie, grazie mille, bei consigli!»

«Perché, cosa ho detto? Di nuovo insieme io e te, come ai vecchi tempi.»

Le stampo un bacio sulla fronte.

«Che succede?»

«Oggi non entro.»

Lei mi guarda con aria interrogativa, ma io la spingo dentro la classe.

«Non ho la testa» dichiaro.

«Ma...»

«Vai, che la prof è appena entrata.»

Percorro tutto il corridoio, scendo le scale, supero il cortile ed esco fuori. Mi giro a guardare la scuola, poi con una leggera agitazione prendo il cell dalla tasca.

'Ti ho sognato, stanotte' scrivo a Mirko.

Rimango a fissare il display pensierosa, poi mando lo stesso messaggio anche a Marco e sorrido. L'aria frizzante del mattino mi fa rabbrividire e alzo il bavero del giaccone. Perché devo scegliere proprio ora?

VALENTINA F.

UNA SORPRESA INASPETTATA

Una piccola folla si accalca lungo il pontile; alzo il braccio per ripararmi dal sole e osservo il gruppo di curiosi. Muovo qualche passo traballante ma le gambe sono ancora intorpidite; l'acqua ondeggia sotto ai piedi e mi decido a procedere sulla passerella sperando di passare inosservata. Lo stomaco mi si contrae in uno spasmo mentre le immagini di prima mi tornano davanti.

Non avevo mai pensato che la vita fosse legata a un filo talmente sottile da poter essere spezzato da un semplice battito d'ali.

«Marta, perché stai rallentando?» chiede Sara dietro di me. Mi afferro saldamente al corrimano e senza risponderle riprendo a camminare; sembra infinita questa scaletta.

Pensare di morire non è una piacevole sensazione, ma non mi ero mai soffermata a rifletterci seriamente; in fondo perché avrei dovuto? Ho sempre pensato a spassarmela.

Gli occhi di Vale si girano a guardarmi interrogativi e io le sorrido timidamente. Mi sento a disagio e questa è una sensazione a cui non sono abituata; per la prima volta mi muovo come se non fossi io. Le mie gambe, le mie mani, la mia testa si muovono come guidate da un'altra persona. È da qualche tempo che mi trovo in questo stato, forse addirittura mesi; qualcosa sta cambiando e questo mi spaventa. Improvvisamente non mi riconosco più; la persona con cui ho convissuto fino a oggi sta lasciando, o meglio, ha lasciato posto a qualcun'altra e ancora non sono certa se questa nuova persona mi piaccia. Lascio che le spalle della mia amica mi indichino il cammino e procedo cercando di stare dietro al suo passo affrettato. Povera Vale, questa esperienza proprio non se la meritava; a volte penso che se scoprisse la verità non mi vorrebbe più come amica. Alcune lacrime di frustrazione mi fanno pizzicare gli occhi, ma riesco a ricacciarle indietro. Mi chiedo perché si ostini a essermi così vicina e a cercare in tutti i modi di salvarmi dalle situazioni.

«Non vedo l'ora di buttarmi su un letto decente, mi sembra di non dormire da mesi» sento dire in lontananza da Giò. Ancora più a disagio cerco di ridurre la distanza che mi separa da Vale; come se lei fosse l'unica disposta a perdonare la mia stupidità. Perché di questo si tratta; se ripenso a tutta la storia, l'unica cosa che posso dire è che sono stata avventata.

«Io ho voglia solo di una bella pizza» risponde Mirko.

Ho coinvolto tutti quanti in questa brutta storia e poi per cosa? Un sorriso, uno sguardo, una sensazione? La verità è che ho sempre pensato di essere più furba degli altri e anche questa volta pensavo di riuscire a risolvere tutto facendo a modo mio. Peccato che non ha funzionato, e tutta la mia testardaggine non è servita a niente, anzi mi ha procurato solo un bagno nei mari del Nord.

Rabbrividisco mentre il ricordo dell'acqua fredda mi fa accapponare la pelle. Affondare in acqua con tutti i vestiti e le scarpe è un'esperienza a dir poco sgradevole; se poi, a questo, aggiungi un mare burrascoso e una temperatura adatta agli orsi polari, allora la situazione raggiunge una soglia di pericolo elevato. In quegli attimi, che sembrano un'eternità, la vita ti passa davanti velocemente e cominci a pensare a tutte le cose che non hai ancora fatto. Ma l'elenco, nel mio caso, era talmente lungo che mi sono fermata alla lettera 'a', così ho concentrato tutte le mie energie cercando di trovare una soluzione per non morire affogata. Non è facile ragionare con lucidità mentre le onde ti prendono a schiaffi e gli abiti ti fanno da zavorra. Basta poco per farti risucchiare dal mare;

un mare che fino a un attimo prima hai amato, desiderato, sognato come un eden felice. E invece eccoti lì in mezzo a quella distesa, che improvvisamente si mostra a te per il suo vero volto: un mondo ostile, duro e implacabile, incurante della tua insignificante esistenza.

Alzo gli occhi, attirata dalla voce della mia amica che parla con un ragazzo mentre tocca la terra ferma. La sua faccia non sembra soddisfatta, dunque il tipo non è portatore di una lieta novella. D'altronde che cosa ci si può aspettare dopo un episodio così allucinante? Neanche nei peggiori incubi ho mai sognato di andare a fare compagnia a un branco di merluzzi. Ho altre ambizioni nella vita, di questo ne sono certa; non so ancora bene quali ma, sicuramente, non quella di diventare mangime per pesci. Muovo gli ultimi passi e finalmente sono sul molo. Wow, che bella sensazione; immagino di inginocchiarmi e baciare l'asfalto mentre mi dileguo velocemente, ma un flash mi acceca. Vorrei ruggirgli contro, invece mi difendo alzando debolmente una mano; ecco un altro segno della mia trasformazione, la vecchia Marta non si sarebbe fatta intimidire da uno stupido flash!

«Stai bene?»

Lo sguardo apprensivo di mio fratello mi segue agitato.

Vorrei trovarmi nel letto di casa, avvolta dal calore del piumino, anche se è estate, e dallo sguardo confortante della mia papera di peluche che tengo sul letto, unico ricordo di un'infanzia ormai lontana.

Sorrido e sposto lo sguardo cercando qualcosa che mi distragga e mi faccia ignorare il tremore delle gambe e i crampi che mi contraggono lo stomaco. È un'impresa vana, mi sento confusa e sperduta, come se qualcuno mi avesse abbandonato in pieno deserto.

È tutta colpa mia; se questa storia è andata a finire com'è andata lo devo solo alla mia testardaggine. Non avrei mai dovuto dare ascolto al mio cuore; dovevo saperlo che non avrebbe portato niente di buono. Ho creduto valesse la pena approfondire il sentimento che stavo provando. Mi dispiace solo di aver trascinato i miei amici in questa folle avventura che stava per trasformarsi, sempre per colpa mia, in una tragedia. Mi tornano in mente gli occhi verdi di Eric e trattengo il fiato; eppure ne valeva la pena, ne sono sicura. Se così non fosse stato non l'avrei mai seguito fuori, quella notte. Ma, anche se in quel frangente sembrava ci fosse qualcosa tra di noi, cosa mi aspettavo seguendolo per mare? Ho organizzato tutto per la microscopica possibilità di incontrarlo di nuovo e fare breccia nel suo cuore, questa è la verità; invece, neanche l'ho visto in lontananza, non siamo riusciti neppure ad avvicinarci alla loro barca. Sospiro rassegnata, speriamo che non venga a sapere cosa ho combinato. Sospiro ancora e chiudo gli occhi. Lascio che il calore dei ricordi sostituisca il freddo dell'acqua bagnata.

Sera, fattoria vicino a un fiordo. Io e le mie amiche siamo a cena con Svein, il nostro amico norvegese che siamo venute a trovare, e gli amici con cui abbiamo legato. Dopo una giornata a pedalare tra le strade di campagna ci siamo finalmente fermati per la notte e siamo seduti a tavola, a mangiare. Åsa, sua cugina, ha iniziato a parlare dei diritti delle donne e io, come attratta da una calamita, mi ritrovo a girare lo sguardo verso Eric e la cosa strana è che puntualmente incrocio i suoi occhi. Dopo il primo momento di imbarazzo, sento l'adrenalina entrarmi in circolo, così mi faccio più audace e gli sorrido provocatoria. Lui ammicca senza smettere di fissarmi. Un fremito di eccitazione mi attraversa il corpo e giro lo sguardo verso Vale che sembra non aver colto niente di questo scambio. Passo tutta la sera parlando e scherzando con gli altri mentre con gli occhi continuiamo a cercarci. È uno stillicidio, mi sento il corpo teso come una corda mentre ogni fibra del mio essere non sente e vede altro se non i suoi gesti, la sua voce, i suoi occhi. All'ennesima volta le guance mi vanno a fuoco e abbasso lo sguardo velocemente, non prima di scorgere le sue labbra incresparsi in un sorriso sornione; le mani mi tremano mentre immagino di mordicchiarle. Lui sembra leggermi nel pensiero perché le inumidisce e alza il bicchiere con un sorriso divertito. Sento il mio corpo fremere come se fosse la prima volta che qualcuno mi guarda.

«Non vi ho detto che dopodomani partecipo a una spedizione con Greenpeace contro la caccia alle balene» dice Eric rivolto agli altri.

Sento una scintilla scattare nella mia testa e di getto rispondo: «Vengo con te!»

Vorrei rimangiarmi quello che ho appena detto, ma ormai è troppo tardi. Sento tutti gli occhi addosso, ma percepisco solo quelli di Eric. Si può perdere la testa in questo modo per qualcuno appena conosciuto? Cerco di giustificare la mia foga mentre mi sembra di scorgere un sorriso divertito sul suo viso. Sono proprio cotta a puntino! Non starò diventando come Vale? In genere è lei che si va a ficcare in queste situazioni ridicole. La cerco di nuovo con lo sguardo ma è troppo presa dalla conversazione sulle balene.

Le parole di Eric mi giungono come una doccia fredda.

«Non è possibile.»

Non mi vuole, penso sconvolta; eppure il suo sorriso sembra dire altro. Distolgo lo sguardo imbarazzata.

«Perché no?»

«L'equipaggio è già formato e non si può salire a bordo all'ultimo minuto. Ma apprezzo molto il gesto, veramente Marta, sei molto carina ad averlo pensato» dice fissandomi intensamente. Contro la mia volontà, arrossisco violentemente.

Si continua a parlare della spedizione e dopo le insistenze di Svein, Eric promette di informarsi se è possibile fare qualche eccezione. Anche se odio ammetterlo, sono infastidita dal rifiuto e vorrei lasciar perdere, ma ormai anche le mie amiche si sono messe in mezzo e insistono per venire pure loro. Non oso aggiungere altro e lascio che la cena vada avanti senza altri scossoni. Con mia grande soddisfazione per tutto il resto della serata riesco a ignorare le occhiate che Eric continua a mandarmi.

Mi sveglio nel cuore della notte mentre tutti dormono e rimango qualche minuto a guardare il soffitto; il sonno sembra scomparso. Mi rigiro nel letto un paio di volte ma niente, la testa non smette di pensare. Mi alzo e vado in bagno cercando di fare poco rumore. Arrivo a tentoni alla porta e facendo scivolare la mano sulla parete riesco a trovare l'interruttore. La luce forte mi acceca e mi copro gli occhi con l'altra mano. Esco due minuti dopo ormai completamente sveglia; muovo qualche passo ma mi sento afferrare da una mano forte che mi spinge verso le scale, sul pianerottolo. Mi divincolo furiosa con il cuore in gola e mi ritrovo senza accorgermene tra le braccia di Eric. Ancora indispettita cerco di liberarmi.

«Sssh, non fare troppo chiasso, oppure sveglierai tutta la camerata.»

«Lasciami stare» rispondo, con il viso in fiamme.

Lui allenta leggermente la stretta senza liberarmi del tutto.

«Se prometti di non fuggire via.»

Il cuore mi batte talmente forte che ho paura se ne possa accorgere. Aspetto qualche minuto prima di parlare, sperando che la mia voce possa apparire calma.

«Cosa vuoi?»

«Parlare. Ti va?»

«A quest'ora? E di cosa?»

Lui sorride.

«Di quello che vuoi. Anche io non riesco a dormire; perché non usciamo all'aria aperta?»

Finalmente libera mi allontano leggermente e lo guardo sospettosa.

«Non è pericoloso?»

«Ci possiamo sedere sulla panchina qua fuori, ma se preferisci scendiamo al bar.»

Sono combattuta, da un lato vorrei fare la dura e tornarmene a letto; dall'altra sono eccitata all'idea di trovarmi da sola con lui, tanto che non ho voglia di lasciarmi sfuggire questa opportunità. Decido di cogliere al volo l'occasione e andiamo a sederci vicino a una vetrata che affaccia sul fiordo. Un riflesso argenteo si rispecchia sull'acqua illuminando tutta la zona circostante. Rimango in silenzio a guardare quel paesaggio così affascinante e mi dimentico del luogo in cui mi trovo; un leggero movimento mi fa ricordare che non sono sola.

«Ci venite spesso?» chiedo.

«Ogni volta che facciamo questo giro.»

«Si vede che siete allenati; oggi ci avete lasciato indietro di parecchio.»

Lui sorride.

«Da queste parti le bici si usano frequentemente. A me piace; è come se entrassi maggiormente in contatto con il mondo.»

Adesso tocca a me sorridere.

«Ho la sensazione che preferisci la natura agli esseri umani.»

Eric scuote la testa, divertito.

«Non sempre.»

«Per fortuna» rispondo sorridendo.

«Anche gli orsi o i leoni, che sono animali solitari, hanno bisogno di compagnia.»

Solo per accoppiarsi, vorrei rispondere.

«Per questo hai deciso di trascorrere gli ultimi tre anni in barca?» chiedo, riferendomi al suo lavoro sull'evoluzione dei ghiacciai, che l'ha portato a passare tanto tempo isolato dal resto del mondo.

Lui guarda fuori e non risponde subito.

«Gli iceberg mi hanno sempre affascinato, fin da piccolo. Quando avevo sei anni mio padre mi portò con sé a pescare; ricordo che rimanemmo tre giorni in mezzo al freddo e al vento, e durante le serate, prima di addormentarci lui raccontava delle storie fantastiche sui ghiacciai e gli spostamenti degli iceberg. Era appassionato, si era comprato diversi libri che trattavano l'argomento e ogni volta che gli capitava, si imbarcava con qualche peschereccio per arrivare fino alle zone più a nord. Il suo sogno era quello di riuscire un giorno ad andare a visitare la Terra del Fuoco, in Patagonia.»

Lo guardo incuriosita, ha un'aria così seria che non oso interromperlo.

«E tu invece, hai qualche passione particolare?» mi chiede, poco dopo.

Ci penso un momento e incrocio le braccia davanti a me.

«Mi piace cantare.» E gli racconto della band musicale e delle brevi esperienze che ho vissuto. Comincio a parlare e non mi fermo più; gli narro tutta la mia vita. La famiglia, i problemi con mia madre, mio fratello, la storia con Vale; e, come se non bastasse, arrivo fino alla storia con Giacomo; alla fine, mi zittisco, imbarazzata.

Come mi è venuto di andargli a raccontare del mio ex? Da quando in qua non so come comportarmi con un ragazzo? Sento un movimento vicino a me, ma rimango immobile sulla sedia. Se ne sta andando? L'ho talmente annoiato con la mia storia che ha deciso di tornarsene a letto?

«Hai sete? Vuoi da bere?» chiede, andando in direzione del bar.

Guardo la sua schiena piegata in avanti, intento a cercare qualcosa. Si gira e mi sorride, mostrandomi due bicchieri. Dio, quant'è carino, penso avvicinandomi.

«Mi è venuta sete, in effetti.»

Lui armeggia con qualche bottiglia.

«Solo acqua, per me» continuo come in trance, fissando il suo collo proteso oltre il bancone.

«Sicura? Qui c'è di tutto.»

Mi avvicino ancora di più e mi sporgo accanto a lui. Eric prende un paio di fette di limone e mescola qualche bottiglia.

«Assaggia e dimmi cosa ne pensi» dice, allungandomi il bicchiere. Le nostre mani si sfiorano e leggo un piccolo scintillio nei suoi occhi, illuminati dalla fioca luce della luna.

«Chiudi gli occhi e assapora in silenzio. Scommetto che ti piace.»

Sorseggio qualche goccia e un sapore delicato mi scivola nella gola. Eric si fa più vicino e mi tocca una ciocca dei capelli.

«Perché vorresti partecipare alla spedizione di Greenpeace?»

Deglutisco a fatica mentre sostengo il suo sguardo.

«Mi piacciono i viaggi avventurosi legati alle buone cause.»

Lui annuisce mentre continua a giocare con le ciocche.

«Tutto qui?» chiede facendo scivolare il dito lungo il collo.

«Non basta?»

«Dimmelo tu» risponde.

Rimango immobile, cercando di mantenere la mente lucida; ma sento che sto per perdere il controllo.

«Non so a cosa ti riferisci» dico con voce roca.

Con mano delicata mi spinge i capelli indietro e gioca con la mia collanina.

«Ho come la sensazione che io c'entri qualcosa.»

Vorrei prenderlo a schiaffi per la sua arroganza, ma le gambe mi tremano, per l'effetto che mi fa il suo tocco. Con uno sforzo enorme mi porto il bicchiere alle labbra mettendo dello spazio tra di noi.

«Cosa te lo fa pensare?»

«Intuito.»

«E cos'altro ti dice?»

«Che non vedi l'ora che ti baci.»

Questa proprio non posso accettarla; con foga lo allontano da me e lo guardo dritto negli occhi.

«Ehi, ma chi ti credi di essere?» chiedo, girandomi verso la finestra con un gesto stizzito.

Lui ride divertito e mi attira di nuovo a sé.

«Allora dimmi che mi sbaglio. Che non mi hai mangiato con gli occhi per tutta la serata.»

Mi divincolo, negando con veemenza.

«Stavo solo giocando.»

«Veramente?»

Annuisco senza fiatare.

«Mmm, allora vuoi che me ne vada?» sussurra avvicinandosi di più.

Rimango ipnotizzata dalle sue labbra increspate, poi, non resistendo più, premo con forza le mie labbra sulle sue e un intenso profumo di muschio e alcol mi assale. Le sue braccia mi stringono e le mani mi accarezzano la schiena; mi solleva di peso e io mi aggrappo alle sue spalle per non perdere l'equilibrio. Senza che le nostre labbra si stacchino, ci spogliamo velocemente dei pochi indumenti; ho bisogno di sentire la sua pelle sulla mia, il suo respiro che mi solletica sul collo. Rido estasiata mentre mi riempie di baci e mi sussurra parole, in una lingua sconosciuta. Lascio che giochi con i miei capelli affondando il viso nel suo collo; il suo odore mi penetra nelle ossa e un istinto primordiale mi fa perdere completamente il controllo.

«Penso che dovremmo fermarci qui» sussurra Eric, all'improvviso, staccandosi da me.

Cosa, come? Di cosa sta parlando? Lo guardo senza capire; sembra in difficoltà.

«Scusa, non volevo succedesse; prima stavo solo giocando. Mi sono lasciato prendere la mano; mi dispiace.»

Rimango ammutolita non riuscendo a capire. Gioco, mano? Come può essere così crudele?

«Non voglio che ti faccia strane illusioni.»

Sono allibita; non capisco proprio cosa sia cambiato. Cosa sono tutte queste stupidaggini. Gli ho forse chiesto di sposarlo? Mi allontano da lui ferita e cerco di ricompormi. Poi mi sembra tutto talmente ridicolo che scuoto la testa e scoppio a ridere. Ma chi si crede di essere?

«Cosa c'è di tanto buffo?» Adesso è lui a essere perplesso.

«Tu lo sei. Di cosa hai paura? Che ti faccia una richiesta di matrimonio? Per qualche bacio?»

Vedo la sua espressione cambiare e diventare sempre più cupa. Ben gli sta! Come si permette di trattarmi in questo modo? E io che credevo...

Mi rimetto la camicia da notte, gli volto le spalle e risalgo le scale velocemente ma non tanto come vorrei. Quando sto per salire l'ultimo gradino, pensando di essere riuscita a farla franca ecco che con un salto mi raggiunge, mi afferra per la vita e mi spinge addosso al muro.

«Stai mentendo» dice guardandomi negli occhi. Sostengo il suo sguardo con aria beffarda.

«Anche tu... sogni d'oro» rispondo e lo bacio sulle labbra.

Eric mi fissa stupito ma non mi lascia andare.

«Non voglio che partecipi alla spedizione di Greenpeace.»

«Non ho bisogno che mi dica cosa devo fare.»

«È pericoloso.»

«Ti preoccupi per me?»

Lui si passa la mano nei capelli, con aria stizzita. Allora non mi sono sbagliata, penso soddisfatta.

«Starò attenta» rispondo e questa volta mi lascia andare, mentre già penso al nostro prossimo incontro tra le balene!

***

Le voci intorno mi fanno tornare alla realtà. Faccio ancora qualche passo e mi sento chiamare a gran voce; mi giro e Vale si sbraccia facendomi dei strani segni con le mani. Senza capire, la guardo interrogativa finché non mi sento toccare una spalla; mi volto e trovo Eric di fronte a me.

Come non detto, ha saputo!

«Ciao» dico debolmente.

Devo essere orrenda con tutti i capelli bagnati e appiccicati al viso; vorrei darmela a gambe levate.

«Che fossi testarda l'avevo capito, ma non fino a questo punto» risponde senza neanche salutarmi.

Sorrido imbarazzata.

«Com'è andata a finire la spedizione?» chiedo, ignorando la sua affermazione.

«Molto rumore per nulla.»

«Mi dispiace.»

«Anche a me.»

Rimaniamo a fissarci finché sento qualcuno chiamarlo.

«Devo andare, mi stanno aspettando» dice, continuando a fissarmi intensamente.

Annuisco in silenzio.

«Ci rivediamo?» chiedo, titubante.

Si abbassa e mi bacia delicatamente.

«Dipende da te, ciao» risponde e se ne va. Rimango inebetita a guardarlo sparire dietro le macchine, e solo quando ormai non c'è più mi accorgo del foglietto che mi ha fatto scivolare nella tasca della giacca a vento. Non faccio in tempo ad aprirlo che mi raggiunge Vale; lo nascondo velocemente.

«Cosa voleva?» chiede.

«Niente, ci siamo solo salutati.»

«Ti ha baciata, l'ho visto.»

«Sulla guancia» rispondo, mentendo.

«Bugiarda; ho visto anche come vi siete guardati.»

«Ti sbagli.»

«Marta, Marta! A chi pensi di darla a bere?»

Provo a protestare ma lei non sente ragioni.

«Guarda facciamo così, ti concedo il viaggio di ritorno per raccontarmi cosa è successo veramente con Eric; dopodiché non hai più possibilità di farti perdonare.»

La guardo e sorrido.

«Se non ricordo male, quella che doveva fasi perdonare qualcosa eri tu» rispondo, facendo riferimento al saggio canoro di scuola.

«Dopo quello che hai combinato qui, non puoi proprio parlare per il resto dei tuoi giorni.»

«Esagerata!» rispondo prendendola sottobraccio.

«Non pensare ti cavartela tanto facilmente, ho visto che ti ha lasciato un bigliettino; cosa c'è scritto?»

Ah, le amiche. Come potremmo fare senza di loro? E mentre inizio il mio racconto ci incamminiamo verso gli altri del gruppo.

Il catalogo Leggereditore

Il bacio di mezzanotte di Lara Adrian
Dark Love di Kresley Cole
Le avventure di una Kitty Addicted di Eliselle
Lasciami volare di Alyson Noël
L'amore ritrovato di Nora Roberts
Il bacio cremisi di Lara Adrian
La principessa di Beverly Hills di Jackie Collins
Oltre le apparenze di Kathryn Fox
Dark Pleasure di Kresley Cole
Orgoglio e perdono di Susan Donovan
La dodicesima vittima di Iris Johansen
Il bacio perduto di Lara Adrian
Il peso del silenzio di Heather Gudenkauf
La sposa in bianco di Nora Roberts
Muori per me di Karen Rose
Magia nel vento e *Oceani di fuoco* di Christine Feehan
Blood Dreams di Kay Hooper
La finestra sul bosco di Karen Robards
Ménage proibito di Lora Leigh
Il bacio del risveglio di Lara Adrian
Dark Passion di Kresley Cole
I love you, goodbye di Cynthia Rogerson
Legami pericolosi di Kate Brady
Letto di rose di Nora Roberts
La ragazza del libro dei fuochi di Jane Borodale
Intime promesse di Sherry Thomas
Il buongiorno del mattino di Diana Peterfreund
Passione contro il tempo di Suzanne Brockmann
Brivido eterno di Larissa Ione
Oogy di Larry Levin
Il profumo dell'oscurità di Emma Holly
Un'ombra dal passato di Nora Roberts
Lezioni di seduzione di Emma Wildes
Highlander: amori nel tempo di Karen Marie Moning
Passione Vintage di Isabel Wolff
Il bacio svelato di Lara Adrian
La confessione di Julie Garwood
Una scommessa per amore di Jennifer Crusie
Dark Night di Kresley Cole
L'anello di ferro di Ornella Albanese
Un cuore nelle tenebre di Roberta Ciuffi
Le streghe di East End di Melissa de la Cruz
Tentazioni deliziose di Sherry Thomas
La regina dei diamanti di Linda Howard
La concubina russa di Kate Furnivall
Desiderio eterno di Larissa Ione
Il bacio del demone di Eve Silver
Grida per me di Karen Rose
La cacciatrice di anime di Darinda Jones
Il bacio eterno di Lara Adrian
Il sapore della felicità di Nora Roberts
Corinna. La regina dei mari di Kathleen McGregor
La meraviglia delle piccole cose di Dawn French

L'ultima volta che ho visto Parigi di Lynn Sheene
Torna da me di Karen Marie Moning
Melodia al crepuscolo di Christine Feehan
Il richiamo dell'oscurità di Emma Holly
Dark Forever di Kresley Cole
Innamorarsi a Manhattan di Kate Parker
Proposta indecente di Emma Wildes
Venti d'amore e di guerra di Paola Picasso
Dark Desire di Kresley Cole
Il fuoco della tentazione di Lora Leigh
Il segreto del libro proibito di Karen Marie Moning
Il bacio oscuro di Lara Adrian
Passione eterna di Larissa Ione
Dark Dream di Kresley Cole
Il gioco della seduzione di Susan Elizabeth Phillips
Un amore per sempre di Nora Roberts
Le ombre del demone di Eve Silver
Il mistero del talismano perduto di Karen Marie Moning
Istinto animale di Lora Leigh
Amanti pericolosi di Lisa Marie Rice
Una donna indimenticabile di J.R. Ward
Temptation di Jennifer Crusie
La cacciatrice di anime. Il fascino del male di Darynda Jones
Uccidi per me di Karen Rose
La notte degli Angeli caduti di Heather Killough-Walden
Il bacio di fuoco di Lara Adrian
La pittrice di anime di Isabel Wolff
L'inganno dell'oscurità di Emma Holly
Roma 40 d.C. Destino d'amore di Adele Vieri Castellano
Highlander. L'ultimo dei Templari di Karen Marie Moning
Estasi eterna di Larissa Ione
I ricordi della casa sul lago di Rosie Thomas
Segreto inconfessabile di Shayla Black
Dark Whisper di Kresley Cole e Gena Showalter
La musica delle parole di Emily St. John Mandel
Un segno nelle tenebre di Roberta Ciuffi
La sposa spagnola di Kathleen McGregor
La maledizione della luna nera di Karen Marie Moning
Heaven, Texas, un posto nel tuo cuore di Susan Elizabeth Phillips
Il giardino dei nuovi inizi di Nora Roberts
La notte del vento e delle rose di Anna Bulgaris
Ladra di cioccolato di Laura Florand
Il bacio immortale di Lara Adrian
Peccato eterno di Larissa Ione
Danzando sui vetri rotti di Ka Hancock
Il patto di Julie Garwood
Il signore della vendetta di Lara Adrian
L'oscuro mosaico di Ornella Albanese
Il messaggero dell'angelo di Heather Killough-Walden
Il bacio dell'Highlander di Karen Marie Moning
Il bacio rubato di Lara Adrian
Segreti pericolosi di Lisa Marie Rice
Dark Prince di Kresley Cole
Piacere malizioso di Lora Leigh
Il bacio ribelle di Lara Adrian
Colpevole di amare di J.R. Ward

Il profumo dell'amore ritrovato di Eliselle
Roma 42 d.C. Cuore nemico di Adele Vieri Castellano
Dark Demon di Kresley Cole
Alla ricerca dell'ultima verità di Karen Marie Moning
E se fosse lui quello giusto? di Susan Elizabeth Phillips
Desiderio inconfessabile di Shayla Black
Un oscuro risveglio di Gena Showalter
Pazza di te di Jennifer Crusie
Easy di Tammara Webber
La signora della tentazione di Lara Adrian
Dimmi che ti dispiace di Dawn French
Poison Princess di Kresley Cole
La casa dei grandi incontri di Nora Roberts
A fior di pelle di Lauren Dane
L'angelo della morte di Heather Killough-Walden
Cuore pirata di Kathleen McGregor
La magia del cioccolato di Laura Florand
Un cuore d'oro di J.R. Ward
La fiamma della passione di Jessica Andersen
Sottomessa di Lora Leigh
Tuo per sempre di Lisa Kleypas
Amore eterno di Larissa Ione
Il bacio rivale di Lara Adrian
Roma 39 d.C. Marco Quinto Rufo di Adele Vieri Castellano
Dark Warrior di Kresley Cole
Una dolce scoperta di Nora Roberts
La rivelazione dell'antica carta di Karen Marie Moning
Il bacio della strega di Melissa de la Cruz
Un solo piacere di Lora Leigh
Un piccolo sogno di Susan Elizabeth Phillips
Segreti di una notte d'estate di Lisa Kleypas
Accadde in autunno di Lisa Kleypas
Un amore su misura di Sugar Jamison
Una passione pericolosa di Lisa Marie Rice
Un dono prezioso di Nora Roberts
Estasi infinita di Maya Banks
Appuntamento con l'amore di Jules Stanbridge
Il gioco dell'inganno di Adele Vieri Castellano
Le coincidenze dell'amore di Colleen Hoover
Il mistero del lago di Nora Roberts
Due vite in gioco di Nora Roberts
Il lago dei desideri di Susan Elizabeth Phillips
Beautiful Bastard di Christina Lauren
La sfida del cuore di J.R. Ward
Passione inconfessabile di Shayla Black
Un regalo d'amore di Lisa Kleypas
Una promessa d'amore di Mary Balogh
You & Me di Valentina F.
Il frutto proibito di S.C. Stephens
Piacere colpevole di Lora Leigh
Peccati d'inverno di Lisa Kleypas
Lothaire di Kresley Cole
L'ora della verità di Maya Banks
Seduzione deliziosa di Tara Sivec
La signora della passione di Lara Adrian
Il fuoco della notte di Larissa Ione

Piacere estremo di Georgia Cates
Rischio letale di Pamela Clare
Scandalo in primavera di Lisa Kleypas
Beautiful Stranger di Christina Lauren
Piacere pericoloso di Lora Leigh
Lady Cupido di Susan Elizabeth Phillips
L'eroe dimenticato di Suzanne Brockmann
Il richiamo dell'ombra di Kresley Cole
Tutti pazzi per Gaia di Stefania Nascimbeni
Nove regole da ignorare per farlo innamorare di Sarah MacLean
L'amore è come un film di Victoria Van Tiem
Brivido inconfessabile di Shayla Black
Prigioniera del tuo amore di J.C. Reed
L'irlandese di Kathleen McGregor
Nessuna via di fuga di Maya Banks
Un amore pericoloso di Nora Roberts
L'amore che viene di Lisa Kleypas
Sogno impossibile di Georgia Cates
Le sintonie dell'amore di Colleen Hoover
L'eroe ribelle di Suzanne Brockmann
Il gioco perfetto di Jaci Burton
Intrigo delizioso di Tara Sivec
La signora del coraggio di Lara Adrian
MacRieve di Kresley Cole
Angeli ribelli di Sylvia Day
Seduttore dalla nascita di Susan Elizabeth Phillips
Brucio d'amore di Darynda Jones
Dieci cose da seguire per non farselo sfuggire di Sarah MacLean
Magia di un amore di Lisa Kleypas
Il conte di Glencrae di Stephanie Laurens
La prova d'amore di S.C. Stephens
Il regalo più grande di Jenny Hale
Obiettivo pericoloso di Pamela Clare
Le parole infinite di Nora Roberts
Il desiderio della notte di Lara Adrian
Beautiful Player di Christina Lauren
Il canto del deserto di Adele Vieri Castellano
Ghiaccio nero di Anne Stuart
Odio quindi amo di Susan Elizabeth Phillips
Felicità perduta di Georgia Cates
Undici sfide da affrontare per domare il suo cuore di Sarah MacLean
Sublime di Christina Lauren
Forse un giorno di Colleen Hoover
Cuori selvaggi di Sylvia Day
Stregata dalla notte di Larissa Ione
Gioco senza regole di Jaci Burton
La ragazza dagli occhi scuri di Lisa Kleypas
Nascosti nell'ombra di Maya Banks
Il professionista di Kresley Cole
Dolce & selvaggio di Christina Lauren
La fuga di L. Adrian e T. Folsom
Amore inconfessabile di Shayla Black
Freddo come il ghiaccio di Anne Stuart
Amami per come sono di Jenny Hale
Dark Skye di Kresley Cole
I segreti della casa sul mare di Nora Roberts

La forza dell'angelo di Heather Killough-Walden
Leggenda di sangue e amore di Theresa Melville
Volare fino alle stelle di Susan Elizabeth Phillips
Cuore di ghiaccio di Anne Stuart
L'ultima occasione di S.C. Stephens
Eccitante & divertente di Christina Lauren
Contatto illecito di Pamela Clare
L'incastro (im)perfetto di Colleen Hoover
Resistere è inutile di Jenny T. Colgan
Tristan e Doralice – Un amore ribelle di Francesca Cani
Amori, bugie e dolci al limone di Sue Watson
Beautiful Secret di Christina Lauren
Tempesta di ghiaccio di Anne Stuart
Passione nelle tenebre di Roberta Ciuffi
Le ragioni del cuore di Maria Masella
Le promesse di una vita di Susan Elizabeth Phillips
My Dilemma Is You 1 di Cristina Chiperi
Le confessioni del cuore di Colleen Hoover
Il giardino delle rose di Susanna Kearsley
My Dilemma Is You 2 di Cristina Chiperi
I desideri nascosti del cuore di Mary McNear
Sospiri nel buio di Maya Banks
My Dilemma is You 3 di Cristina Chiperi
Inevitabile di Angela Graham
Una scelta impossibile di Susan Elizabeth Phillips
Sensuale & seducente di Christina Lauren
Sweet di Tammara Webber
Mess di Ilaria Soragni
Tra due cuori di Samantha Young
La schiava francese di Kathleen McGregor
Bright Side. Il segreto sta nel cuore di Kim Holden
Il mio cuore per te di Valentina F.
Il sogno di un amore di Valentina F.
M'ama non m'ama di Valentina F.

In libreria

Ilaria Soragni

Mess

304 pagine
14,90 euro

Maryland, USA. Mavis, diciotto anni, viene rinchiusa in un riformatorio, accusata di aggressione. È internata nell'ala Nord della struttura, dove sono reclusi i ragazzi condannati per reati minori. Indossano delle tute verdi, unico colore in un mare di bianco così monotono da stordirla. Anche Mavis ne indossa una e le vengono illustrate le regole del luogo. La prima è 'non avvicinarsi alla stanza 105'. Diversa dalle altre, in quella cella è rinchiuso un ragazzo di cui nessuno sembra voler parlare. Mavis sa solo che invece lui indossa una tuta arancione e che non dovrebbe trovarsi lì, bensì nell'ala Est, riservata a chi ha commesso crimini gravi. Il suo nome non viene mai pronunciato e gli altri ragazzi si limitano a chiamarlo 105. Da subito incuriosita, Mavis infrange la prima regola, facendo di tutto per entrare in contatto con lui.
Poco alla volta riesce ad avvicinarsi, a scoprire il suo nome, Niall, e a violare il suo silenzio impenetrabile. Fra Mavis e Niall nasce un rapporto sincero, empatico, che se da una parte darà a Mavis la forza di non crollare, dall'altra la travolgerà, preda di sentimenti ancora sconosciuti e in nome dei quali metterà a rischio la sua stessa vita...

Finito di stampare nell'aprile 2016 presso
Puntoweb - via Variante di Cancelliera snc - Ariccia (RM)
Printed in Italy